Silence and Nonsense

The Research on Children's Perspective in Mo Yan's Fictions

“缄默”与“狂言”

——莫言小说中的儿童视角研究

赵月霞 著

中央民族大学出版社
China Minzu University Press

图书在版编目（CIP）数据

“缄默”与“狂言”：莫言小说中的儿童视角研究/赵月霞著.
—北京：中央民族大学出版社，2018. 8

ISBN 978-7-5660-1544-0

Ⅰ. ①缄… Ⅱ. ①赵… Ⅲ. ①莫言—小说研究
Ⅳ. I207. 42

中国版本图书馆 CIP 数据核字（2018）第 180120 号

“缄默”与“狂言”：莫言小说中的儿童视角研究

作　　者	赵月霞
责任编辑	杨爱新
责任校对	胡菁瑶
封面设计	舒刚卫
出 版 者	中央民族大学出版社
	北京市海淀区中关村南大街 27 号　邮编：100081
	电　话：68472815（发行部）　传真：68932751（发行部）
	68932218（总编室）　68932447（办公室）
发 行 者	全国各地新华书店
印 刷 厂	北京盛华达印刷科技有限公司
开　　本	787×1092（毫米）　1/16　印张：13. 75
字　　数	172 千字
版　　次	2018 年 8 月第 1 版　2018 年 8 月第 1 次印刷
书　　号	ISBN 978-7-5660-1544-0
定　　价	48. 00 元

序

这是赵月霞的博士论文。

其实，这本书是可以拿到“文库”或“丛书”里出版的，她却主动放弃。之所以坚持在中央民族大学出版社出版，是因为她博士毕业于中央民族大学，这本书（也就是她的博士论文）写在中央民族大学。也正是因为这样的一种“情结”，她在出版博士论文的时候，还想到了“师傅”(我的学生们都称我老师，唯独她经常称我“师傅”或“老爷子”，大概是她认为这份事业与农村大眼儿木匠的“学艺”差不多)，要我给写个序。

既不愿意找人给自己写序，也不愿意为别人作序，这是我多年的习惯。我怕我的“序”辱没了别人的“文”，又怕我的“文”配不上人家的“序”。但这个学生的序却不好拒绝。

赵月霞到中央民大读博士，本不是投奔我来的。因为特殊的机缘，她与张保华两人转到我的名下，加上原来的石小寒、孙小棠，那一届我带了四个博士。

我指导学生论文有个习惯，大多时间在学校体育场上“走圈”，连锻炼身体带研究学术，“革命”“生产”两不误。赵月霞却很少“走圈”，因为她不住在学校，经常“千里迢迢”从家里赶来，非常郑重与正式地谈过几个回合之后，又“风尘仆仆”地赶回去落实，再把落实的成果发过来，我又被她“牵着鼻子”走。

这个选题应该是我们共同商量出来的。我向来不强加给学生选题，但对明显不满意的选题也绝不让步。偏偏她这个人也是“原则性”很强，只要脑子没有转过弯儿来，绝不轻易顺着别人的思路走——在不停的思想交锋中，我们逐渐达成了“共识”。

在她之前，已有上一届的张雪飞写了博士论文《莫言创作中的动物描写》，同届的张保华的论文中也很多地方涉及莫言。我与他们三人到莫言家乡的潍坊师院参加有关莫言的研究会，认识了后来成为莫言研究中心主任的王万顺，又把他收了做博士后。他的论文自然写的也是有关莫言的内容。

这么多学生研究莫言，除了他获得了诺贝尔文学奖外，与我的复杂情感也有关系。

莫言与我年龄相近。他1955年出生，我1957年出生，都属于50年代；他出生在农村，我也出生在农村，那个时代的农村都一个样子，没有多大差别。而且我的老祖宗其实也是山东人，家乡离莫言家乡不远，只不过是比莫言的老祖宗“混”得更惨，闯关东到了内蒙古；他是作家，我也是作家——20世纪90年代的中国作家协会会员，虽然水平有差别，名气更有差别，但因都是农民成了作家，作家又写农民，其中的一些感触与感受还是有相通之处的；还有一点，“苦大愁深”的生活遭遇在我们的脸上留下的痕迹也很像，以至于第一次到莫言的家乡，被一些山东老乡当成了莫言，声称“早就盼着你回来了”。一个小孩儿牵着我的手，一直把我当“莫言爷爷”。

我这个假“莫言爷爷”对那个真“莫言爷爷”还是有一些理解的。

曾几何时，文化成了时髦的话语，研究者蜂拥而至，有人曾感叹：有文化的，没文化的，都在大谈文化！莫言研究也是这样，尤其是他获了“诺奖”之后，莫言也被“大谈”，甚至出现一些或自认为或很多人都那么认为的专家、大家，或谬托知己，或也许真的成了莫言的所谓知己，似乎有些话题已经谈透，成了“定说”。

我倒觉得没有那么简单。

莫言现在已经是“花甲老人”，其创作横跨20世纪末到21世纪初，长度已达40多个春秋！而且，20世纪50年代出生的作家，好多都是笔耕不辍，堪称创作界的“劳动模范”，莫言也是这方面的“典型”。其实，写作是非常非常艰苦的劳动！一个当企业家的学生看到我在写作过程中的“绞尽脑汁”与“挖空心思”，曾残忍地说道：你们作家的写作跟“卖血”差不多——莫言，“卖血”卖得非常卖力气！

莫言出身乡土又写乡土，却很难说他就是“乡土”作家。我的手头儿有无数本中国当代文学史，几乎所有的中国当代文学史都要提到莫言，很多时候他都是重要角色，但说法经常大相径庭，如展示中国当代文学的各种“流派”，如寻根，如现代，如先锋，等等，莫言放到哪里都说得过去，又似乎都有点“非典型”。

我们在指导学生写论文的时候，经常告诫学生不能“仰视”写作对象，要采取“平视”甚至“俯视”的态度，才能做出理性的判断，得出公允的结论。这样的态度，对于“博士”这一重量级的研究者面对莫言这一重量级的写作对象，当然有些难度。

赵月霞偏要迎难而上，采取一种举重若轻的方式，以“儿童视角”作为“进入莫言创作底蕴和内涵的一副杠杆”，撬动莫言的创作研究。

“论文围绕莫言儿童视角叙事的创作心理动机、内容表现、叙事形式、叙事策略、形象寓意以及文化思想内蕴等几个方面展开论述，力图通过儿童视角叙事与莫言小说创作关系的内部维度探究，并将莫言的儿童视角叙事置于中国现当代文学空间的外部维度加以观察，确立莫言儿童视角叙事的独特性和文学史意义。""论文想要探讨并力图解决的是，莫言采用儿童视角叙述为我们呈现了怎样的世界景观？这种融合成人视角的'撤退性'叙述在形式与内容之间构筑的巨大张力是如何在文本中运行并阐释的？这种极具'先锋派'色彩的叙述形式是否具有可靠性和真实性？莫言又是如何在荒诞化的语言中达到叙述的可靠性的？莫言选择儿童视角隐含着他对于社会、文化、人生怎样的思想内蕴和文化选择？"

当然，说起来容易，写起来绝非易事。

虽然，在"读博"期间，写作这篇毕业论文是她"最大的事情"，但由于担任多种社会角色，论文写作又不得不与各种"小事"搅在一起，而且，她又不是那种"不食人间烟火"的性格，对"大事小情"都"不抛弃、不放弃"，哪种社会角色都力求完美，其实是给自己增加了难度！

当然，既然是追求完美的性格，自然有她追求完美的方式。她的聪慧，用在学术上是孜孜以求，甚至是斤斤计较，而从不想投机取巧、蒙混过关；她的平和融汇着一种坚韧，她虚心，但不迎合，不盲从，有思想，有风骨，没有见风使舵、左右逢迎的毛病。她的这种性格，其实是容易把自己弄伤的，可是，"宁伤身体，不伤感情"——这里所说的"感情"，其实是对学业的敬畏，对研究对象的尊重，心里这道"坎儿"过不去，她是不会拿出来"交卷"的。

所以，她是个让人"放心"的学生，她的论文也是让人"放心"的论文。这篇论文，投放到教育部的盲审平台，几位专家都给了很高的评价；在博士论文答辩的时候，谢冕先生、孟繁华先生、程光炜先生及我们学校的刘淑玲教授、汪丽珍教授等做答辩委员，一致给予通过。

总之，一个踏实的人，写了一篇扎实的文。

又是一个毕业季，再一次翻看她的论文的时候，她都从博士后出站了，而且留在北京一所大学当了老师，这让我心中五味杂陈。正是因为有赵月霞们的努力，才使我的人生有了一点意义，心底生出许多温暖；从另一个角度来说，岁月匆匆，“小包兴这小娃娃也有了娃娃”，一时触动心中最柔软的部分，凭空生出许多酸楚。在前不久一次饭局上，北京大学的“戴老板”说了一句玩笑话：东风吹，战鼓擂，过了六十谁怕谁！而我的解读恰恰是：因为“怕”，所以“不怕”。

这个时候，一个场景浮上我的心头：我与赵月霞等去潍坊开会，到莫言的老家探访，见莫言的二嫂在莫言的旧居门口卖莫言著作，莫言的二哥在签名促销。同学们大多买上一本，又都得到诸如“谦虚使人进步，骄傲使人落后”等等题词，院内外洋溢着欢乐的气氛！

徐文海

2018 年 8 月

目　录

绪 论

汪曾祺认为，一切文学发展到极致都是儿童文学，由此他呼吁中国的“胡闹文学”。

从1981年第一篇小说《春雨夜菲菲》发表的沉寂无声，到《民间音乐》《红高粱家族》的一鸣惊人，再到《丰乳肥臀》《生死疲劳》《檀香刑》的一路蜕变与尝试，30多年的文学创作生涯也许对于莫言来说可谓是波澜起伏、风云变幻的漫长征程，然而对于中国文学史来说，他的沧海一粟，却创造了光辉而令人骄傲、振奋的一页：2012年10月，莫言获得了诺贝尔文学奖。

自从莫言“横空出世”以来，研究莫言的文章数量惊人，发表在各类期刊上的论文以及出版的专著也在不断增加，对于莫言的研究已经蔚为壮观且成果斐然。可以说，莫言是新时期以来最受关注的作家之一，特别是随着莫言获奖消息的传来，国内文学研究界对他的爱恨交加、毁誉参半、明争暗斗更是将莫言研究推向了对优秀的中国文学和世界文学的评判标准和意义鉴定的范型论证中，其中不乏独立之精神、自由之思想的真知灼见，也不乏趋炎附势、追赶潮流的刻意追捧和恶意中伤。

当获奖的余热还未散尽之时，回到莫言、回到文本的扎实研究也许是对莫言最高的致敬，也是对枝繁叶茂的中国文学的信心展示。毕竟，莫言获奖不是中国文学的终结，而只是一个好的开始。

莫言的专题研究，与新时期以来的文学热点基本是一致的，主要集中在“魔幻”“本土化”“民间写作”等热点话题，但对儿童视角与莫言小说关系的研究却鲜有论述。纵观莫言的创作历程，儿童视角叙事从创作初期就已经成为莫言文体特征中的基本元素，无论是意象鲜明的《透明的红萝卜》《拇指铐》，还是以高密为背景的乡土写实《枯河》《罪过》《铁孩》《红高粱》，还是魔幻现实演绎的《四十一炮》《丰乳肥臀》《檀香刑》，无不是在儿童的视角下展开叙述。而黑孩、小虎、铁孩、豆官、少年余一尺、“小妖精”、罗小通、上官金童也构成了莫言小说中形象鲜明、神采奕奕的儿童人物谱系。在莫言近 120 篇小说创作中，以儿童视角去描写的有 50 多篇，占莫言小说创作总数的近 50%。在新时期以来的文学创作中，可以说没有哪个作家能像莫言这样，始终如一地对儿童视角叙事保持如此专注的兴趣。

莫言自己也坦言：“以前我没有意识到，后来被别人点破后我才发现采用儿童视角讲述故事原来是我的一种潜意识。”这种潜意识与莫言的出身、生活环境、个人性格有着密切的联系，这种心理和情感的积淀让莫言在讲故事时，首先回到了高密东北乡的记忆场，驻足于儿童视角进行观察与讲述。小说《四十一炮》发表之后，莫言也曾说，至此，他的儿童视角叙事“彼此贯通，成为一个整体”。

早在 1986 年，程德培就在《被记忆缠绕的世界——莫言创作中的童年视角》① 一文中以莫言的儿童视角为研究对象，通过文本与作家生活经历之间的内在联系寻找其儿童视角叙事的创作心理动机。

① 程德培：《被记忆缠绕的世界——莫言创作中的童年视角》，载《上海文学》，1986 年第 4 期。

2011 年，当莫言研究已有 20 多年的历史，研究已经蔚为壮观且成果颇丰之际，程光炜再读《透明的红萝卜》[①]，再次提醒研究界关注莫言的儿童视角的独特性和重要性。这期间也有一些硕士生以此作为研究专题，但大多集中在从文本外部出发的作家童年经历和创作情感对于作品的影响意义，并没有深入地探讨莫言采用儿童视角所呈现出来的叙事特征，进而分析儿童视角背后的文化意义，也鲜有寻找莫言儿童视角独特性的相关论述。

莫言的小说创作已经与他的儿童视角书写融为一体，难分彼此。但与儿童视角在莫言作品中的应用广泛性相比，研究界对于这一对象的关注与研究还远远未达到应有的高度和深度。尽管程德培、程光炜、刘书勤等人已就儿童视角从不同方面进行专文探讨，但儿童视角叙事一直都是批评者借以说明莫言其他创作主题、特色的“有效工具”，而非主旨所在。在新时期文学回到文体本身、强调艺术创新的时代环境下，莫言为何选择以儿童视角作为叙事的视角，这样的视角又给莫言的作品带来了什么艺术质素？在这样的视角下传达了莫言对于艺术、人生以及社会怎样的思索？不得不说这是莫言研究中亟待解决的问题，也是建设现当代文学史应该开展的命题研究。

论述这个问题，如果只是用简单的“儿童视角”理论来套用莫言的叙事特征，除了纯粹概念的借用以及方法论上用创作支持理论，用理论阐释创作之外，缺乏必要的社会文化背景支撑，其可论证性是相当欠缺的。将儿童视角叙事作为莫言研究方向的意义在于，它不仅是探究作家思想、心理以及创作动机的直接线索，是莫言艺术思想内涵和艺术技巧的重要组成部分，共同建构了他天马行空、汪洋恣肆的文体风格，同时儿童视角叙事也是他表达自己的社会历史

① 程光炜：《颠倒的乡村——再读莫言的〈透明的红萝卜〉》，载《当代文坛》，2011 年第 5 期。

观、文学创作观以及人生价值观有效便捷的载体和切入点。可以说，儿童视角是探寻莫言创作底蕴和内涵的一副杠杆，它撬动了个性化莫言的存在，也蕴含着新时期文学创作的思潮特征和文学反思，具有普遍性的文学诗学价值。

在进入研究之前，我们有必要对相关的一些术语与概念进行阐释与厘清。

首先，"视角"原本是绘画透视学中的一个术语，后被引入文学叙事学。叙述视角就是叙述语言中特定的观察角度和讲述角度，以不同的角度来观察事物，所见也会各有不同。同样，在文学作品的艺术虚构中借助不同的视角叙事展现出的艺术景象和内涵也大相径庭。所以说叙述视角在文本建构中发挥着举足轻重的作用，它不仅"意味着作者的选择和强调"①，而且"直接影响到读者对小说人物及其行为的反应"②。杨义将视角比作"语言的透视镜，文字的过滤网"，韦恩·布斯将视角视为一种"道德选择"，都集中阐释出视角不仅是一种叙事技巧和创作理念，同样也凝聚着作家的主体经验、创作立场、思想文化的内在诉求，关涉到社会文化思潮与文学变革的外在选择等多方面因素。

叙事角度是一个有多重命名且概念内涵和外延都较为复杂的叙事学问题。按照叙述者叙述权限与自我限制的程度来划分，热奈特在《叙事话语》中将视角分为零聚焦、外聚焦、内聚焦；法国的结构主义批评家茨维坦·托多洛夫把叙述视角分为全知视角、内视角、外视角；里蒙·凯南、米克·巴尔把视角分为故事内聚焦、故事外聚焦。此外，视角还有按照年龄、性别、职业等进行分类的，如成人视角、儿童视角、男性视角、女性视角等等。

---

① 李建军：《小说修辞研究》，北京：中国人民大学出版社，2003年版，第105页。

② ［英］戴维·洛奇：《小说的艺术》，北京：作家出版社，1998年版，第28页。

迄今为止，热奈特的“聚焦说”、俄国形式主义的“公式化”分析等都将关注的问题指向作者、叙述者和人物的关系，主要探讨的是叙事角度的选择与变化给小说的表现方式、故事的讲述方式、小说的阅读效果以及作家的文体特征带来什么样的影响；这样的文本呈现和艺术特征，为深入理解作者的叙述立场和思想内蕴以及价值取向提供更具实证性的线索资料。但是，由于叙事角度与众多人物设置之间关系复杂，再加上很多中长篇小说不止采用单一的叙事视角，随着人称的灵活转变，叙事视角呈现出更为纷繁复杂的景象，从文学评论的具体实际操作来说，如果只是从单纯的理论上来研究叙事视角的变化和叙事人称的多样化还能够穷尽的话，那么具体到某位作家的身上，情况就会变得更为复杂。而莫言，又是一个从不按常规出牌、追求个性化写作特色的“革命”作家，如何在不囿于形式主义细节和模式化研究的前提下捕捉莫言的叙事立场，呈现出他的叙事变化为小说带来的新的审美因素，同时又能给他一个较为宏观的文学定位是比较有难度和挑战性的，这也是本书希望能够解决的问题。

儿童视角叙事是借助儿童的眼光、口吻、认知以及判断来讲述故事，在语言形态上体现为明显的儿童特征。因此，小说在叙事思维、结构形态以及心理意识、审美情趣等方面都受到儿童视角叙事的影响与制约，呈现出别样的艺术特征。

在百年中国文学史上，儿童视角文本创作经历了三个重要阶段：20 世纪二三十年代的生成期、40 年代的发展期以及 80 年代的变革期。1911 年鲁迅以限制性的儿童视角创作的叙事小说《怀旧》，首先打破了传统全知全能的成人视角模式，对中国小说叙事模式的转变产生了深远的影响。此后，鲁迅的《社戏》《孔乙己》、萧乾的《篱下》、凌叔华的《凤凰》《小英》等都采用了儿童视角叙事。这一时期的儿童视角小说，以儿童的视角为复杂的社会和生存环境提供了全新的审视和观察角度，但小说的指向并不在于儿童，而是借助儿童来承载更多的社会批判和文学启蒙意识。进入 20 世纪 40 年代，以萧红的《呼兰河传》、端木蕻良的《初吻》《早春》和张天翼的《蜜蜂》《团圆》等为代表的儿童视角小说开始以“儿童本位”观念为切入点，以逼近、还原儿童心态的方式展开叙述，利用个人的生命体验来回应战火连天的时代背景和历史事件，从而将儿童视角小说又向前推进一步。进入 20 世纪 80 年代，以余华、苏童、莫言、迟子建为代表的小说家再次以质量上乘的作品回应了儿童视角小说的内在魅力。开放多元化的时代格局，文学积极“向内转”的内在需求，使新时期的儿童视角创作更加注重个性化的复杂多元叙述，更加强调儿童视角作为一种“有意味的小说形式”的内在特征，可以说新时期的儿童视角创作获得了蓬勃发展的生机。

在对莫言儿童视角创作成果的选取和界定中，本书遵循了热奈特广义上的视角划分方法。热奈特认为，许多文学作品并非单纯使用一种视角，不是一种视角贯穿作品的始末，而是以众多视角使用较多且具有显著主体特征为视角文本的界定和划分依据。这也是本书选取莫言儿童视角作品的依据和研究的主要考察对象。

本书不限于作家经历与作品文本之间的简单对照，即单纯在创作心理和表现内容上寻找传记色彩和心理动机的线索材料，尽管本书涉及这一部分内容，但只作为深入创作特色以及文学内核的一个内在考量因素，而不是内容核心全部。就莫言研究的纵向比较来说，本书不囿于儿童视角与创作心理、内容与形式之间的简单论证，甚至给出关于精神分析学的佐证，而是深入到莫言宏观的创作发展与思想意识中，探究儿童视角为莫言的思想、哲学、人生价值观的呈现提供了什么，这一视角的选择又给莫言的创作带来了什么。就儿童视角研究的横向比较来说，本书不想用文艺理论中的视角概念来分析作家作品，或者用作家作品来佐证儿童视角理论的范式研究，而是希望能够凸显莫言文本的重要性以及作家创作的主体性。因此，探寻莫言儿童视角的独特性，儿童视角的产生、表现、操作方式以及叙述效应是本书的重点所在。

基于以上考虑，本书想要探讨并力图解决的是：莫言采用儿童视角叙述为我们呈现了怎样的世界景观？这种融合着成人视角的“撤退性”叙述在形式与内容之间构筑的巨大张力是如何在文本中运行并阐释的？这种极具“先锋派”色彩的叙述形式是否具有可靠性和真实性？莫言又是如何在荒诞化的语言中实现叙述的可靠性的？莫言选择儿童视角隐含着他对于社会、文化、人生怎样的思想探索和文化选择？

第一章

莫言与儿童视角叙事的选择

儿童视角叙事是一种极具个性化的叙事视角，这种个性化的赋予来源于其与成人视角的背反与疏离，这种独特的选择背后不仅是作家对儿童心理、社会属性、认知方式以及情感世界的青睐与信任，也是从艺术创作角度对“儿童”所蕴含的叙事艺术、审美价值等建构的文本创作的极大肯定与自信。莫言选择儿童视角作为叙述视角之一的创作心理动机，不仅在于儿童本体所具有的巨大魅力，也与这种颇具意味的叙述策略与其自身艺术秉性的内在契合、社会、文化、文学发展的外在影响有关。儿童视角叙事是作家人生经历积淀的结果，是现实“双重身份”被再次激发的表现，是源自情感深处不得不说的寓言。

因此，在莫言的儿童视角文本中，一切表现、一切叙述皆“以儿童为本位”，文本真实地再现了时代历史背景下儿童饥饿、暴力、孤独的生存境遇，折射出成人世界的残酷与虚伪。儿童生存的苦难，正是时代和历史的苦难缩影，莫言的表现是“呈现”式的，是极具现实主义色彩的。

第一节　“童年”情结和现实经历的相互激发

莫言与儿童视角的这种亲和力首先来自儿童本身所散发出的艺术诗意，其次莫言自己特殊的童年经历在其成长过程中逐渐成为记忆的积淀和情感蕴积，当他成年后进入大都市，这种潜意识里的情绪在“双重身份”的现实体察和情感矛盾中被再次激发，回到儿童时光成为他的精神之旅。

童年是人生中重要的成长阶段。冰心曾说：“提到童年，总使人有些向往，不论童年生活是快乐，是悲哀，人们总觉得都是生活中最深刻的一段；有许多印象、许多习惯，深刻地刻画在他的人格气质上，影响他的一生。”① 从人类学角度来说，对于童年生活的眷恋与回忆则具有普遍的情感价值，是人类共同的情感源泉，这也就从接受学层面、读者角度找到了情感共鸣的坚实基础，艺术审美交流的有效平台。“儿童”是一个历史建构的概念。柄谷行人在《现代日本文学的起源》一书中提出：“所谓孩子不是实体性的存在，而是一个方法论上的概念。”② 童年，是人生的开始，成年人在对过往岁月的回溯中，人生在想象与回忆中获得了自在的成长与发展的可能性选择，由此，童年不再是一个孤立静止的起点，它成了生命和成长链上的一个活动环节，童年造就了今天的自我，而自我无论是在童年中重拾逝去的珍贵也好，还是在成熟的心态下品味童年的简单纯真也好，抑或难以摆脱童年的创伤对于记忆的纠缠也罢，在反思与回望中，童年都成为人生的因，也成了人生的果，包含着太多对

---

① 范伯群：《冰心研究资料》，北京：北京出版社，1984年版，第42页。

② ［日］柄谷行人：《现代日本文学的起源》（赵京华译），北京：生活·读书·新知三联书店，2006年版，第124页。

现在的警醒、对过去的想象以及对未来不尽的希望与期待！因此，在艺术创作上，童年所具有的人类学普遍意义以及在线性时间上造就的巨大弹性，在人性经历上设置的超强张力，都使文学创作回到童年成为难以抗拒的"勾魂酒"。

对于生性敏感、情感丰富的作家来说，童年的经历更是他创作的重要来源之一。童庆炳认为，作家在写作前的心理定式和心理特征构成了先在意向结构，这种先在意向结构从童年时期就开始建立，因此"作家面对生活的感知方式、情感态度、想象能力、审美倾向和艺术追求等，在很大程度上都受制于他的先在意向结构"①，也就是说，童年生活与作家的创作有着潜移默化的内在联系。莫言曾多次说过："童年的印象特别深刻，终生难忘。要想去掉这烙印，只有连同那块肌肉一起割掉。割去肉的伤疤又是烙印。"②

正是作家在情感上对儿童的钟爱以及对儿童本身所蕴含的文化学、心理学以及人类学意义的深切体认，才使得"儿童"不仅是作家笔下刻画的一个形象个体，也不仅是一种艺术表现方式的策略选择，更多的是一种儿童化的心理状态、认知方式和价值取向。作家将童年所蕴含的诗意创造以及自己的情感积淀通过语言艺术转化为别具特色的表现对象和艺术形象，这是一次重要的精神沟通与探寻，也是一次记忆的艺术加工与再创造。

莫言在创作中对儿童视角叙事的选择是一种源自本体经验和内在情感的本能选择。他在谈到童年经验对其创作的影响时说："童年的经历和经验对我以后看问题、搞创作是有很多潜在的影响，有时

---

① 童庆炳：《作家的童年经验及其对创作的影响》，载《文学评论》，1993年第4期。

② 莫言：《饥饿和孤独是我创作的财富》，见《小说的气味》，北京：当代世界出版社，2004年版，第169页。

自己都不知道，潜意识里不知不觉会回到童年的状态。”[①] 莫言的成长历程是曲折坎坷的。他于 1955 年 2 月 17 日出生在山东省高密县大栏乡平安村，1961 年进入小学读书，1966 年因为“中农”的家庭成分被迫辍学，随后一直在家务农，1973 年到县棉花加工厂当临时工，1976 年应征入伍，1984 年考入解放军艺术学院文学系，1997 年转业到最高人民检察院《检察日报》工作。莫言青少年时期在农村的生活经历为他的小说创作打下了扎实的生活基础，也成为他艺术创作的直接源泉。他在自己的多部散文中谈到童年生活对于自己的影响，《小说的气味》《会唱歌的墙》《莫言散文》都详细而生动地记录了他的故乡感受、童年的记忆、对于家乡风土人情的理解以及对于爱恨情仇的纠结。

莫言的童年记忆中有着刻骨铭心的苦涩与悲凉。生于 1955 年的莫言，经历过中国的饥荒年代，那是一个奇异而狂热的时代：一方面物质极度匮乏，饥饿是那个时代的鲜明特征，也是人民痛彻心扉的深刻记忆；另一方面，人民的政治热情空前高涨，在勒紧裤腰带、大炼钢铁的同时，以满腔热情向第三世界国家提供药品和食品支援。

时代和社会的创伤烙印直接体现为芸芸众生的生活图景和生存体验。饥饿是莫言对童年生活最为直观的生理记忆，莫言在散文《吃相凶恶》中记录了当时的社会生活状况：

> 能吃的东西似乎都吃光了，草根、树皮、房檐上的草。村子里几乎天天死人。都是饿死的。[②]

此外，阶级成分的人为划分对于一心想上大学的莫言来说是人生的最大障碍，“……我家成分是中农，原本就是团结的对象，郑红

---

① 杨扬主编：《莫言研究资料》，天津：天津人民出版社，2005 年版，第 124 页。

② 莫言：《吃相凶恶》，见《莫言散文》，杭州：浙江文艺出版社，2000 年版，第 25 页。

英一歪小嘴就把我上中学的权利剥夺了”①。对于一个农村青年来说，只有两条路可以改变自己的命运，一是考大学，二是当兵。但是一个老“中农”的儿子怎么可能当上兵呢？所以，他年年报名，年年被“毙”。考上大学，成了他唯一出人头地、逃离家乡的路，而一个小学毕业就被迫辍学在家务农的孩子又如何能走入那万人景仰的象牙塔呢？

鲜明的时代特征和政治症候也许只是历史前进中的瞬间或者偶然，然而对于生活在其间的个人来说，却可能是命运的转折点。小说《生死疲劳》中“油嘴滑舌”的小混混“莫言”就被刻画成急欲融入主流社会群体，却总被主流阶级嘲弄、抛弃的边缘人物，这里有着莫言真实的生活经历和精神掠影。

匮乏的生活条件、特殊的社会环境不仅让他从小对生存现实有着深切的体悟，也培养了他在独孤、寂寞中观察世界的敏锐感知力，孕育了他对民间乡土世界感同身受的理解力和悲悯之心。告别教室、年龄又小，只能在公社里当个放牛娃。他每天牵着牛、背着草筐路过联合中学的教室时，心里就泛起莫名的苦涩。当通过学习、求知的方式建立与世界沟通的开放式联系被中断时，莫言退缩到了自己的封闭世界中，他有更多的期许，他有更多的奇思妙想，他有难以找到知音的悲哀，于是他与大自然有了亲密无间的感情，他跟牛说话，他跟鸟交流，他对大树咏叹，他对花草低语，他将自己的触觉、味觉、嗅觉、视觉等修炼成精，这是他的自然天性，也是他的精神本源。在莫言的语言叙述中，你时时能感受到他对大自然的聆听与倾诉，清新朴实、流畅和谐。这是孤单、不幸的童年，但也是幸运的童年，正是这段孤独的苦难童年，造就了莫言神经敏锐、想象丰

① 莫言：《我的中学时代》，见《莫言散文》，杭州：浙江文艺出版社，2000 年版，第 32 页。

富、愤世嫉俗的文学家素质，并对他此后的创作有着巨大的影响。莫言曾说，他的知识和经验不是来自课堂，而是来自鲜活的田野。

诚然，饥饿和恐怖并非莫言童年生活的全部，但也并非每一个有过如此切身体验的人都能成为像莫言这样的作家。对于作家而言，沉重而苦难的生活记忆，历经岁月的洗涤和沉淀，往往会发酵为一坛沁人心脾的美酒。莫言，在穿越记忆的灵光中，用洞彻黑暗童年的勇气和深邃，用语言和文字将记忆还原为光彩夺目的风景。

莫言小说中的很多故事在他的童年能够找到经验和感知的影子。《透明的红萝卜》《枯河》《罪过》中父母的严加管教、老师的苛刻、“文化大革命”的残酷，《枯河》《蛙》《四十一炮》中的暴力主题都是莫言童年经历的真实再现。当莫言在地铁口看到一位哺乳的母亲，对母亲的悼念和敬爱让莫言热泪盈眶，母亲伟大而平凡的一生，使他以火山喷发般的挚情一气呵成完成长篇小说《丰乳肥臀》。莫言对创伤记忆的刻骨铭心，对爱的渴求与失落，在对个人的成长反思中，在历史的涤荡沉淀中，凸显出关于爱恨生死的永恒主题，那个关乎个人记忆的“小”叙事因此具有了穿透历史和现实的质感和真实，也铸就了他的“大”手笔。

儿童夸张、神秘的感知方式，丰富而灵动的想象力，被成人践踏、蹂躏、施暴的生活现实以及沉默不语、顽强倔强的精神状态，在莫言的短篇小说《透明的红萝卜》《枯河》《罪过》《铁孩》中，在中长篇小说《牛》《丰乳肥臀》《生死疲劳》《四十一炮》等中都有淋漓尽致的展现，这群被人类遗忘与鄙夷的“精灵”们，以饥饿的身躯孤独地游走在生存的荒郊野岭。孤独和饥饿是莫言童年最为深刻的两种生命体验，这种难以磨灭的记忆创伤让他执着不懈地将书写的视角放在孩子的身上，用他们那最为柔弱无辜的心去印证最为残酷血腥的成人世界和现实法则。

对于生于20世纪50年代的一代人来说，莫言所处的社会背景以及所遭遇的个人经历是具有时代共性的，也就是说，这样的性格和经历是构成莫言书写的必要条件，但并不是每一个具有这样性格和经历的人都能成为莫言，因此它不能构成莫言儿童视角写作的直接理由，更不可能决定莫言的写作风格。因此，成年作家莫言在创作中回到"童年"有其现实环境的直接触动与激发。

青年莫言经由县棉花加工厂当临时工人"曲线"参了军，实现了自己青年时的梦想，也让他离开了满是忧伤记忆的故乡。他"连头也没回"一下，他希望汽车开得越快、越远越好，最好能开到海角天涯。童年的故乡有着太多的伤痛和忧愁，太多的沉重与悲凉，彻底地割断与故乡的联系甚至情感上的羁绊才能迎来新生活的曙光吧？这种急切离开故乡的心情，在散文《超越故乡》里有真切的反映：

> 十八年前，当我作为一个地地道道的农民在高密东北乡贫瘠的土地上辛勤劳作时，我对那块土地充满了刻骨的仇恨。它耗干了祖先们的血汗，也正在消耗着我的生命……当时我曾幻想，假如有一天，我能幸运地逃离这块土地，我绝不会再回来。①

这个发誓永远不再回到故乡的青年，几经坎坷，考取了解放军艺术学院，从此在首都北京扎根生活，然而，精神的返乡如同神巫的谵语一样，萦绕不断。

对于一位从农村走出来的作家，都市的现代化和优越感是毋庸讳言的现实感受。大多数作家，或以尴尬的身份积极适应，或以改

---

① 莫言：《超越故乡》，见《莫言散文》，杭州：浙江文艺出版社，2000年版，第76页。

头换面的决心彻底服膺，为喧嚣所左右，为欲望所牵引。但单纯地追求新奇怪异来博得读者的青睐，缺乏内在生命价值、没有真实所知所感的小说很难成为具有生命力、鲜活力的优秀作品。作为优秀的作家，总能在自己的人生经历中寻找到通往人性、人生的康庄大道，建构自己的严肃文学。严肃文学与作家的生命体验息息相关，几乎所有的严肃作品，都可以视为作家的“自传”。中国的曹雪芹、蒲松龄、鲁迅、沈从文、萧红、张爱玲，国外的福克纳、托马斯·沃尔夫、劳伦斯、列夫·托尔斯泰莫不如此。于是，对于已经离开故乡的作家，是否要返回自己的故乡，以什么样的方式返回，成为一个重要的问题。

在创作初期，莫言也曾为都市那喧闹浮泛的思想所牵制，极力抵制自认为来自故乡的那“小而窄”的主题视域，挣脱那“下里巴人”的叙述方式，建构“高大全”的命定主题，他写海洋、山峦、军营，然而那些作品“一看就是假货，因为我描写的东西多与我没有丝毫感情上的联系。我既不爱它们，也不恨它们。在以后的几年里，我一直采取这种极端错误的抵制故乡的态度”①。情感的不彻骨、叙事的不通畅，总让他迷失创作的方向。莫言说：“尽管我近乎癫狂地喊叫过：高密东北乡是地球上最美丽最丑陋、最超脱最世俗、最圣洁最龌龊、最英雄好汉最王八蛋、最能喝酒最能爱的地方，但喊叫之后，我依然，甚至是更加悒郁沉重。”② 他在创作的失败和迷惘中不断反省：“我的小说无论装点了什么样的花环，也只能是地瓜小说。其实，就在我做着远离故乡的努力的同时，我却在一步步、

① 莫言：《超越故乡》，见《莫言散文》，杭州：浙江文艺出版社，2000 年版，第 76 页。

② 莫言：《高密之光》，见《人民日报》，1987 年 2 月 1 日，第 5 版。

不自觉地向故乡靠拢。”① 当莫言将自己的文学共和国建立在自己的故土——高密东北乡时，面向童年的回忆如同滔滔江水汹涌而来。

莫言将叙述的视角锁定为儿童，除了缘于自身的性格和经历之外，还有更为深层的意识驱使，那就是作家“双重他者”身份意识的寻找与辨认。在不同的时代、不同的环境中莫言宿命般地陷入“双重他者”的尴尬境遇，童年时的“中农”子弟和成年后城里的乡下人、游走在主流秩序边界的“边缘人”，虽然境遇不同但感受相似，于是记忆在现实中被重新开启。

莫言出生在一个“中农”家庭，在当时的社会历史条件下，“中农”就是“边缘人”，是可以被“教育和团结的对象”，不属于地主阶级，自然不在被打击的主要范围之内，更多的时候稍不留神就会被划入“敌对阵营”，因此谨小慎微、唯唯诺诺、沉默寡言是他们最为真实也最为有效的生存哲学。莫言在很多回忆性散文中也提到自己父亲的谨慎内敛，兄弟们对于上学和当兵等事情的诚惶诚恐。也许，这种“边缘人”的现实处境对于儿童来说是懵懂不清甚至是毫无意识的，因此小莫言才会因口无遮拦而得罪了老师继而失去了继续上学的机会。童年情感的阻塞与湮没以及特定环境下“无意识”的行为选择，使成年后的莫言在相同或类似的现实遭遇参照映现中，将这一主题和思想表现得更为触目惊心、明朗直白。“城里的乡下人”的身份意识是莫言创作的直接激发点和情感、价值判断处于矛盾撕裂状态的搅拌器。莫言在很多场合和作品中表达过自己来到大都市后局促不安的窘状。他在接受凤凰卫视的采访时谈道，当他要打出租车去很近的地方时，总是事先准备好一包中华烟给的哥，生怕遭受他人的叱责。而在散文《吃相凶恶》里，一个简单的如何

① 莫言：《超越故乡》，见《莫言散文》，杭州：浙江文艺出版社，2000 年版，第 77 页。

“吃饭”却难倒了堂堂大作家。饭后抢着付钱，因怕浪费粮食而多吃几口被讥笑为“非得把那点钱吃回来不可”；于是改变“吃法”，赴宴前在家先吃饱，宴席上吃出温良恭俭让的样子来，终究还是得了个“假模假样”的封号。其中的各种原委恐怕也只有心是故乡心、身在大都市的人可以深味吧。

由农村走入城市的人生经历和身份边缘意识，让他始终处于精神归乡的路途中，这个路途，有着对文明的禁忌和抵抗，也有对乡土自由的依恋与向往，有着对超越苦难的自豪，也有对无病呻吟的鄙夷。因此在他的创作中，有着现代主义的随意拼接又不忘现实主义创作的沉重与严肃。在回忆童年时光中，莫言没有步汪曾祺“新笔记体”的后尘，而是开创了属于自己的个性书写。

这种“双重他者”的身份意识，是“一种难以进入任何一种社会秩序的无根状态，是一种被拒绝和主动拒绝相交叉的反抗，是一种争辩和表现、一种揭穿和暴露。在这个过程中，往往能够获得重新打量周围世界的视角”①。身为城市人、心是农村人的尴尬，现代文明的异化和迷失，每一个孩子的成长过程都如同猴性十足、上天入地的孙悟空被压在五行山下一样，将个性一一磨平，融入也适应成人生活，这正是成长的悖论，也是人性的悲哀。莫言顿悟其中的道理后，立即回到时空隧道中，重新整理记忆的碎片，回到儿童，从城市的纷扰迷乱回到乡村的质朴淳厚，从中年的世故老练回到儿童的单纯真挚，从费尽心思地迎合陈腐的写作教条回归到自觉地表达爱与恨，从揣测别人世界的故事回到书写自己性灵和性情的诗篇。

如果说，早期莫言儿童视角小说的清新风更多的是缘于刚入都市用怀旧的笔触对主流文化秩序加以观察和揣摩后体现为一种独立的并行姿态的话，那么在《红蝗》和《欢乐》的写作中，他以“审

① 付艳霞：《莫言的小说世界》，北京：中国文史出版社，2011 年版，第 191 页。

丑”的极致来冒犯和对抗中国文学传统，这引起了研究界广泛的谈论和批评。他用“食色，性也”来对抗虚伪的现代文明，他用沉重的苦难来对抗中产阶级的脆弱神经，他用儿童的胆大妄为、胡作非为来对抗成人的胆小怯懦、阳奉阴违。莫言用儿童视角写作来挣脱“双重身份”的羁绊与束缚，他在“最低级”的层面上，通过写作，发出虽然微弱却独立的声音，在对抗中寻找自己的尊严，也用儿童的意气用事撕毁了一切虚伪矫饰的面具。

第二节　视角魅力与文学革新的内在选择

儿童视角本质是一种边缘化视角，也是叙述策略上的低智化。巴赫金认为，这种边缘化的叙事策略具有强烈的文化意味，即“从边缘制造文学革命，以边缘体裁小说，颠覆传统的题材观念；以边缘人物如小丑、傻瓜、骗子等，发挥特殊的形式——体裁面具功能”①。儿童的边缘化地位，儿童的“去蔽性”眼光，儿童未受世俗积习浸染的思维方式，让人类从束缚已久的模式化思维、理性定式中解放出来，在开拓新奇世界的同时，也呈现出别样的意义，而这正是儿童视角区别于成人视角的根本之所在。考察一种叙述方式，甚至具体到某种叙事视角，除了考察作家个体心理和经历的内语境以外，还要考察文学和社会的外语境。王一川在他的《修辞论美学》一书中曾提出“小文本”和“巨型文本”的概念，他说，“如果说，具体艺术话语（一部小说、一首乐曲等）是一则个人‘小文本’，那么，文化语境则是隐蔽地活跃于其间并起

---

① 段建军：《西方文论选读》，西安：西北大学出版社，2003年版，第262页。

支配作用的社会性‘巨型文本’”①。他进一步指出，文化语境通常涉及基本价值体系、文化压力、审美惯例、文化原料、文化战略等各个方面。

儿童视角叙事所具有的优越性与20世纪80年代初期中国文学所倡导的思想解放、回归本体、尊重个性的文学思潮一拍即合，因此儿童视角小说蔚然成风，成为新时期文学一种独特的现象。

20世纪80年代中后期，随着思想解放的开始、文化禁锢的消除以及对于历史与人性、人道主义的重新关注与反思，文学界迎来了“解冻期”。与此同时，外来文化、文艺思潮以及创作方法在开放的大格局下大批涌入中国，封闭隔绝已久的文化交流与学习成为可能，也为中国文学血液的更新与生命的复兴提供了契机。先锋文学自不必说，是西方现代派思潮在中国的直接回应，而寻根文学也是西方魔幻主义与民族精神和文化的嫁接成果。

此外，全球人类学研究的盛行对中国文学也有直接的影响。马尔克斯的《百年孤独》之所以在世界文坛名噪一时，很大程度上是因为它契合了全球化背景下文学外延伸展到人类文化学领域的时代特征。1981年，法国人类学家列维-布留尔的《原始思维》译本在中国首次出版；1987年，弗雷泽的《金枝》中译本以及全面介绍人类学批评的《神话—原型批评》也相继在中国问世。随后，上海、北京等地相继出版人类学丛书、比较文学系列以及民俗文化研究等书籍。国内知名的文艺丛刊，如《文艺争鸣》《上海文论》《中国比较文学》也陆续推出从神话、民俗、原型等视角进行研究的文章。②在人类学研究视角的影响下，中国文学的本土化更为注重从人性本

① 王一川：《修辞论美学》，北京：中国人民大学出版社，2009年版，第83页。

② 参见叶舒宪：《文学与人类——只是全球化时代的文学研究》，北京：社会科学文献出版社，2003年版，第257—259页。

源的角度探索生命，儿童视角成为有效的叙事策略之一，也更为注重边缘地域以及文化对于民族之"根"的意义与发现，由此孕育了中国20世纪八九十年代文学中地域书写的繁盛，如韩少功的《爸爸爸》、王安忆的《小鲍庄》、阿城的《棋王》以及贾平凹的"商周系列"、李杭育的"葛川江系列"，等等。

"西学东渐"之所以能在20世纪80年代的中国生根发芽，除了上述西方现代理论因其严谨性和科学性在全球化时代背景盛行并得到广泛认可以外，更为重要的是它与经历了十年浩劫后满目疮痍的中国开始在改革开放中寻找重振民族精神的社会整体环境相契合，与中国知识分子希望借重外来文化完成思想的觉醒与焦灼相一致，从某种意义上来说，新时期文学是中国文化史上的第二个"五四"时期。从阅读的接受角度讲，大众的审美方式和审美意识也发生了巨大变化，解构崇高、拒绝说教、怀疑精神，都使得读者因儿童视角叙事消除了作家说教的预设心理，暂时性地放松警惕，姑且听听这"胡言乱语"，也就培育了阅读下去的耐心。

内在的文化需求与社会环境，与外来的思想文化相互影响与促进，最终促成了新时期小说"向内转"的文学革命，对小说本体属性的追求日益成为作家的自觉意识。1985年前后，文学界展开了关于小说文体问题的讨论，这次讨论成为文学艺术开始走向自由创作、强调文本内在特征的风向标，也为摆脱传统的陈旧僵化观念提供了强劲的动力。叙事方式、结构艺术、语言表达、人物形象以及情节设置等小说文体内在要素成为作家关注的焦点，与之相关联的审美方式、思维方式以及创作观念和价值观念等也有了重大的变化。因此，严家炎先生曾说，小说形式的实验与探索始终是20世纪中国小说执着努力的方向所在。其中较为显著的是对于小说叙事视角的变化与转换问题的重视与实践，尤其是在20世纪80年代开放、多元的格局下有了长足的进步。①

就叙事方式来说，叙事视角由传统的全知视角向限制性视角转变是新时期小说的一个显著特征，即舍弃传统全知全能的、具有“上帝”般至高无上的叙事权威的全知视角，而转向个性化的人物视角。其中，儿童视角作为一种独特的限制性视角，其蕴含的深刻文学功能以及文化意义备受新时期小说家的青睐，这种区别于成人视角的叙事方式，在打破传统因袭束缚、建构新的美学价值和艺术质素方面提供了更为广阔的空间和叙事便捷。

新时期文学中借助视角转变来带动文学内部革命，如果一定要找到一个扭转点、一部代表性作品的话，那么应该说非莫言的《红高粱家族》莫属。小说以“我”（儿童）为叙事视角，展开了关于“我爷爷”“我奶奶”爱恨情仇、仗义豪情的历史叙述。这部小说的划时代意义不止一两点，但归根结底的气韵还在于它开创了“我爷爷”“我奶奶”叙述下的儿童视角叙事模式。儿童的“我”与成人的“我”交互出入，现在的时间与过去的时间随意拼接、切换、贯通，社会历史的真切与复杂、荒诞与魔幻融汇在莫言的儿童视角叙事所构造的话语系统中，在内在的复合性和张力中蕴藏了强大的文本内涵，也增强了小说的反思品格和文化意味。连莫言自己也说，如果不是采用儿童视角叙事，《红高粱家族》“就是一部四平八稳、毫无新意的小说”②。《红高粱家族》中的儿童视角叙事引领了随后洪峰的《瀚海》、方方的《风景》和史铁生的《奶奶的星星》等儿童视角文本的大量涌现。而此后莫言在小说《牛》《酒国》《丰乳肥臀》《生死疲劳》等作品中对于儿童视角叙事的执着关注与不断突破，直到《四十一炮》“形成一个整体”，彰显了儿童视角叙事在其

① 参见严家炎：《世纪的足音》，北京：作家出版社，1996年版，第21页。

② 莫言、王尧：《从〈红高粱〉到〈檀香刑〉》，载《当代作家评论》，2002年第1期。

作品中的重要性。

可见，作家的生活经历、教育背景、生活环境以及个人的身份意识和思维意识对其创作格局的形成有着多么重要的作用。无论是“由文及人”还是“文如其人”，都在强调作品的题材、格调与文体、人品之间的内在关系，这种内在的关系不仅包括与个体心理相关的内语境，也包括与社会文化环境相关的外语境。无论以哪种语境作为参照比对，都不应该是与文本的简单比附，而应从文本出发，寻找切实的依据，同时也从作家的经历出发，寻找与文本内应的心灵轨迹和现实依托。

莫言是一个会讲故事的人，讲述别人的故事，也讲述自己的人生。他和他的故事，席卷着历史的长江大河滚滚而来，击打着现实记忆的零零星星簌簌而落，他以不可遏制的情感汹涌、身临其境的亲身经历、生动丰盈的语言艺术、魔幻空灵的艺术想象力，把被历史、现实、成规、伦理遮蔽掩盖、尘封已久的乡民生灵，把那些被扭曲却麻木无知的人性，通过文学的魔术镜幻化出来。莫言的小说，如同一株枝繁叶茂、硕果累累、直冲云霄的奇异大树，但根植大地，根根须须都饱蘸中国故土的原汁原味。

他对儿童视角的偏爱绝非偶然，更不是人云亦云的追逐潮流，它凝结着作家主体的自我真实情感，也渗透着作家对于生命体验和人生况味的种种品试。莫言的儿童视角里，有着自己童年的影子，有着自己难以平复的历史记忆，有着对于现实的重新发现与审视，也有着对于未来的期许与希望。对于历史的洞察，对于高密东北乡的复杂情感，对于文学创作的追求，都让莫言与“孩子”最先产生共鸣，他们在精神上相遇了，这种相遇使莫言找到了一种得心应手、恰如其分的叙述表达策略。

第三节　回归本体与窥视外界的内容呈现

儿童视角文本要求一切叙述以“儿童为本位”。以儿童的眼光、心态和思维方式来观察和考量人事，叙述者要贴近儿童，说儿童的话，表现儿童的心理，办儿童的事！放弃成人视角的理性关注与思考，还原儿童的本真生活和心理来重新打量世界，以往的经验性认识和论断在这里受到了颠覆和质疑。莫言儿童视角关注下的儿童生活是充满饥饿、暴力、死亡、情感荒芜的世界，这不仅是对儿童本体的赤诚情感，也是对时代社会环境缩影的描绘。

在莫言的儿童世界中，饥饿是最为真实的生理体验，当基本的生存都面临极大考验时，吃饱就成为战胜一切伦理道德的至高真理。莫言在《饥饿和孤独是我创作的财富》一文中生动地记录了饥饿的记忆：

> 那时候，我们身上几乎没有多少肌肉，我们的胳膊和腿细得像木棍一样，但我们的肚子却大得像一个大水罐子。我们的肚皮仿佛是透明的，隔着肚皮，可以看到里边的肠子在蠢蠢欲动。我们的脖子细长，似乎扛不住我们沉重的脑袋。①

这种饥饿的生理体验直接表现为《透明的红萝卜》中的“黑孩”因为饥饿而被“小铁匠”诱使去偷萝卜，结果被抓到后剥了个一丝不挂。《老枪》中母亲不准孩子“大锁”动挂在墙上的枪，是在用父亲的死亡警示儿子生命潜在的危机，然而这种警示却抵挡不

① 莫言：《饥饿和孤独是我创作的财富》，见《莫言散文》，杭州：浙江文艺出版社，2000年版，第23页。

了来自生理本能的饥饿感，大锁希望用枪来获得猎物充饥，就这样，在对抗饥饿的本能驱使下，父子俩宿命般地相遇了。因为饥饿，《铁孩》中孩子们史无前例地拓展了人类食谱的范围，将钢筋幻化为一种美味的食物，“咸咸的，酸酸的，腥腥的，有点像腌鱼的味道”，“不费劲就咬下一截，咀嚼，越嚼越香”①。《五个饽饽》的故事发生在饥饿岁月的除夕之夜，仅有的几个饽饽用来供神是对饥饿的“物质化”表现，而饽饽被偷后，精神信仰的坍塌和沦陷最终动摇了孩子们所接受的伦理道德高于物质享受的教育灌输，衍生出“吃”才是最本真的存在意义。在《蛙》中，“我”对兔子肉的垂涎转换为对于蝉的饕餮盛宴的享受。《酒国》中的少年“金刚钻”对食物有着超乎常人的敏感，能闻到几公里以外的食物的气味；《四十一炮》中的罗小通因饥饿的真实体验而发展出对肉的狂热欲望以及以“肉”为基础的伦理价值判断。

莫言笔下的那些卑微、弱小、被凌辱、被欺压的黑孩、上官金童、小虎、罗小通们，都是饥寒交迫的“可怜虫”，他们被压在生活的最底层，不仅无可避免地承受来自畸形社会的苦难生活，同时也要忍受成人向更弱者泄私愤的不公待遇。他们整天游走在乡间荒野，年年丰收却饿殍遍野，这是他们怎么也想不明白的问题，与其惘然地追问不如本能地开掘，他们每天睁大了眼睛寻找食物，他们几乎什么都吃，虫子、野草、煤块，甚至是钢铁，为此大大扩展了人类的食谱，为人类的饮食做出了卓越而令人心酸的贡献。

记忆中的童年，暴力是孩子们的“家常便饭”。黑孩在家的苦难生活，不过是“爹走了以后，后娘经常让他拿着地瓜干到小卖铺里

---

① 莫言：《铁孩》，见《莫言短篇小说全集（之二）》，沈阳：春风文艺出版社，2003 年版，第 43—46 页。

去换酒。后娘一喝就醉，喝醉了他就要挨打，挨拧，挨咬”①。在工地上，他是被歧视、被嘲弄、被欺侮的弱者。因为他沉默发呆，被视为脑子有毛病，因为他孤苦和寒酸，被嘲弄为没有娘的野孩子，即使苟且获得为铁匠拉风箱的差事的庇佑，也最终成为小铁匠发泄私愤的对象和“替罪羊”。这就是黑孩的“现实世界”。这种暴力、野蛮的生活图景，莫言在《枯河》中用极尽残酷、准确、朴实、细致的笔墨和平静、冷酷的叙事态度，把亲人们对小虎施以残暴行径的叙述推向极致，其刻画更为触目惊心、令人发指。在打与被打、施事与受事之间，儿童的弱小无助与大人的强大凶残形成了鲜明的对立关系。

生活在一个无情无爱、残酷冷漠的世界，即使是家人之间的血缘之亲，也在冷冰冰的现实面前暴露出狰狞、恐怖的面孔。首先，父爱是残缺和疲软的。《红高粱》中孩子的“父亲”是一个“土匪种”，尽管“我”始终跟随在父亲的身后，并且在多年之后仍旧为父亲那快意恩仇、豪情义胆深深吸引并且顶礼膜拜，但是这种情感的交流和影响始终是单方面的，仅来自作为孩子的“我”，而父亲既没有展现出对孩子“血浓于水”的舐犊情深，也不曾让孩子体味与父亲的依依不舍、感情依赖之情，在孩子的眼中，“英雄”的角色意义远远大于“父亲”的角色意义。

《丰乳肥臀》中的男性普遍衰退、弱化；《枯河》中父亲更是以软弱和趋炎附势站在了儿童的对立面，也成为杀死儿童的帮凶。母爱，也是矛盾纠结的。虽然《丰乳肥臀》是一部伟大的倾力讴歌母亲、母爱的巨著，但是作品对于母爱的阐释也存在内在的矛盾和分歧。上官鲁氏对金童的情有独钟，对姐妹们的忍痛割舍体现出的是

① 莫言：《透明的红萝卜》，见《莫言自选集》，海口：海南出版社，2009 年版，第 188 页。

一种厚此薄彼的爱。《枯河》中的母亲用“戴着铁顶针的手狠狠地抽到我的耳门子上……弯腰从柴垛上抽出一根棉花柴，对着我的鼻子没眼地抽着”①。《石墨》中的母亲只是用推磨这繁重的劳动来使唤孩子和惩罚孩子，《老枪》中的孩子因为违背了不动墙上老枪的叮嘱而被母亲用菜刀砍下了手指。

现实的排挤，使小主人公们总在寻找另一种身份确认的方式。于是孤独与幻想成为他们存在的切实标记。《透明的红萝卜》中黑孩儿能听到鱼儿说话的声音，能看到金灿灿、透明的红萝卜的根根须须。《罪过》中的大福子“我”是一个七岁的傻孩子，出于嫉妒之心，他眼睁睁地看着意外溺水的弟弟挣扎死去却没有呼救，他表面的无动于衷和冷漠无情，是被他人遗弃疏离的后效应，他每天和自己的肠子对话，和河中的鳖对视，寂寥而忧伤。《四十一炮》中的罗小通习惯与肉和自己肠子的对话，《檀香刑》中赵小甲能将身边的人物幻化为惟妙惟肖的动物，这种隔绝现实、来自自我精神深处的臆想症，不仅标识了个体的存在价值，而且也成为他们本能叛逆性的另一种展现方式。《丰乳肥臀》中的上官金童，在一次次面对现实的软弱无力中发起对乳房、性的幻想与憧憬。弗洛伊德说：“可以断言，一个乐天派从来不会幻想，只有不如意者才有幻想。幻想的原动力是不能满足的愿望，每一次幻想就是一个愿望的满足，就是对不满足的现实做了一次修正。”②

莫言对于生存的苦难和不公的表达，常常通过儿童的视角来渲染和塑造，他笔下的孩子们，不仅被“饥饿”的阴影笼罩，也是最弱小群体的代表。对这些孩子寄予的同情和理解，是莫言小说创作中的人道主义核心之一。莫言说：“什么人说什么话，什么藤结什么

① 莫言：《枯河》，载《北京文学》，1985 年第 8 期。

② ［奥］弗洛伊德：《创造性作家与昼梦》，北京：人民文学出版社，1984 年版，第 651 页。

瓜……我是一个在饥饿和孤独中成长起来的人，我见多了人间的苦难和不公平，我的心中充满了对人类的同情和对不公平的愤怒，所以我只能写出这样的小说。”①

不谙世事的孩子在无声的承受中“鞭打”出了大人虚伪、软弱的阴暗心理，莫言借助儿童视角将社会暴力的秘密和根源曲折地探究出来。《透明的红萝卜》中，同样忍受着饥饿折磨的小铁匠怂恿黑孩去拔萝卜，甚至以公然抢夺的方式占为己有，这是他不愿也不敢触犯公社禁令的明证。《枯河》中的小主人公小虎，在玩耍中无意压死了书记家的小女儿，灾难由此降临他的家。家人的毒打、亲情的冷漠、权力的恐吓一点点扼杀了这个孩子对于生的渴望。哥哥在毒打中害怕受牵连的懦弱与虚伪昭然若揭，父亲在愤怒的皮鞭和拳头中发泄着来自自身灵魂深处的不安、恐惧和卑怯，他们用强大的暴力行为掩盖着自己生命孱弱的事实。当生已成为一种折磨和苦难时，死却是可以想象和幻化的抽象美，是生的另一种精神延续。小虎想到同村的小媳妇生前默默无闻，死后却成为人们关注的焦点，甚至就连位高权重的书记都来了，于是他认为死亡不是件坏事甚至是诱人的！当小虎固执地以布满伤痕的屁股迎着阳光的姿态死去时，“父母目光呆滞，犹如鱼类的眼睛……百姓们面如荒凉的沙漠”。成人世界的残酷、荒诞与虚伪在孩子死的平静中遭受无声的嘲弄与讥讽。

《四十一炮》以一个对肉有着狂热偏执感情的“炮孩子”——罗小通为叙事视角，为我们展现了中国农村向城镇化转变过程中“原始积累”的残酷与变态。

经济领跑社会发展的转型期，人们的道德、公正、正义在现实面前风雨飘摇、支离破碎，靠倒卖注水猪肉发家致富的村长老兰不

① 莫言：《饥饿和孤独是我创作的财富》，见《莫言散文》，杭州：浙江文艺出版社，2000年版，第23页。

仅成为村里致富的带头人，而且还成为大家心目中崇拜的偶像，金钱收买了人心，甚至一度说服了罗小通放弃复仇的意念，金钱也摧毁了刚毅倔强的母亲，让她在村长面前低下高傲的头颅，这个赤裸裸的金钱社会正是以罗小通的原初视角展现的。

《拇指铐》中的阿义是一个秉承中国传统美德"孝"与"义"的好孩子，在给患病母亲抓药的途中因为偶然目睹了一对偷情男女，而被铐在了大树上，焦急、无辜、绝望的心情让他无数次向过往的人群哀求、呼救，但没有人倾听他的故事，也没有人愿意为他而停下脚步，这个孩子最后不得不咬断自己的两根手指头才得以逃脱。命运的无常与荒诞投射在懵懂无知的弱小者身上，更加显现出批判的震慑力。

在短篇小说《大嘴》中，父亲因嘴馋曾偷吃还乡团的包子，这成为父亲一生的污点和家庭噩运的源头，血缘亲情之间的相互讥讽和强势倾轧正是成人无法承受现实打击的愤怒出口：

> "你为什么要去吃那两个包子?"哥愤怒地说，"你不吃那两个包子难道就能馋死吗?"
>
> "怎么能跟你爹这样说话?!"娘把饭碗墩在饭桌上，恼怒地说。
>
> "我看你是跳进黄河也洗不清了!"哥不依不饶地说，"我还指望着今年报名参军呢，这下完了……"
>
> "我去死，"爹尖利地喊叫着，"我不连累你们，我一人做事一人担当……"①

父亲年轻时出于饥饿的本能而偷吃的行为，成为儿子将父亲送上道德审判台的控诉因由，在父亲绝望的"我去死"的咆哮中惨烈

① 莫言：《大嘴》，载《收获》，2004年第3期。

而阴森地嘲弄着芸芸众生。

在中篇小说《牛》中，老中农杜大爷因为想吃牛蛋未遂，所以对已经偷吃了牛蛋的少年罗汉回忆起过去丰衣足食的时代，由此引发了心存向往的罗汉好奇的追问：

> 我咽了一口唾沫，说："杜大爷，您是编瞎话骗我的吧？旧社会真有那么好？"
>
> 杜大爷说："你这孩子，谁跟你说旧社会好了？我只是跟你说吃肥牛肉喝热烧酒的滋味好。"
>
> 我问："你吃肥牛肉喝热烧酒是不是在旧社会？"
>
> 他说："那……那……好像是旧社会……"
>
> 我说："那么，你说吃肥牛肉喝热烧酒就等于旧社会好！"
>
> 他恼怒地蹦起来："你这个熊孩子，这不是画了个圈让我往里跳嘛！"
>
> 我说："不是我画了圈让你往里跳，是你的阶级立场有问题！"①

在这段对话中，儿童用他的真诚和率性道破了杜大爷心中的真实想法，而杜大爷在真话面前的怯弱和逃避，暴露出现实中成人的虚伪和怯懦，人性的变形和异化，只因简单的"吃"与政治立场的无缝对接，蕴含着个人前途、家族命运的生杀大权。"吃"的真实与"政治"的威慑，使得六十多岁见多识广的杜大爷，因其身份的"卑贱"，在少年儿童的质问中落荒而逃、疲于招架。

儿童与成人世界之间的对立与紧张关系，促成了儿童窥视、暴露成人世界的身份与视角的确立。透过儿童的眼睛来消除权威和神圣，成人以理性和伦理道德著称的世界，在孩子的关注中被揭开谎

① 莫言《牛》，载《东海》，1998 年第 6 期。

言的面纱，露出残忍、虚伪、怯懦的本性，那个封闭在自我世界的"儿童"意外地发现了成人世界的秘密。只有感官的再现，只有客观的呈现，没有理性的分析判断，但是这种儿童式的轻松、诙谐、调侃的"冷"姿态却直接指向对所展现事物的最辛辣和尖锐的"热"批判。

以儿童为本体，还原儿童真实的生存世界，在20世纪二三十年代以来的儿童视角小说文本中就有所表现，比如冰心、凌叔华、萧红、迟子建等人的儿童视角叙事。那么，莫言表现儿童生存现实的独特性究竟在哪里呢?

首先，莫言对儿童生活的表现方式区别于中国传统文学中的儿童视角文本，后者更多的是在全知视角下"讲述"，而莫言更着眼于"呈现"，这是一种有意疏离作家主观情感与价值判断的写作策略，意在以事物最为本真的状态加以表现，这种变化也体现出新时期文学创作从单一化叙述模式在向多元开放格局转变。

其次，"儿童"在生命历程中的价值意义的侧重点不同。以儿童作为叙述的主体与视角去感知和追忆往事，与以成人视角的回忆与反思有着本质上的区别。儿童视角叙事立足于童年的当下状态，呈现为本能直觉的印象体验，秉承童年的本真状态和原始情感，保留了未经岁月、世事浸染的那份纯真与直率。对于儿童经历的表达，视角选择的不同决定了作家在自我人格生成的历程中对于童年的观照意义也大不相同。在中国现代文学作品中，童年的经历更多作为成年人的性格和心理形成的内在因素加以表现，因此很多作家在追溯自己的主体人格时，常常用成人的思维表现儿童的内容。在注重生命成长历程时常常将反思的笔触聚焦在挣脱封建束缚、争取自由解放的努力、正确思想意识的寻找、阶级立场的归属以及对童年压抑性生活和教育的反思上。

这种差异性和独特性，与新时期的一大批女作家的儿童视角文本相比较更容易显现出其风格的不同。迟子建《树下》中的主人公李七斗，童年时期长期被收养自己的姨父霸占，这种阴暗和压抑的生活和心理一直影响着她成年后的生活和选择，在她看来，婚姻和家庭是那么沉重但又那么轻飘。方方《风景》中的小七子，被冷落、被欺凌的童年生活经历直接造成了她怪癖的心理，也左右了她成年以后对于生活和婚姻的选择态度。这些作品大多是以“成长史”为思考脉络，突出童年经历对成年的重要影响，因此作家对于“童年”的关注，更注重纵向时间下精神成长的因果关系。而莫言，在开放的时代背景、文化语境中更为注重个性化的经验、尊重生命主体的人道主义精神以及回归本源的探索欲望。莫言小说中的儿童，尽管也有过去与现在的时间流动，也有成年现实与儿童经历的影响关系，但观察的视角是一种跳跃式的片段闪现，他不重视因果，也无视顺序，而是以横向撷取的方式突出童年的精神内核，嘲讽成年的理性与成规。他小说中的儿童，尽管身体已经随着叙述长大，但精神却永远停留在孩子的阶段，长不大的上官金童、罗小通、豆官都是鲜明的例子。因此，莫言在寻找自我人格成长的历程中，更多的是从身到心彻底地后退与回归到“儿童”，他是将“童年”作为“成人”的观照面甚至对立面来加以表现，体现出“儿童”的内在独立性，而绝非与成人的关联性和影响性。

所以，迟子建、方方等人看重的是儿童在心理结构、情感影响方面对于现实的作用和影响，文本中我们能深刻感受到童年的记忆在成长经历中的情绪蔓延；而莫言更加在意的是儿童在价值观念、社会属性方面的独特意义，因此更多地表现为一种叙事道具和观念价值的有效载体。

最后，莫言儿童视角的独特之处在于，他是在成人—儿童的两级对立中凸显其独特性的，但是这种视角的内蕴却并不是对成人世界的绝对摒弃，当儿童以被疏远、冷落和边缘的地位来透视成人世界的强势地位和权威话语时，作家借助儿童的别样眼光开掘成人世界的真实性和复杂性，于是又具有了视域的交汇性和融合性。就儿童视角叙事的本质来说，是对成人世界观察和思考的角度和载体，天真无邪的视野中承载和隐喻的是成人世界的荒凉与虚伪。从这一角度来讲，莫言极具现实主义大师的风范。莫言这种将儿童生存境遇和心理存在描述出来从而暴露人性的种种缺点意图何在？是一般的人性弱点的揭露与嘲讽还是在特殊情况下形成的心理伤害和畸形？事实上，莫言笔下的儿童性格和生存，不仅是个体的成长历程，更多的是中国几十年来农村生活苦难史的见证人和亲历者，是一种以想象折射环境与性格真实的侧面，是对现实的回归与再现。

贫困、饥饿、死亡是儿童亲历的生活主旋律，也是一直笼罩在成年莫言心头挥之不去的阴云，这不仅来自于个人不幸遭遇的深刻记忆，更为深刻的是，它作为20世纪50年代到70年代中国社会状况的时代主题而具有集体无意识的群体体验。极度的贫困，造就了人的胆小怯懦、自私狭隘；身体的饥饿，使人尊严尽丧、巧取豪夺，自然性的一面战胜了来自社会性的约束和追求；而无处不在的死亡，则越发深刻和痛楚地昭示出生之艰辛和绝望。陈思和说：“苦难的生活不仅摧毁人的身体，也腐蚀了人的心灵，成为人性发展中一股往下堕落的力量，为邪恶的滋生准备了温床。”①

一方面自足于回忆中的儿童本真，另一方面又影射现实生存的真实寓言，莫言的儿童视角叙事在心理情绪的解脱和精神溯源两个维度上映现出创作心理上的双重轨迹。一方面是叙述者自己的情感

① 陈思和：《在讲故事背后（代序）——〈讲故事的人〉解读》，见叶开：《莫言的文学共和国》，北京：北京大学出版社，2013年版，第2页。

轨迹，一方面是叙述对象（儿童）的心理轨迹，这两条轨迹在叙述的行进中并非总是并行一致的，相反，它们时而交叉同行，时而背道而驰，相互排斥和相互渗透都是可能的，在厌恶与眷恋、绝望与希望、世故与天真之间，儿童视角叙事承载着莫言对记忆和传统温情抚慰与决绝反抗的矛盾纠缠。

第二章

儿童视角叙事的艺术表现

儿童视角是作家建构自己的艺术和思想世界的一个全新角度。如果说成人视角是人们对世界的一种有意识的理性思维的话，儿童视角则更强调思维的原初性和自发性，因而体现为一种无意识的感性行为，放弃理性思维视角、倚重感性无意识叙述在叙事策略上是一种有意的“撤退”。它是一种“有意味的叙述策略”，是区别于儿童文学的复杂视角。儿童视角叙事文本不以儿童为主要阅读和接受对象，它交织着成人视角叙事模式，具有更大的叙事张力和精神的内在冲突性，由此作家具有更强的创作自由和主体性。因此叙事文本在内容上体现为儿童气质，叙事艺术上表现为儿童属性。

事实上，儿童视角小说不仅仅是在文本内容上贴近儿童的生活和心理状态的问题，不仅仅是叙述由谁的眼光来看的问题，也并非只是在“看”的方式上的简单变化，更需要作家在语言表达、思维方式以及叙事策略等方面靠近儿童。用最为童真的眼光来看待世界，儿童视角为我们打开了通往世界无限开放与蓬勃的生存空间。简单、明快、纯真是童年的本色，也是莫言看待世界的本真，而较之成年后的理性、世故以及虚伪，这是莫言精神栖息的地方。

法国作家捷妮雅·布里萨克在中法文化系列对话——“两仪文舍”活动中与莫言谈论“孩子”这一话题时指出：“孩子不是一个主题，而是作家观察世界的一种视角与方式。”① 在儿童视角文本中，叙事者将成人的身份转化为儿童，戴着儿童的面具在作品中发声，甚至有时直接用孩子的声音传达对世界的感知，不仅仅是为了展现儿童情趣和生活面貌，而是在肆无忌惮、天真纯洁中完成对现实人生和成人世界的一种揭露和宣泄，而儿童在生理、心理以及认知模式上所具有的缺点在艺术创作中却恰恰成为最有效、最直接的叙述载体，成为作家揭露与批判的庇护体。在这样的开放感知中，世界以黑白颠倒、是非不明、美丑共存的“陌生化”方式出现；历史、社会以及人生在“戏谑”、狂欢化的语言中承载着现实的沉重；儿童与成人、过去与现在、现实与历史在复调的结构中呈现了世界的多面复杂性。这就是莫言眼中的“世界”——让“儿童”的感性开启世界的真实图景，在精神的探索中重新发现关于人性的理性光辉。

第一节　“陌生化”的审美艺术

文学中的“陌生化”创作手法，就是摆脱习惯性、机械性的认知模式，重新认知、定义、描述并且阐释事物的创作手法。“陌生化”最初是由俄国理论家什克洛夫斯基提出并加以解释的，他认为，陌生化的事物本来并不存在，但是人们无数次感受过的事物，会以相对固定和模式化的印象出现并加以解释，这种惯性使人们对摆在

① 捷妮雅·布里萨克、莫言：《孩子、夸张与视觉——第七次“两仪文舍”的讨论纪要》，载《上海文学》，2005 年第 3 期。

面前的事物视而不见，从而产生陌生化的感受。他进一步指出，文学艺术的目的是要人们摆脱习惯性的认知，回到你的感觉中所见的视像，什克洛夫斯基以列夫·托尔斯泰的"陌生化"手法为例，进一步说明如何摆脱习惯性认知的惰性，"不用事物的名称来指称事物，而是像描述第一次看到的事物那样去加以描述，就像是初次发生的事情，同时，他在描述事物时所使用的名称，不是该事物中已通用的那部分的名称，而是像称呼其他事物中相应的部分那样来称呼"①。王充在《论衡》（艺增篇）中论述了种种陌生化叙述所带来的审美意义和阅读冲击。他说："世俗所患，患言事增其实。著文垂词，辞出溢其真，称美过其善，进恶没其罪。何则？俗人好奇。不奇，言不用也。故誉人不增其美，则闻者不快其义；毁人不益其恶，则听者不惬于心。"② 其意是说，虽然夸大其词或者另类渲染往往会与事实有所出入，对叙述的表层意义来说可能有损真实性，但就文学的审美效果和叙述艺术来说，中允、稳妥的叙述往往让人感到乏味，失去阅读的冲击力和兴趣点，相比较而言，有悖常理的语言和视角观察更容易唤起读者的好奇心。

莫言的儿童视角文本深得陌生化叙述表现手法的精髓，儿童的直觉化感性体验、摈弃理性的"身体道德"观念，共同建构了迥异于成人习惯思维的陌生化世界，也从接受学角度为阅读带来了新奇感和刺激感。

与成人理性、逻辑的思维方式相区别，儿童思维的特征是其思维的原始性。卡西尔在《人论》中谈到，原始思维是相对于现代人的理性、逻辑和辩证思维而言的，它更多地强调思维的自然属性，

---

① 什克洛夫斯基：《作为手法的艺术》，见《俄国形式主义论文选》（方珊译），北京：生活·读书·新知三联书店，1989年版，第215页。

② 参见吴礼权：《修辞心理学》，昆明：云南人民出版社，2002年版，第108页。

"既不是纯理论的，也不是纯实践的，而是交感的"①，这种思维方式，是一种基本的生命一体化，但却可以沟通形形色色的个别生命形式。就思维的功能划分来说，原始思维是更为高级的还是更为初级的思维，是更为复杂的还是更为简单的思维，在人类学家那里至今仍旧是争议颇大的话题。单就原始思维的外在审美特征来说，它是一种直觉的、感性的、朦胧的、模糊的、形象性大于抽象性、感性多于理性的思维方式。当我们用这种原始思维关注事物时，思维方式完成了从繁到简、从难到易的整合过程，也就是说原始思维击碎了现象呈现出的形形色色，在思维回归到与世界初遇时的单纯、生动、趣味中，一切成见和既有定势开始瓦解、稀释，世界在这种思维的关注下反而变得明晰具体，发现和认识也由此获得了新鲜感和独创性。这种思维类似于人类童年时代的思维方式，即类似于儿童的思维方式。难怪王富仁说："所有杰出的小说作品中的'叙述者'都是一个儿童或有类于儿童心灵状态的成年人。"②

莫言儿童视角文本的陌生化审美艺术，首先与儿童视角感性优先的观察和思维方式有直接关系，儿童视角的感性直觉特征直接决定了被观察对象的原初性、朦胧性和神秘性。

感性优先的叙述策略在以儿童为叙事视角的文本中，与视角的发出者在生理、心理以及文化意义上都有着天然的契合。汪曾祺认为儿童依靠直觉感受世界，最能把握生活的本质，丰子恺将这种能力称为"绝缘"，即失去与周围环境的一切关系，只是独立、纯粹地看待事物本体的"相"。③ 在很多小说中，莫言关注的不是"故事"

---

① 卡西尔：《人论》，上海：上海译文出版，1985年版，第55页。

② 王富仁：《中国文化的守夜人——鲁迅》，北京：人民文学出版社，2002年版，第168页。

③ 丰子恺：《丰子恺文集：艺术（卷二）》，杭州：浙江文艺出版社，1990年版，第250页。

而是人物的"感觉"，他的"感觉"书写，不是诉诸理性的分析与判断，而是来源于对事物的直接感受。儿童视角更是传递感官体验的绝佳角度，世界以毛茸茸的感官形式与我们相见，生命也由此焕发出真诚与绚烂的色彩。

1985年，《透明的红萝卜》以其灵异的"感觉"横空出世，引起文学界的巨大震动。莫言借助"膨胀的感觉世界"传达了对生命存在的悲悯与叹息。那个被人们称为"愚钝之孩"的黑孩凭借着自己独特的感官奇异功能而特立独行。

> 他看到了一幅奇特美丽的图画：光滑的铁钻子，泛着青幽幽蓝幽幽的光。泛着青蓝幽幽光的铁钻子上，有一个金色的红萝卜……红萝卜晶莹透明，玲珑剔透。透明的、金色的外壳里苞孕着活泼的银色液体。红萝卜的线条流畅优美，从美丽的弧线上泛出一圈金色的光芒。

《透明的红萝卜》中，"故事"不是作品的中心，"情节"也并非清晰可见的，而那神秘的"感觉"却占据了绝大多数篇幅，并且成为作品行进的动力和脉络。正如张学军所说，"《透明的红萝卜》中的语言几乎一半是诉诸五官的……使小说达到了艺术'更新经验'的陌生化效果"①。

《罪过》中"我"在等待即将来临的暴力时毫无心理上的畏惧与惶恐，而更多的是冷静的观察、细腻的感官体验：

> 我看到父亲的腮帮子可怕地扭动着，父亲的嘴巴扭的很歪，紧接着我便脱离地面飞行了。湛蓝的天空，破絮般的残云，水银般的光线。黄色的土地，翻转的房屋，倾斜的人群。我在空

① 张学军：《形式的消解和意义的重建——论先锋派小说的历史转型》，载《小说评论》，1996年第3期。

中翻了一个筋斗，呱唧一声摔在地上。我啃了一嘴泥沙。趴在地上，我的耳朵里翻滚着沉雷般的声响。那是父亲的大脚踢中我的屁股瓣时发出的声音。①

如果说《透明的红萝卜》在直觉化的叙事中还融入了来自中国文学传统的清晰的叙事脉络、镶嵌了可知可感的朦胧意象的话，那么在《红高粱》以后，莫言更是将这种直觉与率性肆意的生命力极度张扬。当代评论家雷达对《红高粱》的历史题材曾做出这样的评价："它的奇异魅惑在于，我们被作者拉进历史的腹心，置身于一个把视、听、触、嗅、味打通了的生气四溢的独特世界，理性的神经仿佛突然钝化，大口呼吸着高粱地里弥散的腥甜气息，产生了一种难以言说的神秘体验和融身历史的'浑一'状态……"② 到了《红蝗》《欢乐》的创作时期，这种感官甚至变成了直觉的直接记录和诡异感觉的直接变形。尽管这一特征在不同阶段的不同小说中体现方式和程度各有不同，但就直觉感官的肆意挥洒、想象的天马行空以及语言的信口开河、一泻千里来说，始终是莫言小说的一个鲜明标志。

当感性语言与感性思维发挥至极致之时，视觉、听觉、触觉、味觉往往可以彼此打通或交通，形成钱钟书所说的"通感"，通感的应用是一场叙事艺术的狂欢。《透明的红萝卜》《枯河》《白狗秋千架》等作品中传感、通感的神奇作用被发挥到了极致。静穆无声之中心灵的丰盈丰富、激荡回转、一泻千里，拆除了生理缺陷所造成的交流障碍。独有的想象空间以及充满神秘和魔幻色彩的叙述，使已经习惯于抽象逻辑思维的成人的阅读期待落空而倍显审美上的新鲜感和陌生感。小虎看到从树上跌落的村长小女儿，"女孩的喊声就

---

① 莫言：《罪过》，见《莫言文集·卷5》，北京：作家出版社，1996版，第18页。

② 雷达：《历史的灵魂与灵魂的历史》，载《昆仑》，1987年第1期。

像火苗一样烧着他的屁股”，小虎在遭受暴力时，没有凄楚的求饶，没有对疼痛的感受，也没有对暴力的控诉，而是用儿童纤细而发散的思维来“通感”那伤痛：“他听到自己肚子里有只青蛙叫了一声，身体又一次轻盈地飞起来，一股甜腥的液体涌到喉咙，他只哭了一声，马上就想到了大街上的尘土中拖着肠子行进的黄色小狗”①。《天堂蒜薹之歌》中男孩的临终体验竟然是一场感官盛宴：“我看到了一个圆圆的火球在转动着”，“我看到遍野里都是鲜花，我还闻到了它们的香味”！

在感官互通中，各种神秘的事物和信息开始进入莫言的儿童视角文本之中，像“红萝卜”“秋水”“球状闪电”“白狗”“红高粱”等自然生命形式都以梦幻、诡异的形式激起阅读心理体验中神秘的波澜。此外，作品还大量描写了人物的类似于梦幻和幻觉的心理现象，感官的交叉变换呈现出传奇、变形的事物，也赋予了人物非凡的能力，具有神秘的传奇色彩。

感官的激活与狂欢，让儿童眼中的世间万物都具有了生命力，人与动物也息息相关、感同身受。借助感性思维的连接，人与万物的关系是自然平等的，彼此融合、不分高低贵贱的。莫言总是习惯性地把大人缩小成小孩，又把孩子变成动物，这体现出万物有灵、平等共生的齐物思想。

齐物思想让莫言不对事物加以整理或者赋予情感、价值意义，也不用它们代表什么规范秩序，只是将它们按照原本的样子如实记录，莫言强调对事物“本相”的还原，拒绝理性秩序规范下的意识化描写。这种描写和构思与此前我们看到的一些小说迥异，在赵树理的《三里湾》、柳青的《创业史》、浩然的《艳阳天》等社会主义现实主义作品中，不同的事物和风景先天地被赋予不同的等级和秩

① 莫言：《枯河》，载《北京文学》，1985 年第 8 期。

序，小麦和杂草要泾渭分明，玉米和高粱各有不同的排列，鲜花和绿叶本就具有不同的存在价值，万事万物、花花草草无不映射着革命者的光辉伟岸和落后分子的阴险猥琐。

在儿童眼中，不仅世界是用“身体”来感受的，也是用“身体”来思考的，而不是依靠我们所说的“大脑”。“身体道德”比形而上学的道德更具真实感、更诚实可爱。小说的饱满丰盈，鲜活真诚，阅读的快感，人物的丰满，全在于全“身心”的投入。这是对我们习惯了的“陈词滥调”的一种反叛，是“去机械性”和“去意识形态化”下的本体回归。

莫言决然而彻底地回到了儿童自然的真实状态中，那些孩子少有理性的推理与思考，直觉的引导、行动的率真，使得他们所见的世界是被呈现的，而不是被阐释、被评价的。即使是对一种伦理道德的关注，儿童也是以最为感性的方式加以解释和推理的。《红高粱》中的日本鬼子在“豆官”的眼中体现为一种人性沦丧、残忍侵略的“恶”，但是在《狗道》中，孩子们认为这种“恶”是适者生存的生存法则和自然的属性，人的抗争与狗的嚣张一样不带任何伦理与感情色彩，也无须任何理由。

莫言儿童视角的陌生化效果，不仅来自于儿童区别于成人的感官和思维方式为我们打开的全新世界，也来自于儿童本真的尚未经受社会世俗成规浸染的意念空间，完全超出了成人理性想象空间，因此当期待视野受挫后，儿童视角也重新唤起了读者对于原初生命感受力的重新审视和关注。通过孩子的眼睛看世界，不仅会呈现出一个新奇的世界，同时也形成反观成人世界的新视角，在本能而真诚的视角下，成人经过理性过滤后的虚伪、荒谬就显得尤为可笑和虚假。巴赫金在评论拉伯雷通过夸张、变形的肉体物质性手法来表达自己的思想内涵时认为，人的肉体感性欲望在文明的压抑与禁忌里重新树立起自己的正面形象，强调生命的创造性和开放性，以此与崇高的中心文化抗衡，向社会文明的伦理规范所造成的压抑发起挑战，从而张扬卑贱化的审美原则，以卑贱生命的积极力量诅咒一切妨碍生命力的僵化保守力量。① 因此，在莫言的儿童视角文本中，肉体物质性的生存需求与欲望成为最为真实的生活体验，“食”“色”是永恒的主题，理性与道德伦理成为最脆弱的人生信念。

儒家伦理道德至上的中国传统文化中历来有“廉者不食嗟来之食”的古训，也有伯夷、叔齐宁愿饿死在山上也不吃周国的粮食甚至野菜的史料记载。但莫言想表达的是，在物质绝对匮乏的年代，作为满足人的最低生活需求的“吃”，因其稀缺，使得这一基本需求超过了其他一切需求，变成了“绝对意志”，也是最为真实的生存诉求。饥饿，带来对于“吃”的本能追求，这是人生存的第一要素，任何忽视、漠视它甚至转化为精神追求愿望的托词借口，都是可笑而荒谬的。

对于《透明的红萝卜》里的“黑孩”来说，成人世界中的“爱”与“恨”、“权力”与“臣服”、“嫉妒”与“宽容”，这些复杂情感都是模糊不清也无从理解的，而“食物”的具象，“咀嚼”的真实，才是最为直接的感受。12 岁的黑孩在“建设祖国大好河山”的号召下，投身于“火热的劳动工地”，他的沉默不语、呆滞麻木消解着成人社会对整个谵妄世界的表达，因为饥肠辘辘，所以他的眼睛只在搜索来自食物的全部信息。小说开头写到村长召集村民们开会，对于这位乡村最高权力的代表，村民们本应更加关注他的思想动员和“最高指示”，但由于饥饿，黑孩和那些饥肠辘辘的村民们无力开启自己的听觉系统，而是本能地死死盯着一边咀嚼、一

---

① 参见巴赫金：《拉伯雷研究》（李兆林、夏忠宪等译），石家庄：河北教育出版社，1998 年版，第 427—430 页。

边走出来的村长的嘴巴：

> 队长披着夹袄，一手里拤着一块高粱面饼子，一手里捏着一棵剥皮的大葱，慢吞吞地朝着钟下走。走到钟下时，手里的东西全没了，只有两个腮帮子像秋田里搬运粮草的老田鼠一样饱满地鼓着……老老少少的人从胡同里涌出来，汇集到钟下，眼巴巴地望着队长，像一群木偶。队长用力把食物吞咽下去，抬起袖子擦擦被络腮胡子包围着的嘴。人们一齐瞅着队长的嘴，只听到那张嘴一张开——那张嘴一张开就骂……①

“披着夹袄”，“一手里拤着一块高粱面饼子，一手里捏着一棵剥皮的大葱”，“田鼠搬运粮食”般的腮帮子，这是“黑孩”视角下的直观描述，这一客观写实的白描彻底消解了农村干部的“高大全”形象，反讽的韵味深长，饥饿的真切感和村长作派的现实感消解了“高大全”的虚幻。村长用他持续不断的咀嚼否定了他那冠冕堂皇的发言，在食物和咀嚼面前，他的话显得苍白无力。

长篇小说《丰乳肥臀》中医学院的校花、“七姐”乔其莎因为饥饿而被食堂师傅张麻子诱奸的场面是通过“上官金童”见证并叙述的。张麻子“用一根细铁丝挑着一个白生生的馒头”，饥饿的乔其莎在求生的本能驱使下，不得不像狗一样爬行着追逐那个白生生的“诱饵”。那冷酷的文字饱含着难以忍受的对美好事物遭受邪恶力量摧毁的深切愤怒，然而作为弟弟的上官金童却眼睁睁地目睹着这残忍的一幕，并未上前阻止而是漠然地走开。如果说这体现了上官金童的软弱与无能、麻木与无情的形而上意识批判，不如更确切地说，上官金童当时因饥饿而在吃着柳树叶子的切身感受让他完全理解并尊重“七姐”的选择，在“吃”与生存面前，贞洁、道德、性这些

---

① 莫言：《透明的红萝卜》，载《中国作家》，1985 年第 2 期。

问题都已经退居次要地位了。

《四十一炮》中的村长老兰，是村里靠发明注水肉而发家致富的第一人，因此也成为村里的权贵人士和行为的楷模。按照批判现实主义的写作立场和成人道德价值的评价体系来为人物定位和定性，老兰应该是要被放上道德审判台的人物。然而，在孩子罗小通的视域中，老兰是让人绝对崇拜的传奇人物。他家最先拥有拖拉机，他家堆满了各种美食，家人穿的是绫罗绸缎，吃的是大鱼大肉，住的是灯火辉煌的高楼。这是老兰凭借自己的“本事”创造的优越和奇迹。而在孩子眼中吃苦耐劳、意志坚强、忍辱负重的母亲并没有依靠那精神的强大而攻占英雄偶像的堡垒，相反，寒冷、空荡荡的大瓦房，衣不蔽体、食不果腹的拮据生活，与情人私奔而走的父亲，越发激发了孩子对母亲的不满甚至仇恨。原因很简单，在孩子看来，世界的好坏、生活的好坏只在于吃肉还是不吃肉，饥饿感是最真实的。在罗小通看来，母亲几近自虐式的奋发图强、节衣缩食、追赶他人而赢得的尊严和人格一文不值，父亲追寻爱情的率真，闻着肉香而去的本能，是罗小通心之向往的生活。

莫言的儿童视角文本中不含有知识分子装腔作势的斯文风格，他总是把叙述的视点放在儿童感性的出发点上，放在生存最自然的物质层面——生命形态上启动发轫。《野骡子》中有一段母子对话：

> 母：你还没有回答我，既然我比她漂亮，为什么你爹还要去找她？
>
> 子：野骡子大姑家天天煮肉，我爹闻到味儿就去了。

最具伦理道德批判色彩的婚姻、爱情主题，在孩子眼中不过是饥饿状态下疯狂想吃肉的一次幻想。对父亲来说，开酒店、物质丰盈、风流性感的野骡子也确实比母亲杨玉珍的隐忍耐受、贤惠持家更具有生活的召唤力。“食”与“色”成了人性中最根本、最迫切的需求。

透过儿童的眼睛来看世界，世界所呈现出的样子与想象本身就与成人世界有一定的差异，因而显现出新奇性和趣味性，同时儿童的认知方式与思维方式也使认知对象在读者的意识中唤起陌生的、新鲜的含义。亚里士多德在《诗学》中对偏离常规性的语言有这样的论述："偏离常规用途的非熟悉化可拔高词语，而保留部分常规形式可维持词语的清晰。"① 也就是说在使用恰当的时候，非常规化的词语反而会让语言更清晰更准确，也更具有新意。

然而，对于读者来说的"陌生化"，对于莫言来说却是生活的"熟悉化"。这里存在着一种自觉的语言纠正体系。莫言用自己切身体会和感受进入视像的、还原的"熟悉化"书写，给读者带来的却是遮蔽已久、长期忽略的"陌生化"效应。一旦"风景"不再是原来的"风景"，一种感受不再是原来习惯成自然的感受，一种判断不再是传统因袭不变的判断，导致读者眩晕的"陌生化"效果就出现了。

莫言的陌生化叙述用直接的感受、浓烈的色彩以及人类生存最具自然性的粗鄙化描写全面恢复了感觉系统在文学中的分量，他的感性张扬，因新奇而备受追捧，也因粗俗而饱受争议，功过是非一时很难下定论，但作为莫言文体构成的主要特征之一，它是不容忽视的。他的感官复苏，不仅唤醒了个体重新发现世界的奇异感，也重新返回了对于生命甚至是躯体的尊崇与膜拜。当身体卸下所有历史和文化的负担而恢复到物质性、生理性的本体之时，食与性、暴力与死亡甚至是人性中固有的动物性都成为回到本体所不应回避的存在。因此，他笔下的爱情炽热而狂野，饥饿真实而生动，刑罚冷静而精细，人对大便和虱子泰然而处之，这是"一种激烈的文化亵

① 胡壮麟编：《理论文体学》，北京：外语教学与研究出版社，2000 年版，第 91 页。

渎——包括亵渎传统的躯体修辞学”①。

莫言这种利用变异的儿童视角，讲述奇异的故事和另类的观察，从而在叙述中创造出陌生化的艺术效果的叙述策略，在文学批评界也曾掀起不小的论争风暴。肯定的一派认为，对于20世纪80年代中后期的中国文坛，这种陌生化的语言特色因其巨大的颠覆性和创新性，打破了语言的惯性，莫言用直觉思维打破理性逻辑思维的束缚，继而在很大程度上解放了语言和文体，并借助奇异充沛的想象力绘制了绚烂精彩的语言和艺术世界，形成了特有的审美感知特色。批判的一派认为，这种良莠不齐、美丑难辨的叙述语言，是一种创作随意、无节制的表现，并对莫言的创作前途提出深深的忧虑：创作初期的“陌生化”可以以其特立独行来标示作家的鲜明创作特色，但是随着语言“陌生化”的不断被重复、被诠释，甚至被模仿，势必形成作家新的语言惯性，这样的惯性创作，不仅会瓦解先前确立起来的“陌生化”，同时也会给作家自我的革新和超越带来更多的障碍和困难。“当莫言注意了自己与别人之间的陌生化效果而忽略了自己创作中一般与个别的区别，从而沉醉于自己的语言风格，将曾经显得陌生化的语言作为其作品的基本语言模式大量使用时，陌生化即告结束。”而且借助语言和叙述形式达到艺术革新的企图，也会淹没生活本身的逻辑而“使这样的语言在丧失生命力的同时也失去了美感”②。莫言在应用此艺术手段进行创作时，并非没有考虑到这一视角可能带来的冒险和艰涩，问题就在于他如何来处理和平衡两者之间的关系。随着这种儿童叙事策略在莫言小说中的不断延续和深化、完善和成熟，评论界曾有过的挑剔性、预警性的批评声音开始

① 南帆：《文学的维度》，上海：上海三联书店，1998年版，第170页。

② 莫言：《两座灼热的高炉——加西亚·马尔克斯和福克纳》，《莫言研究资料》（杨守森、贺立华编），济南：山东大学出版社，1992年版，第420页。

弱化，更多评论开始再次关注莫言的儿童视角叙述，并在默认莫言式的陌生化叙述的基础上阐释其背后的文化内涵。

诚然，当莫言的儿童视角以其另类的陌生化效果出现并以此形成自己独特的风格之时，儿童视角的超越和创新也成为一种习惯而终将陈旧，那么莫言的突破和创新也将面临更加严峻和艰难的挑战。

第二节　“狂欢化”的语言形象

莫言小说的叙述方式以及语言特征一直以来都是人们争议的热点，赞赏者认为他的语言充满活力与创造力，是一个语言大师，而批评者则认为他的语言缺乏节制、粗糙无序。所有的毁誉都集中在莫言“狂欢化”的语言特征上。

早在1989年，丁帆就从“审丑”的角度阐释了莫言的“狂欢化”叙事。他在《亵渎的神话：〈红蝗〉的意义》一文中对莫言超常规的叙述做了细致而深入的分析。丁帆在文中指出，莫言的“审丑”对主流审美规范带来巨大的冲击与僭越，但他也进一步指出，莫言并不是直接肯定这种污秽丑恶的描写，而是在描写中也有批判和反讽，所以莫言的意图不是站在某一种立场之上做出判断，而是以自然主义的写实手法力图展现事物的全貌，所以丁帆认为，莫言的“审丑”狂欢是“一种对现代物质文明下的变态美学观念的反讽和对原始生存状态的美学精神的眷恋的‘后工业社会’人的超前审美意识的裸现”[①]。由此，丁帆强调更新我们的批评和阅读习惯、拓展审美思维空间的重要意义。

---

① 丁帆：《亵渎的神话：〈红蝗〉的意义》，载《文学评论》，1989年第3期。

2003年，张清华在《叙述的极限》一文中也从形式、荒诞色彩、"酒神"精神等几个方面探讨了莫言小说"狂欢化"和"复调的交响"等艺术特征，张清华以"叙述的极限"形容莫言的叙述方式对于中国文学的革命意义。

陈晓明在《"在地性"与越界——莫言小说创作的特质和意义》一文中认为，莫言的叙述作为一种"修辞性叙述"不仅带来了叙述和语言的解放，也带来了世界感知方式的解放。① 陈晓明认为，"修辞性叙述"不以整体性的观念或主题作为语言和美学的价值导向，而是以最为清晰、明了、浅显、直接的语言还原世界本相，在语言获得透明性的同时完成语言的自我解放，从而获得最大的自由，"语言自身可以形成一种修辞的美感或快感，甚至以这种美感和快感来推动叙述，使叙述获得自由的、开放的，甚至任性的动力"②。

莫言的"狂欢化"语言形象常被看作是一种简单工具，语言、字词被视为一种趣味的表达，但这只是一种表象。"语言形象"这个概念来自巴赫金，是巴赫金在西方的形式主义语言学和中国传统的功能语言学的继承与批判基础上提出的，他主张文化语言学。他反对纯文字游戏式的语言符号研究，认为"在语言的自身中研究语言，忽视它身外的指向，是没有任何意义的，正如研究心理感受却离开这感受所指的现实，离开决定了这一感受的现实"③。他也反对脱离

---

① 陈晓明认为，中国文学从叙述方式上来划分分为四种：一是"现实性叙述"，主要指五四新文学开启的启蒙主义文学；二是"观念性的叙述"，主要指新中国成立后的革命主义文学；三是"反思性叙述"，主要指"文革"后的新时期文学；四是"修辞性叙述"，主要指20世纪80年代后期以来，以莫言等作家为代表的回归汉语言本体的叙述。

② 陈晓明：《"在地性"与越界——莫言小说创作的特质和意义》，载《当代作家评论》，2013年第1期。

③ ［俄］巴赫金：《长篇小说的话语》，见《巴赫金全集（卷三）》，石家庄：河北教育出版社，1998年版，第73页。

语言的本体特征而进行实用主义的功能语言学分析，特别指出语言的社会文化现象，他说：“这种语言的形象，在小说中便是社会视野的形象，是与自己话语、语言连成一体的某一社会思想的形象。所以，这样的形象极少可能沦为形式主义的东西；而艺术地驾驭这些语言，也极少可能沦为形式主义的花腔。不同语言、不同派头、不同风格的形式标志，在小说中便是不同社会视野的象征”①。也就是说，语言风格、驾驭语言的方式不仅造就了作家的语言形象、内在的文体特征，同时也具有社会文化意义，从而构架独立的语言意义。

莫言儿童视角文本的语言具有巴赫金所说的文化语言学的功能。莫言小说的语言特色与他的人生经历、审美意识、创作观念以及世界观都有很大关系，但不容忽视的一点是，莫言的语言叙述特色与他儿童视角的选择有着直接且重要的关系。儿童视角叙述与他的语言特色在很大程度上是互为依托、内外交融的。

狂欢的语言是经由“儿童的视角”表达的，是成人的莫言返璞归真、提炼升华的结果。他在写作中虚构、想象、诉说、创造，以儿童为表现对象，莫言表现的总是被社会压在最底层的、边缘的苦难群体，但在儿童视角下叙述，莫言却将这浓重的悲凉过滤掉，显现出极致狂欢与喧闹的品格。无论是《檀香刑》还是《生死疲劳》；无论是《丰乳肥臀》还是《四十一炮》，莫言的叙述都充溢着语言飞翔的自由，自我宣泄的快感，那种痛快淋漓不是来自于主题或思想的灌输与教诲，而是来自于语言追求自身快乐的自由，在词语具有鲜活生命力的同时，叙述获得了“胡作非为”的勇气和动力。而这种叙述方式释放出的超能量，得益于儿童视角的叙述以及叙述视角的交叉变换。一切叙述为着返回童年，讲述童年为了纪念那虽然

① ［俄］巴赫金：《长篇小说的话语》，见《巴赫金全集（卷三）》，石家庄：河北教育出版社，1998年版，第144页。

痛彻心扉但却刻骨铭心的生命感受，与成年后苍白无力、麻木不仁的现实生活告别。“再造少年岁月，与苍白的人生抗衡”，这是对莫言创作心理状态的最好注脚，也是他执着以“儿童视角”写故事的原因之所在。

莫言用轻松诙谐的笔触写出的总是现实的残忍与冷酷。在荒诞、沉重的生存现实与滑稽、轻松的语言叙述的激烈撞击中，现实的残酷性呈现出令人窒息的逼迫感。现实生存的荒诞性和严肃性不是以阴森恐怖、沉重抑郁、痛彻心扉的方式加以展现，而是与诙谐和滑稽交织在一起，这样的叙述既没有因为现实的真实而失去情感的灵动性，也没有因为诙谐与滑稽而流于缺乏内蕴的油滑与嘲弄。

因此，他将这种“狂欢化”的风格表现为一种游戏的精神和态度。不仅表现在事件、故事以及叙述人的自我性格上，也体现在审美要素的转变和叙述情境的戏谑上，还体现在语言的解放与自由中。

就叙述事件和表现主题来说，童年不仅只有沉重的苦难，也有简单的快乐。对于纯真善良的孩子来说，快乐总是在不经意间爆发，不着痕迹，与成人膨胀的欲望和深深的忧虑相比，孩子的快乐总是那么真诚、随意和容易获得。在莫言的儿童世界中，“苦难”并非总是小说的主色调，童年是复杂多面的，也有成人所没有的“简单的快乐”，那是成人的矫揉造作学不来的。

在《三十年前的一次长跑比赛》中，右派朱总人老师带领孩子们去河里游泳，大家聚集在一起聊天谈心：“几十颗大脑袋围着桥墩，几十颗小脑袋围着大脑袋，这简直就像传说中的水鳖大家族在开会……桥面上的水啪哒啪哒的滴下来，滴到身上凉森森的。桥外边阳光耀眼，河面上波光粼粼。”① 这个关于“反右”斗争的“温馨”场面，是在茹志鹃的《剪辑错了的故事》、从维熙的《大墙下

---

① 莫言：《三十年前的一次长跑比赛》，载《收获》，1998 年 6 期。

的红玉兰》、张贤亮的《绿化树》、王蒙的《蝴蝶》里所看不到的。在一个乡村孩子的眼中，“右派”的生活散发着浓浓的浪漫气息，孩子的直觉快乐消解了“反右”斗争的残酷与血腥，来自精神和人格的魅力吸引了孩子们，也在孩子的叙述中完成了对历史的“清算”。

《三匹马》中的“柱子朝着这个比他高出一巴掌的男孩子，像只小狼一样扑上去。两个光腚猴子搂在一起，满地打滚……最后，孩子们全滚到一边，远远看着，像一堆肉蛋子在打滚”。这不仅仅是儿童的生活情趣，而且也是出自于儿童的审美视角。《白狗秋千架》中“我”与小姑的亲密无间，《枯河》中的小虎与女孩的童真无邪，《石磨》中的青梅竹马，都表现出儿童身上那改造世界与表现自我的兴奋与浪漫。儿童在社会认知能力以及社会化程度方面的局限性和封闭性恰恰使他们隔绝了外界的侵扰，以本真、天然的姿态与原始人有了某种接近与默契。他们以生命的本能和朴素的智慧来观察世界、认识世界、感受世界。

由于涉世未深、社会化程度较低，儿童的认知与思维方式与原始人较为接近，原始人有着自由和幻想的本性，率性而动，凭着生命的本能和朴素的智慧认识世界，儿童身上有着与原始人类相似的这种无知、率性。这种天性在老庄那儿恰恰被称为有知、大智慧和道。正因为如此，加斯东·巴什拉认为：“孩子看见的是宏伟的景物，是壮丽的世界。”

与内容上的“欢乐”主题相比较，莫言使用更多的是叙述形式上的“狂欢”，而主题内容的相对沉重与严肃，在二者巨大的裂隙与悖逆中传达叙述的意义。莫言第一次提到“欢乐”感受，是在小说《欢乐》中。主人公奇文栋因哥嫂被村干部强行带走、母亲被打而陷入了情感和意识的压抑和愤懑之中，这种内心难以排遣的压抑情绪在他喷洒农药之时以一种“欢乐”的情绪得到宣泄。这种“欢乐”

不是来自生理和心理本能状态下的一种表现，而是一种感情遭受压抑与破坏下的变形与扭曲，是一种强烈重负压迫下的疯狂状态，以类似于“乐极生悲”的心理转换模式呈现，事实上，这种“欢乐”感觉透露出的是弱者的无奈与癫狂。由此，这种“欢乐”就变成了一种“形式化”，在形式上它是轻松诙谐的，但在内容上却是悲剧性的。

“狂欢化”叙事，首先是以叙事之“轻”承载现实之“重”。孩子不懂现实，不懂世事，然而现实和世事却并不会因此而赦免孩子，孩子仍旧毫无例外地被裹挟在现实的混沌之中。心智的幼稚与社会认识水平的有限，使得他们对苦难的感受力也是迟钝和麻木的，这种迟钝和麻木使苦难的生活以更为刺眼和尖锐的面目出现在读者面前。在《透明的红萝卜》中，黑孩因“偷”萝卜而被抓，他不知道队长为什么要抓他、打他，即使他生活得这么痛苦、不幸、屈辱，但依他小小的年纪，还不明白和理解这就叫“现实世界”。所以，从他眼里流出的是毫无设防的、近乎天使般纯洁的泪水。正是因为这份天真无邪，读者才在这一刻被真正震动了。

虽然生活中更多的是严酷与惨烈，但是孩子与成人相比却有着非同寻常的化解能力，用他们的“感官”、用他们非理性的快乐、用他们对美好未来的期许，在一场喧闹狂欢中将一切消解。孩子其实承载了莫言的乐观与悲观、现实与想象。在孩子的眼中，苦难的生活常常表现为一出滑稽剧。《飞艇》中的忆苦思甜饭就是一出闹剧。

> 实际上，每次忆苦大会都是欢声笑语，自始至终，洋溢着愉快的气氛，吃忆苦饭无疑也成了全村人的盛典……接着，七老妈就说起了人们平时不知听了多少次的故事：她在要饭途中的磨坊生孩子的故事，并且事无巨细，没完没了，越说越有劲，还说得声泪俱下……方家七老妈横着眼睛说：“就是为了这顿忆

苦饭，要不谁跟你唠叨这些陈茄子烂芝麻的破事！盼星星盼月亮，就盼着这顿忆苦饭啦！”①

《铁孩》中，因为食物缺乏，孩子们显示出非凡的食物搜寻能力和探索发现能力，他们从吃泥巴到吃煤块再到吃铁筋，与其说这是一种适者生存的进化力显现，不如说生活在“文明时代”的人们在遭遇极度饥饿和匮乏的现实时，不得不退回到茹毛饮血的荒芜时代。但在他们的食谱开拓中，“吃”有着一派喜气洋洋的气氛。于是，孩子们的嬉戏与成年的现实深邃在文本中相遇了，莫言用儿童的语言之轻承载了现实之重，来自稚拙美的震撼力深入人心。

《红高粱家族》讲述的是三代人之间的故事，“我”是叙述者，“父亲”是被追忆的童年时期的父亲，“爷爷”是叙述者“我”和“父亲”共同建构出来的人物形象。从叙述的角度来看，“父亲”是文本的中心人物，他兼具了叙述者“我”的儿童性和“爷爷”的成年性。童年的“父亲”就是那个在高粱地里撒欢的孩子，稚嫩而又童真，但是他的生活却异常壮烈，不是跟着余司令去打仗，就是跟着罗汉大爷去捉蟹，作品将视角交付给儿童，但是叙事内容却伸向成人的现实世界，所以在“我”的叙述中，“父亲”永远是一个长不大的孩子，这柔弱的生命身上却发生着惊天动地的壮举，稚拙美的审美效果因此而产生了。这其中的奥秘就在于儿童视角的介入使得叙述变得无比轻松和自由。儿童的“父亲”不明就里地跟着“爷爷”去参加伏击战，“父亲仅仅扯住余司令的衣角，双脚快速挪动”，“一老一小，迎着月光向高粱深处走去”，一场异常严酷的成人战争，在孩子的眼中被演绎为浪漫的“捉蟹”游戏，严峻的生活染上了轻松诙谐的欢快、浪漫情调。

① 莫言：《飞艇》，见《莫言文集》，杭州：浙江文艺出版社，2000年版，第42页。

《狗道》中的人狗之战，孩童打狗的儿童游戏被置入严酷的抗战背景下。人打狗是对人捉蟹游戏的升华，两种游戏的描述都是在为理解和表现沉重和残酷的抗战生活作铺垫，游戏的对象最终也从“狗”变为了“狗娘养的日本狗”。小说并没有为抗日战争饱蘸笔墨，因为那里面有太多的沉重与悲哀，而是将叙事的动力和张力淋漓尽致地挥洒在人狗大战中，在儿童的无知无畏、酣畅痛快中倾泻着对于战争的憎恶与仇恨。

小说以儿童来参与、见证并叙述一切，在轻松的语调、幽默的语言中将生存之重、心灵之重外化为一种叙述之轻。这样的叙述方式在莫言的《牛》和《三十年前的一次长跑比赛》中都有不俗的表现，最痛苦的生活承载在最无所畏惧的、无所感知的身上，这一方面强化了苦难的深度和强度，使凝重的生活内容与轻松、诙谐的叙述所构成的巨大艺术张力在情感上给读者以强烈的冲击力；另一方面也显示出莫言借助儿童心理抵达人生隐忍和坚毅的生存智慧。

“狂欢化”的叙事还表现在对现实“严肃性”的解构方面，由此达到“反讽”的艺术效果。这种欢快与搞笑，有时是童真的孩子不谙世事的直接流露，有时是苦难生活中固有的短暂欢愉，有时又带有鲜明的反讽色彩。

在《三十年前的一次长跑比赛》中，那被称为老运动员的朱老师，是个戴着缠满胶布的眼镜、罗锅着腰，还以欢愉、乐观、拼命的精神参与运动会的老右派，人物所具有的积极乐观、高尚的人格品质，与那个特殊的时代、不幸的遭遇、荒谬的伦理在人们的哄笑声中构成了尖锐的矛盾体。叙述貌似轻松，实则心酸；历史貌似强大，实则卑微。这种特殊的“乐观主义”正是沉重的历史与现实赐予作家独特的疗救方式。《野骡子》中的村长老兰，独特的经济和政治地位让他在村里总是颐指气使，但他却被一头黄牛制服了，“老兰终于放下英雄好汉的架子，虚张声势地喊叫了一声，转身就跑”。

《透明的红萝卜》中的“刘副主任”的讲话，使“农业学大寨”活动的庄严性在乡村的粗鄙俚语中被消解殆尽。

> 刘副主任还在训话。他的话的大意是，为了农业学大寨，水利是农业的命脉，八字宪法水是一法，没有水的农业就像没有娘的孩子，有了娘，这个娘也没有奶子，有了奶子，这个奶子也是个瞎奶子，没有奶水，孩子活不了，活了也像那个瘦猴（指黑孩）。①

《丰乳肥臀》中的四姐，为了使饥荒年代的全家人能生存下来而主动卖身为奴，最终沦落为妓女，当她再次与家人团聚之时，村干部因她代表封建余孽而将其带入教育展览馆进行批斗。但是庄严的教育工作最终却在四姐的美貌下演变为一场“洪水滔天”。

> 四姐被请进阶级教育展览馆，站在她那些珠宝面前。高密东北乡的人从此便疯了，大家像看珍稀动物一样拥进去看四姐。公社干部要四姐交代她是如何剥削来这些珠宝的。四姐微笑不答。实际上由于四姐的出场，高密东北乡这一次阶级教育展览的意义便完全被消解了。男人们是看妓女。女人们也是去看妓女……她施展出魅人术，手捏兰花，目送秋波，扭腰摆胯，搔首弄姿，弄得阶级教育展览馆里洪水滔天，连那些公社干部都挤鼻子弄眼，丑态百出。②

此外，这种“狂欢化”的叙述效果也体现在童稚化的语言表达上。儿童心理认知程度和智力水平的相对低下，决定了他们掌握和

---

① 莫言：《透明的红萝卜》，见《莫言自选集》，海口：海南出版社，2009年版，第193页。

② 莫言：《丰乳肥臀》，北京：作家出版社，2012年版，第354页。

应用语言的能力也趋于简单和明了。因此，单纯且浅白的遣词造句、明快而活泼的叙事节奏以及朗朗上口、反复循环的句式排列是儿童视角呈现出的语言形象特征，这构成了似乎表达不清、有点儿啰唆，但又不厌其烦的儿童语气。

以作品《铁孩》为例：

> 火车开过去后，果然有一些大人来接孩子。狗被接走了，羊被接走了，柱被接走了，豆也被接走了，最后，只剩下我一个人。

“接走了”这个口语化十足的简单语句在段落中重复多次，最为符合儿童的语言特征，这种不掺杂感情色彩的客观描述的不断重复，却意外地深化了孩子那痛楚的心灵感受。

> 晚上我感到很饿。铁孩拿来一根生着红锈的铁筋，让我吃。我说我是人怎么能吃铁呢？铁孩说人为什么就不能吃铁呢？我也是人我就能吃铁，不信我吃给你看看。我看到他果真把那铁筋伸到嘴里，“咯嘣咯嘣”地咬着吃起来。那根铁筋好像又酥又脆。我看到他吃得很香，心里也馋了起来。我问他是怎样学会吃铁的，他说难道吃铁还要学吗？我说我就不会吃铁呀。他说你怎么就不会呢？不信你吃吃看，他把他吃剩下的那半截铁筋递给我，说你吃吃看。我说我怕把牙齿崩坏了。他说怎么会呢？什么东西也比不上人的牙硬，你试试就知道了。①

这段“吃铁”的过程，在“我说”“他说”“我问”“他说”的循环连缀中结为句式，孩子不可能掌握同一主语下多重逻辑衔接的复杂长句，所以他们拆分为一个个的简单句。米兰·昆德拉认为：

① 莫言：《铁孩》，见《姑妈的宝刀》，上海：上海文艺出版社，2012年版，第57页。

“如果人们重复一个词，那是因为这个词重要，因为人们想在一段、一页的空间中让它的音响和意义再三地回荡。”① 儿童无意识与低智化的语言表达，显然不具有昆德拉所说的主观意义，但是他们不经意的反复也在客观上达到了“音响和意义”的效果，形成了语言明快的节奏和韵律。语言的稚拙化、简单化是以返璞归真的方式达到语言的反向“狂欢”。此外，文白相杂、俗语与规范语交织出现，也是乐观主义的一种表现。

索绪尔在他的《普通语言学教程》中，提出了“能指”和“所指”的概念区分，莫言儿童视角下的狂欢叙述大都是“能指”的狂欢，辞藻华丽但“所指”空洞，或者是“能指”繁复而“所指”单一。具体来说，儿童或以胡言乱语的方式造成“所指”的空缺，或以灵魂出窍的奇异想象达到“能指”的纷繁而“所指”的单一。

无论是何种手段，将沉重苦难的生活以轻松、游戏的方式加以叙述，都是从不同的侧面体现了巴赫金所说的“戏拟”性的语言特征，也与“复调性”构成一脉相承的关系，从而造成狂欢化的艺术效果。这种带着游戏意味的模仿，总是有着“正话反说”“话外有话”“一语双关”的反讽性，表面的戏拟与实际的反讽是构成幽默诙谐和严肃庄严相辅相成的重要因素，也是痛苦的生活经历与乐观的叙述语调并存共置的重要原因。

莫言的童年是黯淡的，他笔下的儿童也是悲剧性的，但是莫言在表现这种压抑的生活的时候却总是顽强地将儿童的生动活泼与浪漫情绪捕捉进去。早在对《透明的红萝卜》的评析中，莫言就说过：“不论多么严酷的生活，都包含着浪漫情调”，这构成莫言儿童视角叙事的独特性，这一独特性使得莫言对故乡和童年的回溯不仅是从

① ［法］米兰·昆德拉：《被背叛的遗嘱》，上海：上海译文出版社，2003 年版，第 119 页。

成人角度出发的深沉的精神探源，更将作品中孩子所散发出的天性内化为创作中强烈的表现欲，他们上天入地、无知无畏、简单地快乐、痛快地哭泣，来自孩子的游戏精神冲淡了笼罩在莫言童年记忆深处的悲怆。

但是，莫言儿童视角文本中建构的这种“狂欢”世界，与巴赫金对中世纪、文艺复兴时期以及拉伯雷笔下的“狂欢”的分析有本质上的不同。在拉伯雷的作品中，“狂欢”的喜剧人生来自于享之不尽的美食、万人簇拥的尊贵以及狂放嬉笑的人群；而莫言笔下的“狂欢”发生在贫瘠而困顿的乡村，发生在游走于饥饿和死亡边缘的孩子身上，在最不可能升华出“狂欢”色彩的地方产生了！这是一种被降了格的欢乐，是基于现实的、激进的、顽强的、抗争的生命姿态，它将幼小的生命对于现实与想象、欢乐与痛苦、高雅与卑俗、批判与赞美的复杂情感紧紧地交织在一起。

也就是说，在莫言的儿童视角叙述中，“能指”与“所指”是在强大的叙述裂隙中建构的，但二者之间始终有着内在的、隐蔽的同一性。索绪尔曾指出，“语言还可以比作一张纸，思想是正面，声音是反面。我们不能切开正面而不同时切开反面”①。福柯也从不同的角度论述了形式与内容之间的内在联系，他说：“话语的真理性不仅在于它说什么，而且在于它怎么说，换言之，话语是否被接受为真理不仅与它的内容有关，而且还与话语使用者的意向有关。”② 刘勰在《文心雕龙·体性篇》中认为，“体”是作品的风格，“性”是作家的性格，“辞为肤根，志实骨髓”，认为文章的语言修辞是文本外在的形式，是表层的，而作家的心智性格才是作品的灵魂之所在。

---

① 胡名扬编：《西方语言学名著选读》，北京：中国人民大学出版社，1999 年版，第 71 页。

② 张清华、王月峰：《“演讲”话语之于革命叙事——当代红色叙事研究》，载《文艺争鸣》，2002 年第 3 期。

因此，语言修辞与作家的内在性格有时是统一的，有时却是相反的。无疑，莫言属于后者。国外的小说翻译者在翻译他的作品时，常常被它的诙谐和幽默所感染，但是莫言却说：“我的小说不可能给人提供欢乐，因为我在写的时候，总是沉浸在痛苦之中”①。读莫言的作品，你很难找到一本正经的思考和道理灌输，他总是有意识地将十分沉重的话题与思考化为嬉笑怒骂、插科打诨的轻喜剧，即使是面对沉重的历史和敏感的政治问题也同样举重若轻，例如对于“文化大革命”的反思，对农民的土地问题的探究，对市场经济体制下道德沦丧的批判，对腐败问题的刨根问底等。莫言的语言形象和他的写作立场构成了巨大的反差和张力。《四十一炮》中的罗小通，饥饿的折磨和摧残造就了他对食物的超强嗅觉和惊人食量，与肉的对话和独语，发明注水器械等都构成了小说的笑点和欢乐因素，但这些笑点正是苦难的根源；《丰乳肥臀》，且不说书名所造成的歧义与误解与作家的主旨相去甚远，就是那对伟大母爱的赞颂也在“恋乳癖”的诙谐中构成了格调上的巨大冲突。然而，静静的胶河之水承载着芸芸众生的悲怆命运，滚滚历史涤荡不尽人性的贪婪与荒谬，极富传奇色彩的人物，似乎只是历史前行中的一粒微尘、一具蝼蚁，然而他们始终在戴着镣铐翩翩起舞，“狂欢”尽兴。

莫言在写苦难和残酷的时候笔调总是轻松的，态度总是欣赏的。然而，在这样的语言形象背后，是莫言对民不聊生的农村苦难生活的咀嚼，是对虚假欺瞒的社会现象以及在此胁迫下的人性的堕落和扭转的沉重思考。莫言笔下的儿童记忆与成长有着沉重的时代和历史背景，但是他并不以显性的方式对其加以烘托和强化，而总是有意隐匿或者淡化其影响。这种淡化沉重的叙事考虑，让莫言在探究

① 莫言：《写小说就像过大年（代序）》，见《十三步》，沈阳：春风文艺出版社，2003 年版，第 15 页。

儿童成长的过程中摆脱了历史压抑的氛围，而回归到儿童那没心没肺的轻松叙事上来。所以与“反思文学”“伤痕文学”相比，莫言笔下的儿童叙事更为轻松，也更具喜剧性和戏剧性，这是用叙述之轻来承载思想之重。

诚然，时下“轻”已不鲜见，并已发展为时尚主题与主流美学，卡尔维诺讲轻逸，米兰昆德拉讲生命中不可承受之轻。儿童叙事，似乎正是在天真、随意、率性而为的儿童世界中寻找到叙事感觉和氛围的“轻”，但是莫言的“叙述之轻”不是来自对虚无人生的一种后现代思考，恰恰相反，它是在沉重现实、苦难人生背景下的决绝抗争。莫言的“轻”只是文本的外在形式或者说是叙述策略，因为命运和苦难的沉重正在背后眨着诡异的眼睛。正如王德威所说：“天真的声音包藏无限的世故。”① 他以欢快的语言形象来调和主题内蕴的悲凉苦痛，他以乐观主义的宣泄来冲击惨无人道的现实，“正如童年时的苦难与自由欢乐相互交织一样，对于现实的悲观失望往往与对于生活的乐观向往，以及面对不幸只能自我开解的现状相缠绕，于是文学的批判性和生活的韧性共同构成了一种犬儒式的‘语言形象’。”②

他的叙事总是在苦难的生活中派生出喧闹的语言、狂欢的节奏和“乐观主义”的叙事语调。“这种乐观主义不是一种生活态度，而是一种话语，一种叙事，即一种意识形态的感性显现，用西方人的话，可以称作：形而上学式的抒情。”③ 但很显然，莫言不是一个乐观主义者，相反，他恰恰是一个不折不扣的现实主义者，甚至很多时候是一个悲观主义者。在他的小说中，尽管诙谐和幽默始终与沉重和压抑如影随形，但是来自孩子们那简单的快乐情绪总不及生

① 王德威：《狂言流言，巫言莫言》，载《江苏大学学报》，2009 年第 3 期。

② 付艳霞：《莫言的小说世界》，北京：中国文史出版社，2011 年版，第 57 页。

③ 潘知常：《反美学》，上海：学林出版社，1997 年版，第 303 页。

活现实带来的悲愤与苍凉浓烈。

感官的刺激和直接描写，让生命的勃发力在这里彰显；然而精神的隔膜与孤寂，现实世界的森严、阴冷之气直接冲杀着幼小的身体、孱弱的心灵和还不够坚强的“意志”。从这样的阴冷中，我们战栗地感到，孩子那感官的明快与奔放是多么的可笑，继而可悲，无异于“以卵击石”的脆弱。于是，莫言的作品，伸展开了孩子的成长历程。与苏童不同的是，苏童在重拾记忆的碎片时，是通过触摸祖辈和故乡的气息完成自己的一次精神回乡，但那里的故乡并不是温情脉脉的田园牧歌，充满了异常浓重的非人间的气息。所以苏童眼中的故乡是这样的意向组合：矗立的枫杨树、灰尘蒙蒙的灵牌、乌黑发亮的胶鞋、浩荡的龙卷大风、窜行狂吠的野狗、飞逝长鸣的公牛、老朽如幽灵的族公等。这样的意象群体正是故乡阴暗面与作者心灵混沌、无可皈依的外在文本载体，他们是一致的、相辅相成的。莫言则不然，在感官与心理、现实与幻想之间，他应用了反差强烈的艺术效果来完成各个艺术因子之间的互相渗透和参照。他用最“热”的情感写最“冷”的内心世界；他用最为浪漫的奇思妙想写最为肃杀的现实主义；他用最为直面人生苦痛、不回避、不躲闪的勇士眼光，写愚昧、麻木、无动于衷的人性异化……在莫言的小说中，你可以随处看到艺术处理的表层传达与精神内里的相互忤逆，有时甚至是相互的撕咬、决裂、“言不达意”，然而这正是莫言想要展示给读者的世界，也是莫言所说的绝非二元对立而是复杂多元的人生领悟。

也正因为如此，当他描绘和刻画生活最为沉重的一面时，总会被现实性和压抑感紧紧束缚住内心，无力思考，不得言说，而挣脱这种创作的束缚，需要借助一个外力获得思想以及语言的自我解放、宣泄，儿童视角叙事正是这样一个有效的途径。因为莫言的童年背负了太多的沉重与灰暗，所以在重返童年时，他想经由记忆的旅程幻化出童年的些许亮色，他不愿自己笔下的人物总走在阴暗悲伤的故事里，也不想自己在这种创伤中沦陷，于是他让孩子们来捣乱，让他们在感性思维中发现世界的神奇，在拒绝理性判断的前提下抒抒情，发发议论。在狗不叫、猫不叫、鹅鸭全是哑巴的世界中，总有晶莹的红萝卜、如血娇艳的红高粱存在。欢乐和希望，是对生命的憧憬，也是创作得以继续的源泉。

莫言的这种轻松叙事并未脱离现实，也从来没有逃避现实，他直面现实的勇气并不比别人少，他批判现实的力度和决心并不比他人肤浅，只是他不想以灵魂导师的姿态评判是非、指导方向，他不愿再次沦入批判现实主义沉郁忧患的风格窠臼中。莫言与张贤亮在盐水、苦水中翻滚、煎熬不同，与张承志在苦难面前心灵的忏悔与超拔迥异，即使是与同时代中同样具有诙谐幽默风格的作家的表达方式相比也迥然相异，既不是王蒙那洞察世事的敏锐与聪敏，也不是王朔那玩转市井俗世的“痞子气”，更不是王小波那在苦难面前的超脱与冷静。因为有了勇士般的“直面精神”，有了对现实生活的隐忍，对人生荒诞的洞悟，莫言最终没有陷入“逃走”的人生选择，相反，他把人生哲学放在了把握现在的主题上——活着，顽强地活着，如同故乡的红高粱一样火热而有生机地活着，这是一种倔强的反抗，也是一种生存的智慧。

莫言就是一个孩子，他用孩子的眼睛去观察，他用孩子的语气去叙述，他不谙世事，但又洞察秋毫，他不知深浅，但又进退自如、左右逢源。莫言正是用这种“举重若轻”的叙述方式，将外部世界的沉重、混杂以及多义表现出来，这也正是卡尔维诺所说的文学辩证法的“轻”。

卡尔维诺认为语言分为“轻”和“重”两种。“世世代代的文学中可以说都存在着这样两种相互对立的倾向：一种倾向要把语言变成一种没有重量的东西，像云彩一样漂浮于各种东西之上，或者说像细微的尘埃，像磁场中向外辐射的磁力线；另一种倾向则要赋予语言以重量和厚度，使之与各种事物、物体或感觉一样具体。"①无疑，莫言的语言风格属于前者，这种用轻松的语言来叙述生活的沉重的方式，在卡尔维诺看来"是对生活重负的一种反作用力"②，也是值得赞赏的创作观和世界观。

"饥饿和孤独"交织的童年，"再也不愿回来"的离乡誓言，在时间的磨砺中，审美距离的拉伸中，叙述变成了愉快的事情，成为对美好生活的向往。用对生活的勇气和向往描述苦难，用生命的韧性在苦难中寻求幽默，他的创作立场总是矛盾又统一的，他的思想建构是自足而又开放的，那是现实主义与魔幻玄想的结合，也是生活的"轻"与"重"的辩证统一。有的学者认为这种"反讽"和"戏拟"分析，是对于现实主义的"愤怒的犬儒"③，也有人从语言革新的角度分析，认为这是对现实的"混乱与腐败"的"一种语言治疗"④。无论是基于什么角度的分析断定，这两种观点都指向了颠覆意义下的再次回归，即布莱希特式的"间离效果"。

细细品味莫言的小说，你总会为其背后沉重的生活、悲凉的人生而扼腕叹息、唏嘘不已；你总能感受到作家在创作中的深深热情和拳拳之心，然而作家却总是有意采取儿童那童稚和荒诞化的视角

① 卡尔维诺：《美国讲稿》，见《卡尔维诺文集》，南京：译林出版社，2003 年版，第 330 页。

② 卡尔维诺：《美国讲稿》，见《卡尔维诺文集》，南京：译林出版社，2003 年版，第 343 页。

③ 钟怡雯：《莫言小说——历史的重构》，台北：文史哲出版社，1997 年版，第 59—62 页。

④ 周英雄：《酒国的虚实——试看莫言叙述的策略》，载《当代作家评论》，1993 年第 2 期。

来叙事，作品中处处流露出游戏精神：沉痛批判背后恶作剧式的快感宣泄，荒诞虚无中的狂欢表演，叙述形式上的游戏精神承载了美学意义上的虚无与悲剧意识。

莫言说自己是一个善于讲故事的人，在他的小说中，主人公是在表演，叙述者是在表演，就连倾情投入的读者也在别人的世界和感受中演绎和想象着自己的人生。正是在这样开放虚拟的叙述过程中，莫言最大限度地企及并干预现实的目的才有了着落。

第三节 “复调式”的多元叙述

“复调”本是用来指称欧洲 18 世纪以前广泛使用的一种音乐体裁，即乐曲中没有明确的主旋律和伴声的区别，而是各种声音各自发声，彼此独立，重叠共鸣。俄国学者巴赫金将这一概念引入文学叙事学理论中，借以分析陀思妥耶夫斯基小说的诗学特征，凸显复调叙事艺术对于欧洲传统单旋律叙事模式的突破与创新。“复调小说”概念的提出，对文学叙事学、读者的接受美学以及解构主义学等都产生了深刻的影响，是现代文论的一次重要飞跃。文学中的复调性强调的是文本的“对话性”，它不仅包括文本内部各个人物之间、人物复杂心理之间的“对话”，也包括文本内部构成要素与包括隐含作者、主题意蕴等在内的外部“对话”。

儿童视角小说文体本身就蕴含着复调的结构和叙述艺术，这不仅体现在儿童视角文本中成人视角与儿童视角的双向倚重，也体现在文本中其他人物视角之间的转换，还在于叙述视角与作家隐含视角之间的多重变奏。

首先，儿童视角文本本就是儿童视角与成人视角的变调组合。

尽管作品是以儿童的视角和思维进行叙述的，但是对于成人作家来说，这种回溯性的反向叙述是在成人思维和现实存在的参照对比中开掘与深化的，因此，就其本质来说，儿童视角叙事是以“儿童”的“形”来隐喻“成人”的“神”，观照的中心还是成人世界。具体到文本的操作中，首先回溯性的记忆再现夹杂着对过去与当下的不同理解与认知，而且在拾取回忆的片断时，本身包含有作者的主观判断与选择的内在要求。其次，在儿童视角下观察事态，是要回归事物的本来面目，但是作者的理性情感和价值干预不可能毫无踪影，成人视角始终渗透在其中，形成叙事的巨大张力。

但毕竟儿童视角小说不同于儿童文学，其接受对象是成年读者，且作家所要探究的世界也更为深广。因此，儿童视角叙事在区别于成人视角而呈现出叙事的优越性的同时，也在意义蕴含的深入拓展中显示出它的局限性。所以作家必须对这种局限性和欠缺性进行有效的弥补，成人视角、隐含作者视角、儿童视角的复合使用完成了对这一罅隙的缝合。钱理群认为，儿童视角天然地隐含着成人视角的“干预”，也有学者认为儿童视角叙事文本天然地包含着儿童与成人的“既定两人关系”。在叙事中，作家一方面要忠于儿童叙事者的权限范围，呈现其“别致性”，另一方面又不断让成人视角和隐含作者视角渗透到叙事系统，与儿童视角对话对其进行补充甚至干预，使儿童视角的“别致性”具有典型性和深刻性。

这样，儿童视角不可避免地包含了成人视角，成人视角时而是文本背后的隐藏视角，时而凸现于文本之上，与儿童视角形成对话关系，两种视角的转换渗透、重叠交互构筑了儿童世界与成人世界、儿童声音与成人声音的共生共存，也即形成了巴赫金所说的众声喧哗的复调诗学。

成人作家以回忆性文体、儿童视角展开叙述，本身包含了复调艺术构成的多方面因素。首先，就叙述者而言，他既是儿童也是成人。儿童视角以感性的、不加任何修饰的、原生态的方式切入生活、历史以及记忆，而成人视角则对这种原生态的叙述加以理性的审视和辨析。其次，就叙述时间来说，附着于"童年"的"过去时间"与立足于书写当下的"现在时间"是交互共存的，当"过去的我"在回忆中因认知、经历以及情感的黏着无法挣脱之时，"现在的我"总以理性和智慧对过往加以审视与反思。童年的时光与经历不可能静态封闭地成为被观察与被书写的客体，而是建立在"过去的我"与"现在的我"对于同一事物交流、对话的一种自我观照之上，儿童视角叙述与现实紧密相连，在回忆的叙事与机制中，历史与现实被照亮，此在与彼在被关联。

从文学理论上说，时间的概念有两种，一种是客观表示时间进程意义的节点，对于叙事来说，有较强的线索和递进概念的时间，呈现出线性流动的特点。如《檀香刑》《丰乳肥臀》《生死疲劳》《红高粱家族》中故事发生、发展的时间交代。另外一种是时间具有静止的永恒性。在莫言的儿童视角文本中，时间往往体现为这种深层的意义蕴涵。站在"童年"，回望记忆，在历史的沉渣碎片中击打现实存在的意义和价值，浮出水面的正是亘古不变的时间永恒性存在。利用时间的灵活性来缓解地域的封闭性，这种时间艺术与叙事视角有着密切的关系。

在叙述方式上，1986 年发表的《红高粱家族》采用的是"童年父亲"的视角来叙事，但是故事却是关于"我爷爷""我奶奶"的。从时间序列来说，现在的"我"是当下的叙述时间，而"童年父亲"是过去的"回忆"，但是"回忆"向着更为久远的"爷爷""奶奶"而去，于是三代人、三个时空，彼此之间有时是场景的相互见证人，有时却只是代代相传的传奇演义，这样的叙事方式，为文本的想象和虚构留下了极大的艺术空间，同时也在人物各自的叙述立场上形成了“复调”的话语。

孟悦在对《红高粱家族》设置“我”这个叙述视角的研究中讲道：“选取一个瞬间作为临时的标尺并前瞻后望，乃是莫言叙事人的典型行为。”“莫言的叙事人那穿梭往返的行为成功地在叙述层面阻断时间的连续性和局定性，他似乎是以自身的叙述来而复去地切割着‘过去’，把一个并非不能顺着讲的，从从前到后来的故事尽可能详细地用叙述的‘现在’分割开来，他的前瞻后望，他优越于人物的全知全能，一律在客观上阻止你沿着任何一个顺时性方向多走一步。他在每一个可能造成连续性的地方引入另一个临时的现在或过去。”[①] 由此，莫言将“我”与“我爷爷”“我奶奶”的隔阂交付给时间，将故乡世界与现实世界的经验隔阂交给了感觉。

从《红高粱家族》开始，莫言总是把这种时间的调配与错位发挥到淋漓尽致，并成为他小说的显著特征。回望姿态下的童年故事在儿童视角的叙述下，真实地再现了当时的情景和感受，也只有在这种叙述中才再次验证了“一切历史都是当代史”的箴言。因此，对于莫言来说，这个“瞬间的参照”就是儿童视角的原初性和开放性带来的。

儿童视角叙事将祖辈、父辈与“我”并置，将过去、现在、未来融汇，将现实与想象沟通，甚至是在时间的流逝中具有相同的地域不变性，在历时性与共时性的渗透和互见中，历史叙事的“再语境化”大大加强了，时间在强大的压缩过程中，历史叙述成了永远的当下真相。这种人的意识的大跨度伸缩与历史的穿越“再语境化”，建构了两个方面的意义：一是如詹姆逊所说的“永恒的当下”特征，一是如

① 孟悦：《荒野弃儿的归属——重读〈红高粱家族〉》，载《当代作家评论》，1990年第3期。

马克·柯里所说的“对于当下的叙事性逃避”的性质。①

从叙述视角来看，成人视角与儿童视角的复合使用，使得叙事在思辨性、丰富性以及深刻性方面都有了长足的发展。申丹在《叙事学与小说文体研究》中曾指出，回忆性的叙事作品总包含着多种叙述眼光，一种是叙述者回忆往事的眼光，一种是叙述者在过去经历事件时的眼光，她将这两种眼光称为叙述视角和经验视角。两种视角的交替变换、渗透补充，一方面在童年的稚拙、天真视角下开辟了全新的视域，另一方面成年“我”的视角的介入，也弥补了儿童“我”在叙述时所形成的视角单一、画面简单原始，从而使片段性的回忆叙事具有了现实和思辨的延展性和睿智性。

《红高粱家族》的儿童视角不仅连接了现实、过去和未来的时空，在叙事上获得了祖辈、父辈与子辈的自由发声，而且也沟通了叙事者“我”与“我爷爷”“我奶奶”之间的相互比较与相互审视的关系。作家在时空的交错和三代人的精神沟通中以不动声色、不做褒贬的姿态参与了关于历史的对话和建构。他们各自生活在“当下”的时代和空间中，以自我的生命意念和生存法则诠释着属于自己的人生。在历史的发展过程中，在人类进化演变的进程中，将具有血缘关系的、亲密无间的家族基因建构与发展作为考量人性的一个参照点和案例分析。由此，沿着个性的个体——因袭的家族——共有的人性脉络，莫言借助几代人之间的相互辩证、磨合、撕咬、理解与背离发起对于文明和进化的质疑，发起对于生命、对于人性的追问与思索。小说以极大的热情讴歌了祖辈们抗日救亡的激情和快意恩仇的性情，相比之下，“我”这一代人的萎靡人生更加验证了现代文明进步之下的“种的退化”的断言。

① ［英］马克·柯里：《后现代叙事理论》，北京：北京大学出版社，2003年版，第106页。

尽管儿童视角叙事在整个叙事过程起着主要甚至是主导的作用，但是让作家纯粹以儿童的视角去观察，将叙述者的身份彻底撤退出来，是不可能的。W.C·布斯在《小说修辞学》中说："就小说本性而言，它是作家创造的产物，纯粹的不介入这是一种奢望，根本做不到。"特别是以回忆性叙述为基础的儿童视角叙事，成人经验与感受的介入是必然的。因此，儿童视角文本往往存在两种叙述声音：儿童身份的叙述者与隐含作者（成人身份）的叙述声音。前者常以文本的形式浮现在文本的表层，而后者常以文本的内涵意蕴隐现在文本的背后。这两种反差巨大、特征迥异的叙述话语同时并存，互相依托，又随意转换，在背反之间有着融合，在并存之间又构成巨大的张力，从而构成了文本内部的复调色彩。

如果说在《透明的红萝卜》中黑孩以他那幽邃而深沉的眼睛开启了"红萝卜"那优美的意象空间，将独具莫言特色的儿童视角叙事呈现在读者面前，引起广泛关注的话，那么到了莫言的代表作《红高粱家族》，似乎莫言已经不再满足于单一的儿童视角所能承载的意蕴和领悟，他想要说的更多，他想表现的空间更广、年代更久远——于是有了"我爷爷""我奶奶"的叙事典范。这种叙事方法，同样以少年儿童"我"作为视角基点，但是在"我"的透视和反观中，"我的父亲""我爷爷""我奶奶"不仅是"我"观察的对象，同样是自说自话的独立个体，几代人的血缘亲情在历史和现实的延宕和冲击下显现出别具一格的色彩。莫言也为他的这一创新而感到满足和自豪，他说："《红高粱》我最得意的是'发明'了'我爷爷''我奶奶'这个独特的视角，打通了历史与现代之间的障碍。也可以说是开启了一扇通往过去的方便之门。"① 但作家意识中难以

① 莫言：《我为什么要写〈红高粱家族〉》，见《小说的气味》，沈阳：春风文艺出版社，2003年版，第20页。

抑制的情感冲动，又总是会不自觉地溢出儿童视角叙事的范围，这在《红高粱家族》中"我奶奶"临终前的那一段自由宣言中有深刻的表现：

> 天哪！天……天赐我情人，天赐我儿子，天赐我财富，天赐我三十年红高粱般充实的生活。天，你既然给了我，就不要再收回，你宽恕了我吧，你放了我吧！天，你认为我有罪吗？你认为我跟一个麻风病人同枕交颈，生出一窝癞皮烂肉的魔鬼，使这个美丽的世界污秽不堪是对还是错？天，什么叫贞节？什么叫正道？什么是善良？什么是邪恶？你一直没有告诉过我，我只有按着我自己的想法去办，我爱幸福，我爱力量，我爱美，我的身体是我的，我为自己做主。①

这种明显具有"五四"精神与语言腔调的自我宣言，显然不是出自乡村妇女，更不可能出自少年儿童"我"对奶奶的心理揣测和理解，而更多的是叙述者"我"或者隐含作者激情感慨的强行介入。此时，叙述者将"我奶奶"的生命意义在叙述层面加以昭示和升华，她用对现世和老天的诅咒以及对生后的反省和辩护来展现"我是我自己的"的个性解放价值。显然，如此口号式的、概念化的现代腔调与人物性格成长相悖，而且在叙事中的突兀出现也显得有些牵强，但是它的确在丰富人物形象、营造悲剧氛围以及提升主题明晰性方面起到了积极有效的作用，对单一的儿童视角叙述具有很大的补充和深化意义。

此后，莫言在《欢乐》《红蝗》《酒国》《战友重逢》等作品中，更是将这种故事中断的随感抒发变成自己独特的文体特征。不同的是，在成熟完善中，他更注意情感抒发的隐蔽性和隐含作者的含蓄

① 莫言：《红高粱家族》，上海：上海文艺出版社，2012 年版，第 67 页。

性。所以在后期的创作中，隐含作者或者叙述者“我”的直接抒情开始日益减少，作家更多地开始借助一个人物用自由间接引语和自由直接引语的方式讲述另一个人物的心理过程。① 在《丰乳肥臀》中，多种视角以及叙述的含蓄性、隐蔽性就有了很大的提高。上官金童的视角延续了《红高粱家族》中“我爷爷”“我奶奶”的视角叙事。表面上儿童内视角的局限性，在意识流、时间的流动、片段的任意剪辑中产生了全知全能叙述的开阔性，一方面读者在儿童的内视角下不断地思考甚至质疑着叙述的真实性和可信性，从而进入自主阅读的再创作阶段；另一方面，经由“我”的一次次转述，恢宏的历史场景以及人物各自的情感又在大开大合中呈现。以极具限制性的视角进入文本叙述，同时深刻地质疑个人叙述的真实可靠性，从而剔除理性判断的整一化禁锢，展现事物丰盈多面的现象和理解，无数个个性化视角的叙述成就了叙述以及事物的全面和立体性，而这种全面和立体性在获得的过程中也同时解构了个体性叙述的权威和可靠性。这正是莫言叙述的悖论，也是他个性化风格得以确立的基础。这样，在阅读中作品给予读者的中断冲击力减少了，作品在流畅自如中的意义也变得更加隐晦，意义的明示与提升、观念性的灌输在减少的同时，主题的内蕴更加丰富了，留下的思考空间也就被拓展了。

莫言的复调小说结构首先表现在人物之间的“微型对话”上，即在对待同一事物时，以不同的叙述声音来表达各自的立场和观点。《红高粱家族》中关于奶奶的出殡细节有着众说纷纭的呈现。爷爷出于对奶奶的深爱和眷恋，坚持认为在开棺时，奶奶面容娇美，全身芳香四溢，而长工们包括“我”却实实在在地否定了爷

① 申丹在《叙述学与小说文体学研究》中提出“直接引语”与“间接引语”的概念。一般来说，用引号直接记录人物的语言是直接引语，而由一个人转述另一个人的语言是间接引语。间接引语既可以是直接的间接引语，也可以是“被遮覆的引语”。

爷的所见：奶奶全身腐烂恶臭，令人不忍直视。在《红高粱家族》的《奇死》中，当凝聚着民族阶级仇恨和家族生死罪恶的日本人破门而入时，代表着成人视角的二奶奶，自然站在了成人成熟的也是理性的民族阶级立场，看到的日本人是：“士兵尖嘴猴腮，文质彬彬的人模样片刻之间变幻成了那只死在二奶奶手下的黑嘴巴黄鼠狼。他的尖削的嘴巴、嘴巴上那一撮漆黑的毛、他的鬼鬼祟祟的神情都与那只黄鼠狼酷肖，只不过它的形体更大，毛色更黄，神情更奸诈。”① 而完全不懂危险正在逼近，更不知日本人是何人、缘何来到这里的小姑姑（香官），却有着不同的看法：“她从老日本兵肥滚滚的脸上并没看出有什么恶意，她甚至好奇地去捕捉他头上那片不生毛发的地方放出来的光亮，甚至对二奶奶发出的野兽般的叫声表示反感。”

莫言这种众声喧哗的表达在他的小说《生蹼的祖先们》中有过直接的表现：

> 关于这场火刑，每个家族成员都有自己的一套叙述方式，四老爷有四老爷的叙述方式，九老爷有九老爷的叙述方式，我深信在这个大事件的背后，还应该有更多的戏剧性细节和更多的“猫腻儿”，对这件事情、对那个年代进行调查、研究、分析、批判、钩沉、索引的重担毫无疑问地落在了我的肩上。②

在莫言中后期的儿童视角文本中，叙述的“复调性”更多地以隐秘的方式表现在文本内部、叙述视角之间的转换上。莫言小说中的儿童，很大程度上是作家设置的一个转述人，这个转述人有时候是小说的叙述者，有时候又是其中的人物，视角在“看”与“被

① 莫言：《红高粱家族》，上海：上海文艺出版社，2012 年版，第 312 页。
② 莫言：《生蹼的祖先们》，北京：文化艺术出版社，2001 年版，第 40 页。

看”中始终都是相互流动和依托的，从而形成了视角套视角的方式。也就是说，不仅作家与叙述者和人物之间形成了一个大视角，叙述者与人物之间也形成了一个小视角，甚至人物之间的对话和理解也形成了一个相互关照与打量的视角。所以他的小说少见脉络清晰的故事情节，也难有结论性的判断与认识，两种甚至两种以上的声音交互共鸣，建构了复调叙事的鲜明特征。

莫言的儿童视角叙事文本形式不拘一格，表现也不尽相同，从叙述人称的角度来看，主要有三种类型：一种是纯粹儿童视角文本，以第一人称叙述为主要模式；一种是回忆模式下儿童的“经验”视角与成人的“理性”视角融合下的“我”的记忆反思；一种是全知全能视角下以儿童为主要表现人物的叙述，较多使用第三人称叙事。

纯粹儿童视角，是全篇主要以儿童的纯粹视角为叙述视角，书写儿童经历的事件以及感想，因为视角的单一，相对来说主题内蕴也较为明显与清晰。例如《飞鸟》借助“我”（金豆子）的儿童眼光书写了“文化大革命”的另一面。立场要分明、斗争要坚决的阶级斗争要求，让孩子对他认为善良本分的“地主婆”也不得不进行残酷无情的批斗。在轻松诙谐、幼稚天真的叙述中，历史与社会的本色开始浮现。《野骡子》中叙述者、叙述视角以及叙述人物集中于一个听任感觉驱使的孩子罗小通身上。在他的叙述中，忍辱负重、勤俭持家的母亲是苦难生活的源头，而肉的香味、温柔美丽的诱惑让他对父亲的浪子生活心存向往。《牛》《草鞋窨子》《司令的女人》等小说都是以纯粹的儿童眼光来聚焦事件展开叙述的。在这种纯粹的儿童视角中，作家也隐身为一个孩子，有着如同孩子般的纯真与直率，将视角退回到低智的儿童，正是为了显现不受世俗以及惯性思维影响的世界本相和原初状态。

回忆模式下儿童的“经历”视角与成人的“经验”视角的融合和转化，是指叙述者“我”追忆往事时的成人思绪与“被追忆人”的“我”在事发当下的儿童视角与思绪的流动与转化。两种眼光是不同时期的“我”对于同一事件的不同看法和认识，其间流露出的关于幼稚与成熟、简单与复杂、真诚与虚伪、无知与世故的情感对比也构成了文本叙事上的巨大张力。如在《三十年前的一次长跑比赛》中，小说以成人叙述者“我”开始回忆小学时的一位老师开篇，当记忆退回到三十年前时，视角转化为当时还是儿童的“我”，也正是在那个纯真烂漫的孩子视角下，我们才看到了像朱老师那样一批“右派”，他们的执着、乐观与崇高。《五个饽饽》中一个饥肠辘辘的孩子在五个饽饽被偷的亲身经历中瓦解了关于信仰高于饥饿的虚幻伦理。秉承着对人的信任与尊重的伦理，“我”的家人将家中仅有的五个饽饽用来供神，结果五个饽饽被偷，信仰与伦理在现实面前瞬间坍塌。最后，小说结尾叙述视角再次转回成人的视角。这种儿童视角与成人视角的转化与交融，在《铁孩》《初恋》以及《飞艇》等小说中都有所体现。

全知全能视角下以儿童为主要表现人物的叙述，较多使用第三人称叙事。这种类型主要是指作家借助一个儿童形象，通过孩子的眼光和感受来透视成人的世界。全知全能的叙述模式常常具有“上帝”般的全方位视角，它不仅能够预知事件的进程结果，还能触摸各种人物的内心和精神，由此具有至高无上的权威性和便利性。但是由此带来的对于作品真实性的损伤、戏剧性的削弱也是显而易见的，因此，叙述者有时会将这种全知叙述转移到人物身上，借助人物的视角来观察并发声，当这个人物聚焦在儿童身上时，儿童视角就由此产生了。例如《透明的红萝卜》是在全知视角下展开的对一个孩子“黑孩”的叙述。从始到终，黑孩都没有在作品中发声，这个人物是叙述者的叙述对象，但叙述所呈现的经验世界却都是黑孩所见、所思、所想。他的沉默寡言，让他有着更为敏锐和独特的观察力，超凡的想象力让他拥有更为纯真与浪漫的人生梦想，那个总是躲藏在黑暗角落里的、通体发黑的小孩，那个手举晶莹、剔透、金色红萝卜的孩子，映射出人世最为残酷、肮脏与丑陋的一面，也用梦想之光照亮了对生活的希冀与期盼。《枯河》中的主人公小虎也是在全知视角模式下刻画的人物形象。小说中全知视角更多地选择了对主人公小虎的内心活动的透视，而过滤了其周围父亲、母亲、哥哥以及公社书记等人的审视，这种选择与取舍使儿童的心理和情感得以凸显，同时也以“内省”的方式缩短了儿童与读者之间的情感距离，将父母、兄长、社会以及成人世界推向了儿童意识行为的对立面，批判意识由此生发。

在这三种叙事类型中，第一人称“我”的儿童叙述是主要叙事人称，全知视角下的第三人称“他”叙述，以“他”为人物中心也是一种儿童“我”的本体叙述。莫言是一个主体性非常强的作家，第一人称叙事角度最能传达他那丰盈的情感和空灵的想象，但是局限于“我”的角度的叙述无疑也限制了叙述的空间和想象的力度，于是，儿童视角成为莫言众多视角中的一种，而且它总是变形为“第一人称”，这样，作家既可以在个人主体性和艺术想象力之间进行把控，又可以在文学虚构的真实性与虚幻性之间调和。同时，借助儿童之口，也将民间的俗语、俚语以及口语化等语言特征应用到叙事格局中，为其叙述特征又添一道亮丽的风景。

莫言天马行空的艺术想象以及一泻千里的艺术激情，让他更加倚重个人经验，因此他经常使用第一人称叙事，这样能够最为直接地表达主观情感，确立个人立场，同时在对历史的叙述中也以“我”的真实可感性消解了历史的久远迷失性，从而增强了阅读可信度。但是，仅凭一个人物或者一个视角难以承载作家丰富的情感，也不可能在小说有限的篇章中言说深远的意蕴和事物的复杂性，因此，只能靠不同的人物、从不同的角度和侧面来完善和丰富。单纯的第一人称无法充分发挥天马行空的艺术想象力和心游万仞的感受，更无法深入到其他人的内心世界，虽然有利于直接抒情和尖锐批判，但也有主观专断性和意识教化之嫌，因此，作家总在第一人称的内部设置其他视角和叙述人称，这与主叙述的“我”形成相互补充、相互印证或者相互解构、相互质疑的关系。这种叙述视角的不断转换产生了赵毅衡所说的“叙述分层”的问题。赵毅衡首先提出“叙述分层”这个术语，他在《苦恼的叙述者——中国小说的叙事形式与中国文化》一书中写道：“当被叙述者转述出来的人物语言讲出一个故事，从而自成一个叙述文本时，就出现叙述中的叙述，叙述就出现分层。此时，一层叙述中的人物变成另一层叙述的叙述者，也就是一个层次向另一个层次提供叙述者。”① 赵毅衡认为，叙述分层的原因在于，叙述者发现自己处于一个尴尬的地位，他不再是那个位置明确的说书人，他应当找一个方法使自己实体化，但是充分地人物化又不可能，因为他还不能成为一个显身介入式的叙述者，他与故事的关系依然若即若离。这种若即若离是“叙述者的不安和苦恼”的表现。

这种叙述分层并不能等同于全知视角叙事。在传统的全知视角中，作者是无所不知、无所不能的，他严格掌控着人物和事件的发展、进程以及命运结局。但是复调小说却不是这样，如果说全知视角下的叙述者是以自己为叙述原点静止地俯瞰和评价人物和事件的话，那么复调小说下的叙述者却是灵活自如地穿梭于人物与事件之

① 赵毅衡：《苦恼的叙述者——中国小说的叙述形式与中国文化》，北京：十月文艺出版社，1994 年版，第 117 页。

间，站在什么样的立场、为什么样的人代言就说出什么样的话，视角离开则人物的行为和意识也同时进入盲区，因此，叙述者在复调结构中更多是客观地转述和呈现，而较少主观性的判断和干预，这样的做法使每一个生活其中的人和物都保持原有的状态和相对的独立性。与此同时，被作家赋予主体性的人物都按照自己的内心发声，依循自己的意识行动，反过来就会对作者的写作和生活进行干涉和影响，从而在某种程度上脱离作家的写作轨道，成为自说自话的主体。《四十一炮》中的罗小通，在五通神庙里对“大和尚”诉说自己的过往，在他诉说的过程中，这座神秘的庙堂里发生了很多匪夷所思的事情，也出现很多奇怪神秘的人物和动物，是真是假，是虚是实，无从考证，一切只有主人公自己知道，这里人物已经甩开作者，按照自己的成长轨迹行进，成了超越创作主体、超越历史时空的自由人。

表面看来视角的转换、叙述的分层是对人物的还原与尊重，而实际上是“一种改变原意或者故意改变与曲解原意的转引的陈述风格”，是“一种重新加以拼贴加以镶嵌用以组成新的文本的转引风格的戏仿”①。因为，所有的叙述都统摄在作家或者隐含在作者的构思之中，视角的转化与叙述的分层不过是叙述者隐蔽的叙事策略，是为隐含作者或者叙述者搭建一个屏风，隐藏作家的真正立场，避免思想价值的直接强力灌输，同时也为作家尖锐的针砭时弊提供全身而退的避难所。这种写作也契合莫言关于“民间文化”的理解要旨：民间文化以其自身的多义性和复杂性而自成一体，显示其存在的自由空间与价值意义，叙述声音的繁复与膨胀，是以隐晦曲折的方式来完成对于现实锋芒毕露的批判。因此，整个文本形成了一种回旋繁复的形态以及真假难辨

① 耿占春：《叙事美学——探索一种百科全书式的小说》，郑州：郑州大学出版社，2002年版，第197页。

的叙事张力。这样做，不仅仅是艺术手段上的多样化尝试，更重要的是它扩展了小说的内容包含性，也增加了故事扑朔迷离的传奇性，更为作家的讽刺象征提供了便捷的藏身之处。

尽管莫言的儿童视角叙事具有复调性叙述的特点，但是在众多视角和叙述的转换中，叙述和观察的出发点还是在儿童身上，而叙述的终点却向着成人和现实敞开。儿童视角的复调性在作者选择儿童视角之初就已经确立，它以儿童为本体，面向童年回忆，却指向现实与历史中的成人世界，以儿童的本真与性情更为深刻地重新审视现实人生。因此，在儿童叙事文本中，成人对现实的评论与姿态总会情不自禁地流露出来。

儿童视角叙述无论是从叙述分层的角度来说，还是从视角的多样性转化来说，都体现出儿童与成人之间的相互审视与对话，其展现的世界是成年人记忆中的童年，童年的记忆画面也是经过成人沉淀、整合后的画面，最终借助“孩子的心灵”加以再现。因此，儿童视角小说既有着童稚世界的粗粝与感性，也有隐秘的成人世界的理性注入。但是，在众多的叙事视角并行之中，作家常常让叙述者放弃追忆性的眼光而采用过去正在经历事件时的眼光，也就是儿童眼光来叙事。

小说是在“我”的叙述、倾听、理解、转述之下展开的，因此，即使有时小说跳跃到当事人“我爷爷”“我奶奶”的叙事角度去叙述，表面看来采用了第三人称叙事，但实际上兼具了第一人称的直接性，也就是说，在第三人称的叙述之后一直隐藏着一个真正的叙述者“我”。这个“我”，有时是一个耐心的倾听者，爷爷和奶奶的故事是“我”经过多方探听和咨询而获得的，这里有九十岁老太的讲述，有母亲的述说，也有县志的记载等等。有时“我”是纷繁复杂的事件的评判者和人物情感内心的代言人；有时“我”还是事件的编造者和建构者。

莫言采取的儿童视角下多种视角和人称交叉、转化的策略使小说获得了跳动不安、自由剪辑的叙事效果。任何一种视角都有它的盲区和片面性，在创作中再严格的“外视角”叙事也不可避免地融合着作家的主观意念，而通过儿童视角去体验他人的世界和内心并用语言加以转述更无疑会带入转述人的个人立场和判断。因此，对于莫言的叙述者“我”来说，一方面在时空的巨大跳跃和穿越中，在历史和现实的大容量下，必须选取一种让人感同身受、倾情投入的叙述视角，无疑第一人称具有绝对的优势；但另一方面，又必须具备充分的想象力和创造力，能将支离破碎的材料连缀成传奇性的故事，同时又最大限度地避免第一人称来自主观个人好恶对事物形成的既定人为判断和框定的弊端，让一切呈现出本来的面目，让生命以自然的状态恣情生长。以儿童视角为视角原点，既获得了第一人称叙事的情感共鸣优势，又以“仰视”姿态获得了全知叙述的立体全面性。

事实上，任何一部文学作品都是在隐含作者的操纵把控下的叙述，所以可以宽泛地说，无论采用何种视角作为叙述视角，都是一种全知全能的叙述，因为叙述者的背后隐含着作者对材料的选择与取舍，是作家的想象之物。从实际的写作过程来看，虽然是无知的儿童，但作为叙述者和视角的他，却无所不在、无所不知，知道所有人都不知道的秘密，掌握着所有人物的命运走向。但就文本的表现和构成来说，儿童只是作家建构出来的一个人物形象，他又时时刻刻处于倾听、调查、想象、推理的过程中，他的存在和叙述本身就是可疑的，又何以全知全能？莫言深谙这种“真伪”变化的流动与逆转，他在叙事角度上强调了“转音和变音”①，他将全知全能叙

① 陈平原：《中国小说叙事模式的转变》，北京：北京大学出版社，2000年版，第63页。

述转化为儿童的“伪”限制性叙述，也正是用视域范围最为狭窄的儿童来掩盖实际上的全知全能叙述。

莫言的叙事总是大起大落、粗犷凌厉、无拘无束、汹涌澎湃而又豪放洒脱。儿童视角下的叙事更是使叙事在轻松诙谐、率性调侃之间洋溢出一种宣泄式的快意。儿童视角的叙事将他的小说引向了乡土的经验、语言的纯净、感觉的丰盈层面，对历史文化的沉重探索变为对原始生命力的肆意张扬，在野性、自由、原始的生命力极度彰显中，对乡土、历史、社会的理性思辨也回归到了自然的原生态位置，这不仅仅是一种文体意识的自觉，也是一次思想意识的自我解放。

与其说莫言是在利用儿童视角开辟陌生化和新鲜化的叙事角度和审美效果，不如更为直接地说，他是想让人置身于一个不受历史、社会浸染的、真诚原始的原汁原味的纯语言世界，只有在语言的接受和感受方面有了洞开别致的领悟力，世界的呈现和判断才会在叙述中延伸开来，意义才会在语言的感染力中得到凸显。所以说，莫言利用儿童视角的叙述，是将节奏和韵律寄予儿童的纯语言世界，而将隐含作者的抗议、詈骂、悲悯、叹息都隐匿起来，在儿童感官为先、身体本能的疯狂颠覆中，完成对纯语言的回归。对感官和身体的倚重并非是莫言创作的归宿，然而却是他创作无可选择的起点，如同高楼大厦的坚实地基一样，回归语言、回归感官和身体的儿童“摇篮情结”，具备强大的整合功能，他将弱小群体、边缘角色、被欺压侮辱的零散个体重新召集、整合起来，并独立发出属于自己的宣言。

出于对叙述艺术的追求，很多作家基于个人价值判断和美学追求，为文体增添别致的外衣，与作品的实际表达内容关系不是很大，二者之间是水与油的关系；但是，莫言的叙述艺术却是出于个人经验，是内心情感的突破口。他对叙述真实的质疑，他对现实和历史复杂多样的理解，使他必须通过多声部的喧闹叙事才可以完成内心的表达，这不仅仅是一种文学叙事技巧的选择，更是作家自我观念和价值的唯一出口，二者之间是水乳交融的关系，皮肉依存的关系。

从叙事形式上来说，莫言自然而怪诞的语言表达，他对感觉的夸张与强化，他对人物富有张力的刻画以及他对传统伦理道德的质疑与挑战，都有着先锋派的鲜明特色。但是先锋派后期，马原几乎搁笔，残雪虽不断有新作诞生，但大多执着于个人化的写作，难以形成强大影响力。先锋派或沉寂无声或回归常规写作模式都暴露出先锋文学亟待解决的问题——作品的内涵不够，历史感与现实感的沉淀不深，因而片面追求形式上的创新，难以维系文学自身所需的内在张力。由此可见，除了艺术形式的不断创新外，对创作主题性、现实性的同样倚重，让莫言的创作走得更为深远、更为坚实。

第三章

儿童视角及儿童形象的演变

儿童视角下的“我”——孩子，不仅仅是一个叙述视角，同时也是叙述者通过艺术想象创造出来的人物形象，因此，在儿童视角文本中，“儿童”具有叙述和被叙述的双重身份。以儿童视角为研究对象，势必要求研究者回到对视角的主体——儿童的审视上来。

莫言小说中的儿童，不仅在聚焦意义上具有视角的意义，同时也在叙述的行进中具有角色的意义。如果说对视角是在叙述话语系统中加以分析的话，那么，角色则是超出叙事学功能而进入到心理学和社会学功能的考量质素。

莫言文学创作风格的发展与演变，直接影响到他的儿童视角文本的表现方式，也反映在他对儿童性格塑造的变化中，从透明、单纯的“童话”儿童，到复杂、异型的“意象”儿童，莫言笔下的儿童形象凝聚着作家在理想飞扬、现实羁绊之中矛盾精神体的一路蜕变历程。

第一节　从透明的“童话体”到意象性的“寓言体”

从创作心理动机上来分类，莫言的儿童视角文本主要有两种主题意义：一种是为了“告别童年”，一种是为了“再造童年时光”。从主题构成上来说，莫言的儿童视角小说也鲜明地体现出这两个方面的内容。“告别童年”是离开家乡的游子在思乡之情的驱使之下本能地对过去、对童年的回忆与眷恋，也是最为感性的直觉体验；“再造童年”是一种理性的回归，是经过成年思索后的“再造”与“编辑”，面向童年，却直指现在。第一种主要涉及莫言的早期中短篇小说创作，通过对乡村苦难生活的描绘，对饥饿与水灾、暴力和死亡、无爱的家庭与精神的虐杀等的书写，企盼“告别童年”的心理阴郁，快快长大成人。而第二种主要是指莫言中后期的小说创作，当然在这种模式下的童年，已经不再仅有第一种模式下的单纯的童年时间概念和明确的所指性，而更多地表现为一种寓意丰富的能指空间。

在《透明的红萝卜》《罪过》《枯河》等早期作品中，莫言的儿童视角文本多呈现为纯净透明的“童话体”，作家笔下的儿童视角较为集中和单一，故事意义也比较清晰明了，作家的感情立场善恶分明，思想和趣味性是相对单纯的。比如《透明的红萝卜》中写到黑孩童年的苦趣与乐趣，写到小石匠、小铁匠与菊子姑娘之间的爱情悲剧以及黑孩对爱的渴望和失落，还有老石匠苍劲悠远、洞察世事的旷达，线索清晰，故事完整，除了那空灵幻化的“红萝卜”意象让读者产生无尽的遐想外，整体来说，作品的意义和趣味是清晰可感的。在《罪过》和《枯河》中，作家写到了在成人看来是异常残酷和重大的事件，在不谙世事的孩子那里却纯属无意识的偶然，他们毫无意识地“闯了大祸”，也毫无心理准备面对“大祸”的后果，就连悲惨的死亡在他们那里都是那么的温情脉脉、轻描淡写，这正是“无辜人”的真实事件，仿佛无数个被铐在大树上的阿义一样（《拇指铐》）。

在《透明的红萝卜》中，莫言的叙述语言是克制的，语序也是缜密严谨的，在时空和叙述的顺序上也是有条不紊、秩序井然的。在黑孩的视角观察下，沉默而低调地揣摩世事人情远比莽撞地胡言乱语、激愤抗争来得更为切实和真实。黑孩的视角观察遵循着“惩恶扬善”“劝恶从善”的道德伦理，善良美好的“菊子姑娘”、阴暗恶毒的小铁匠、神秘的老铁匠，这些有着明显性格标识和道德外化的人物，在小黑孩的引领下纷纷出场，故事沿用了正义与邪恶、善良与凶恶、高尚与卑下的传统道德框架，用对“卑下”和“邪恶”的抨击，来实现对“美好”的渴望与赞扬。此外，小说在叙事上，也采用严格的线性时间叙事模式，事件的发展遵循着“开始——发展——再发展——高潮——结局”的叙事逻辑，黑孩正是整个事件的目睹者、发现者和揭示者。这种规范性的书写模式要求作家尽量克制自己的情感，叙事态度尽量要客观、公正、冷静、平和。因为时代的规约、先验的经验告诉作家，内敛和克制才是美的文字。这种叙事方式的选择，不仅取决于莫言初入都市时的谨小慎微、诚惶诚恐，也不仅在于他对艺术感受的把控不够成熟、老练，还在于他努力压制自己内心的蓬勃欲望，通过合乎传统写作规范的创作，达到别人“认可”和自我“确认”的“优秀”水平。

但是，莫言内在的情感冲动总是要在叙述中不断地、不经意地奔跑出来，“浪漫主义情怀”的营造和打磨，在赢得内敛、隽永的书写气质的同时，也在灵魂深处不断鞭打着莫言内心那无处安放的现实惨痛经验和深刻控诉，那里不是温情脉脉，那里荆棘丛生。写作模式的“理想”约束和情感深处的横冲直撞相互撕咬搏杀，莫言为此付出了惨痛的代价：即将自己内心的蓬勃欲望压制下去，修整出干净、透明、整洁的叙述话语。但是作家那难以遏制的情绪还是在作品中有迹可循：

> 他看到一幅奇特美丽的图画：光滑的铁砧子，泛着青幽幽蓝幽幽的光，泛着青蓝幽幽光的铁砧子上，有一个金色的红萝卜。红萝卜的形状和大小都像一个大个阳梨，还拖着一条长尾巴，尾巴上的根根须须像金色的羊毛。红萝卜晶莹透明，玲珑剔透。透明的、金色的外壳里苞孕着活泼的银色液体。红萝卜的线条流畅优美，从美丽的弧线上泛出一圈金色的光芒。光芒又长又短，长的如麦芒，短的如睫毛，全是金色……老铁匠的歌声被推出去很远很远，像一个小蝇子的嗡嗡声。①

这段文字显示出莫言内心的冲突和碰撞。奇异的意象、华丽的词语、形容词的堆砌，都在作家叙述的行进中昭示着黑孩内心真实情感的涌动，“银色的液体”“光芒又长又短”都在冲击着那看似平静和中正的叙述。然而老铁匠的歌声还是“被推出去很远很远”，那是孙犁、阿城式的节奏和唯美。短暂的汹涌澎湃过后，莫言还是将情绪平复下来。因此，在莫言看来，尽管《透明的红萝卜》是“朴素和浑然天成”之作，但并不是他最好的作品。

在《红高粱家族》中，在少年“我”的关注之下，“我”不但见证着“酒神”一样的祖辈的英雄事迹，也穿越灵魂般地抒发着心灵感受。作家曾经在《透明的红萝卜》中一度被压抑和克制的情感

① 莫言：《透明的红萝卜》，见《莫言自选集》，海口：海南出版社，2012 年版，第 194 页。

和素材在《红高粱家族》中齐聚喷发，曾经循规蹈矩的传统叙述模式，在跳跃性的情节拼接，过去、现在、未来时空的闪回和穿插，顺序、倒叙、插叙的随意组装，流动的心理意识流和飞舞的奇思幻想中突破重重束缚，走向自由之境。在莫言绚烂的文字渲染之下，高密东北乡那铁骨铮铮的硬汉、那自由狂放的酒神精神，那狂放不羁但又真诚自然的生命力在高亢的歌声中，在血色浪漫的红高粱地中绽放出熠熠光彩。莫言变得肆无忌惮，撒腿飞奔了！

莫言早期的儿童视角叙事，以感性的判断和直觉的挥洒为主要特征，多以儿童丰富的内心世界建构对现实环境的排斥和抗拒。思想是空灵飞动的，但也容易在阅读中陷入无的放矢的玄想中，冲淡了现实的直逼性和尖锐性。

这种感情的极度张扬、叙述方式的“先锋”革命性引发批评界对《红蝗》《欢乐》以及《笼中叙事》等作品的集中批判，这让莫言有意识地反思自我的创作，催促文体意识的自觉，最为重要的是他开始另辟蹊径，不再倚重感情和感性去冲击和毁灭现实，而是更为深切地认识到虚构对现实的辐射和影响力。回顾过去的创作生涯，莫言说道：“十三年过去，当我重读旧作时，我更加深切地认识到当年围绕着《红蝗》的批评对我的创作所发生的积极意义，有意识地缩小宣泄的闸门、有意识地降低歌唱的调门，这看似简单的事，对我来说并不容易，但我毕竟把它关了进去，尽管我跟它同样地痛苦。”① 再次调整和平衡，让莫言更多地关注语言叙述中的蕴藉和隽永，意象的营造和铺陈，魔幻的寓言和传奇，莫言在现实关怀和文学表达之间找到了恰当的位置。他的儿童视角叙事特征也由此有了鲜明的转变和别样的特征。

---

① 莫言：《〈笼中叙事〉自序》，见《走向诺贝尔·莫言卷》，北京：文化艺术出版社，2001年版，第1页。

因此，随着叙述情感的节制与语言的凝练打磨，莫言在中后期的儿童视角处理中除了一如既往地开掘“灵魂的深”，还更加注意人物的虚构性和传奇性。例如《丰乳肥臀》《四十一炮》《生死疲劳》以及《檀香刑》，莫言开始酝酿一种文学虚构与现实指向、文学叙述与表达效果甚至是创作者的本意与接受者的“误读”之间的理性思考。意象性的特征逐渐在莫言的儿童视角叙述中凸显并成为鲜明的特征。

莫言儿童视角的变化与自己的身份认同之间有着不容忽视的必然联系。莫言前期以《透明的红萝卜》《枯河》等为代表的儿童视角小说，更多地呈现出一种对于乡村和记忆平静的凝视、深思状态，这也是初入都市的莫言在适应和磨合中本能地对理想和精神再定位的寻找时期，此时我们能看到他对故乡，包括对都市的一种兼容并蓄的开放审视态度；但当莫言以《红高粱家族》一举获得文坛的关注并以《红蝗》和《欢乐》的冒险实验再次挺进都市人的圈子中心时，极致的“审丑”艺术、物质化的身体欲望在强烈地撼动传统文学准则的同时也招致评论界铺天盖地的批评，甚至不乏脱离文本本身的对于人身的攻击和诋毁。这不仅促成莫言对文学创作的深刻反省，也让他置身于都市扎根感的动摇和徘徊中。莫言把这样的评论视为现代文明下滋生的虚伪的“假清高”、道貌岸然。由此，莫言的“双重他者”身份从《红蝗》和《欢乐》发表之后进入强烈的双向对抗博弈阶段，尽管在意识深处，莫言一直深知故乡是一个矛盾体，但这之后他执拗地要将故乡的藏污纳垢、人性的物欲层面倾情展现，“食”与“色”成为他后来小说一直延续的主题，直到在《四十一炮》中发挥至无以复加的境地。莫言用不回避的“审丑”和人性的本能，找到血缘之间、城乡之间的共通之处，从而直接亵渎、冒犯、对抗都市的现代文明。如果说儿童视角的选择是莫言童年经历中难以驱散的情结郁积，不如更确切地说，所有的回忆和视角出发点都是他对成年后再次陷入双重身份的抗争和辩解，用恶作剧的方式获得社会平等的企图，用意气用事撕毁所有虚伪的面具。在"双重他者"身份的对抗冲撞之中，莫言的儿童视角小说开始显现出内在的丰富性和深刻性。而无论是彼时的"儿童"还是近乡情怯的"还乡人"，抑或是每一个在主流秩序中的"中心人物"，都是不断在秩序中寻找、对抗、融合、排斥的"儿童"。

但是，面对《红蝗》和《欢乐》的批评，莫言在创作上并不是毫无反思之意，他在注意叙述节制的同时，也开始将人的本性、物质性深入到历史的层面，从而在看似肤浅粗俗的题材、主题下寻找亘古不变的真理，于是有了《丰乳肥臀》的问世。

且不论《丰乳肥臀》的内涵如何，单是小说书名的"不洁"引发的争论以及作品中党派人士的立场不明就足以将莫言卷入风暴的中心。每一个靠着艰辛的努力和扎实的脚步挺进城里的农村人都有着异常敏感的神经，每一个谨慎小心、内敛孤独的精神个体都格外珍视主流秩序的认可和评价，尤其是因为莫言的出身背景、教育经历和他的社会地位与业已获得的成就之反差遭到攻击，更使他的心理承受力变得异常脆弱。《丰乳肥臀》发表后沉寂了两年的莫言，在故乡高密的红高粱地来来回回踱步，他再次深刻地体会到被主流秩序遗弃的感觉，重陷那"边缘人"的身份境遇。

当莫言以转业的身份再次回归文坛之时，"无辜人"（《拇指铐》）是莫言对过往一切反思和审视后的自我总结。对多年创作生涯的总结与反思，使莫言摆脱了故乡封闭的情怀萦绕，也挣脱了渴望争取主流秩序价值认可的羁绊束缚，开始自我定位。他的作品中多了更多的反讽和象征，如《师傅越来越幽默》《冰雪美人》《倒立》等，在考虑写作技巧的同时也更加注意掩饰自己的声音和立场。你可以理解为这是莫言在经验教训下的自我反思和调整，但在我看来，他更多的是让人物自己完成文本的叙述，在丰富的、没有过多倾向的纷繁叙述中，作家深入每个人物内心，又在整体上独立于人物之外，才真正显示了莫言特立独行、天马行空的独立精神。从最早的“天马行空”说，到“痛感到骚乱过后的灼骨的凄凉”；从“十年一觉高粱梦”到“难以捕捉的幽灵”，再到“大踏步地后退”，这种大起大落、命运多舛的人生经历让莫言不断调整自我、反思过往，并逐步确立了独立的自我意识，因此他的小说中更多了戏剧化、传奇性的成分，更多地让历史人物发出声音。如果说在以往的作品中莫言是在极力凸显自己的意识以求与主流秩序达成共识的话，那么在后期的小说文本中，“作者”逐渐蜕变出来，而走向了“边缘人”的状态。这就是他写作观的确立与成熟——“作为老百姓的写作”。

莫言的儿童视角文本经历了写作的内敛节制——写作的狂欢肆意——节制中的成熟，经历了从早期的《牛》《透明的红萝卜》《枯河》中的符合写作规范的情绪收敛和克制，到《拇指铐》的狂欢、反叛、宣泄，到《丰乳肥臀》《生死疲劳》走向节制的成熟。这种文本风格的转变与相互渗透，一方面体现出莫言主题表现的延伸和拓展，另一方面也可以看出，他在追求个人化写作路途中从传统写作模式中逐渐释放自我，在自由和个性写作中的成熟和发展。而更为重要的是，莫言儿童视角风格的转变，直接影响了他在儿童形象塑造中精神立场的改变。

第二节　沉默的坚忍者与喧闹的抗争者

莫言自我身份的认同过程以及文体创作意识的逐步自觉，决定了他的儿童视角文本风格的不断变化与调整，这种变化与调整也直接反映到他所塑造的儿童形象上。莫言小说中的儿童，一种是沉默不语的“哑巴”式儿童，一种是滔滔不绝的“大嘴”儿童。莫言早期文本中的儿童形象总是以沉默的坚忍者面目出现，而中后期则多以喧闹的抗争者形象呈现。人物的发声与否不仅是人物塑造中的一个组成部分，同时也隐含着人物以及作家的话语权问题。德里达说：“在没有明显的逻各斯中心主义的非欧洲世界，比如在东方世界，也很有可能存在着‘声音中心主义’，即通过东方思维的理解赋予声音以特权。”① 从 1985 年以后的《红高粱家族》中的“豆官”开始，到 2003 年《四十一炮》中的“罗小通”，再到 2004 年《大嘴》中的“大嘴”，最后到 2005 年《生死疲劳》中的“蓝千岁”，莫言小说中的儿童不仅开口说话，而且是越说越多，甚至达到“炮语”的程度。

在莫言的早期儿童视角文本中，儿童多是“哑巴”式忍辱负重的人物。中国传统文化的理想道德标准是清心寡欲、无欲则刚。这种以自己的主动放弃和退居防守为主的人生观是否就能赢得安身立命的基本条件呢？是否就可以身心自在呢？在现实生活中，他们恰恰是被压在生活的最底层，生活最为困苦，也是最没有尊严的人。《生死疲劳》中的马改革和西门金凤母子俩就是这样一对少欲平淡之人，但是生活的残酷并没有因此赦免他们，而是在柔弱者面前更加颐指气使。

纵观莫言的儿童视角小说创作，1985 年前后创作的作品中的小主人公“我”，大多是沉默忧郁的儿童。他们是沉默不语、郁郁寡欢的神经质儿童，他们有的是先天的哑巴，更多的是因后天环境而放

---

① 郜元宝、葛红兵：《语言、声音、方块字与小说——从莫言、贾平凹、阎连科、李锐等说开去》，见孔范令、施战军主编：《莫言研究资料》，济南：山东文艺出版社，2006 年版，第 317 页。

弃了话语权，但那沉默的凝重背后有着冰与火的激烈撞击。《透明的红萝卜》中的黑孩本是一个说起话来像竹筒里晃豆子一样嘎嘣脆的孩子，但在物质的匮乏、亲情的缺失、身心被虐待中变得“话越来越少，动不动就像小石像一样发呆，谁也不知道他寻思着什么”，“他谁也不理，连认真看你一眼也不。只有菊子姑娘和小石匠来跟他说话时，他才用眼睛回答他们”。他不是不会说话，而是拒绝说话，即使在强烈的感情冲击下，他也只用单个的音节表达自己的心意——当他第一次淬火成功之时，他兴奋地“噢”了一声。黑孩拒绝用语言与成人、与世界进行交流，这种决绝是一种无声而本能的反抗，拒绝话语也就是对现存秩序的反抗。

《枯河》中的小虎又黑又丑，没人愿意和他玩，他渐渐从没有说话的机会变成了习惯上的“哑巴”。当他因意外轧死了书记家的女儿而招来毒打之时，长久沉浸在苦难与暴力之中的他有着出奇的平静与漠然，他看到自己在书记的翻毛皮鞋下翻着筋斗，“自己的肠子也像那条小狗一样拖出来了，肠子上沾满了金黄色的泥土”，哥哥“很有力地连续踢着他的屁股”，母亲用棉花柴“对着他没鼻子没眼地抽着”，父亲挥起的绳子“在空中弯弯曲曲地飞舞着”……即使这样，小虎也拒绝声辩、拒绝发声，没有哀求，没有怒骂，只是从喉咙里模糊地蹦出几个单词“狗屎”“臭狗屎”，他以沉默去承受，也以沉默去昭示自己的不屈服，甚至不惜以死来对抗那个崇拜权力、人情淡漠、无视人性的变态社会。

莫言小说中儿童的“哑巴”，大多是在后天环境压迫下形成的，他们排斥、拒绝发声。在残酷、冰冷、暴力的有声世界中，他们已经没有发声的权利和能力，于是他们在被抛弃的同时，也用沉默完成对主流世界的疏离，表达对成人世界的不合作与嘲讽。成人世界首先抛弃了他们，当孤独和幻想占据了他们的心灵时，他们也开始抛弃成人世界并以此形成非暴力的反抗模式。《透明的红萝卜》中的黑孩用愤怒的动物般地撕咬耳朵来向现世宣战，《枯河》中的小虎用死来向成人宣泄他报仇雪恨的欢娱，《丰乳肥臀》中的上官金童用“雪集”赋予他的神圣和缄默来显示自己与他人的格格不入、与众不同。但莫言似乎并不满足于这种被动姿态，在短篇小说《罪过》中，小男孩大福子开始向成人世界发动攻击。大福子将《枯河》中大人对小孩子的残忍和仇恨如数地施加给成人世界。他亲眼看见弟弟溺水身亡，他幸灾乐祸地观赏着村里人和父母的肝肠寸断，他桀骜不驯地拒绝说话、拒绝哭。从对父母的憎恨发展到对成人世界的仇恨，也由此引发了对成人世界标榜的道德伦理的质疑和颠覆：

> 世界上最可怕最残酷的东西是人的良心，这个形状如红薯，味道如臭鱼，颜色如蜂蜜的玩意儿委实是破坏世界秩序的罪魁祸首。后来我在市廛上行走，见人们都用铁钎子插着良心在旺盛的炭火上烤着，香气扑鼻，我于是明白了这里为什么成为繁华的市廛。①

到了《红高粱家族》中的豆官，已经不再是那个默默无闻、躲在黑暗角落的孩子，他开始追随父亲与日本鬼子作战，他有自己的想法，也有自己的话语，有时还与自己的偶像父亲平等地对话。

短篇小说《大嘴》借助九岁的小男孩——“大嘴”（叶小昌）之口讲述了“文化大革命”初期社会阶级划分让百姓战战兢兢、如履薄冰的生活状态。当地的茂腔剧团演员要下派到政治成分好的家庭中吃饭，这一微不足道的事件却映射着关于家庭阶级成分划分的某种导向，从而引起村民的关注与警觉，特别是曾经因贪嘴偷吃了

---

① 莫言：《莫言小说精短系列·罪过》，上海：上海文艺出版社，2000年版，第243页。

两个包子而被咬出参加过“还乡团”的父亲，和一心想要参军的哥哥。当村主任来威胁、质问父亲和哥哥时，“大嘴”脱口而出：“主任，你不公道！”即使哥哥捂住他的嘴，他还是据理力争：“我爹不是还乡团！我爹就吃了两个包子，你们凭什么不让我哥打鼓？你们凭什么不让演员到我家吃饭？”“大嘴”的一连串质问，说出了事实的真相，村长在局促不安之中，只能用权威和蔑视来压制“大嘴”：“你这小子，怎么长了这么一张大嘴呢？”① 在那个荒唐的年代，没有说话权利的孩子却总能道出人们心中不敢说出的真相。为了自保也为了不给家人带来灾难，他只能用拳头塞住自己的嘴巴，抑制自己说话的欲望。与其说这是一个愚昧、滑稽孩子的肖像画，不如说这是一幅社会现实的素描画。

《四十一炮》中的罗小通是一个“天不怕地不怕的小流氓”。小说的情节都是在罗小通的倾诉中展开，自己饥饿贫困的成长历程，父亲率性而为的罗曼史，母亲含辛茹苦的人性扭曲史以及村长老兰不择手段的发家致富史，一一通过罗小通这张“大嘴”得以述说。在罗小通滔滔不绝的感性语言洪流中，现实社会的物欲横流、人性变异以及道德、良知、伦理的逐渐坍塌、沦陷，都光怪陆离地浮现出来。小说结尾处，在一对老夫妇和一个孩子的帮助下，罗小通得到了炮弹，郁积胸中已久的复仇情绪在连发四十一炮的想象中得到了宣泄，由此也将对抗从语言的攻击转变为“切实”的批判和复仇行动，正如小说中写道的：“所有在生活中没有得到满足的，都可以在诉说中得到满足。”

从叙事视角上来说，《生死疲劳》以西门闹转世为驴、牛、猪、狗、猴五种动物为视角展开叙述。就发声而言，这几种动物都不具有与人直接交流沟通的话语权，也正因为如此，转世的西门闹因为

① 莫言：《大嘴》，载《收获》，2004 年第 3 期。

不能开口声辩、不能与亲人互诉衷肠而感到愤懑、委屈、狂躁。但是，当叙述视角转换为大头儿蓝千岁时，这个五岁的孩子成为五种动物的真正代言人，他用他那张大嘴诉说了自己的轮回转世历程，虽然不断地以各种动物形象来到人世体验冷暖，但说到底还是一个人，一个人的全部感受。小说在蓝千岁的絮絮叨叨、喋喋不休中完成了叙述的整合与统一，不断变换的叙述角色、叙述视角以及时空体，从不同的侧面丰盈和完善了这个“大嘴式”的儿童——蓝千岁。当莫言用佛家的箴言“少欲无为，身心自在”来构思小说叙事和文本时，作家一贯的大气磅礴的创作风格和他的民间立场，又让他在叙述中不自觉地流露着那复仇的、抗争不止的、摆脱一切清规戒律束缚的、连阎王也控制不了的自在本性。副文本佛家箴言可以说是贯穿小说的思想红线和思想内蕴，但是在叙述的行进中，不论是故事情节的自我发展还是叙述语言的推波助澜，都让作家极力跳出这样的思想规训，从“少欲无为”的“沉默”抵达“抗争到底”的“喧闹”。大头儿蓝千岁就是这样一个喧闹不息、抗争不止的怪胎人物。小说这样描写这个传奇人物：

> 连续几天来大头儿的讲述犹如开闸之水滔滔不绝，他叙述中的事件，似真似幻，使我半梦半醒，跟随着他，时而下地狱，时而入水府，晕头转向，眼花缭乱，偶有一点自己的想法但立即被他的语言缠住，犹如被水草缠住手足，我已经成为他的叙述的俘虏。①

蓝千岁的灵魂就一个字“闹”，上蹿下跳，“炮语”不停，性格暴烈，粗俗不堪，神通广大令人望而生畏。经历了五世畜生转世的大头儿，聚集了多种动物的性情与特征：驴的潇洒与倔强、

① 莫言：《生死疲劳》，上海：上海文艺出版社，2012年版，第216页。

牛的耿直与暴躁、猪的贪婪与自足、狗的忠诚与狡诈、猴的机敏与谄媚……多重复杂性格重叠融汇在只有五岁的蓝千岁身上，世事沧桑、人情悲凉、人性深邃的老成造就了“野气刺人”的他，这是作家给予他的评价，也是作家一贯的民间写作立场给予人物的审美价值映现。

莫言笔下的“哑巴”儿童和“大嘴”儿童分别承载着其对于生活和生命本质的两个维度的探索。“哑巴”式儿童的书写，意在体现生命存在的韧性和硬度。无论是黑孩、小虎还是《酒国》中的少年“金刚钻”，这些或生理或心理存在缺陷的“异形儿”总是倔强、粗野而又顽强地承载着被践踏、被摧残的命运，他们看上去瘦弱不堪，只是一个个卑微的小生命，却有着自己的尊严与坚韧。那种沉默坚如磐石般昭示出生命的不屈不挠，又有着如同野草一样春风吹又生的决绝。这是莫言对顽强生命力的礼赞。而“大嘴”式儿童的书写，意在以宣泄的方式发起对抗的进攻，“诉说就是目的、诉说就是主题、诉说就是思想”①。

事实上，在莫言的儿童形象系列中，缄默的坚忍者和喧闹的抗争者两种性格类型并非以一种非此即彼、泾渭分明的方式存在于儿童本体中，更多的时候是作为一个事物的两个不同方面展现的。

耶鲁大学政治人类学者詹姆斯·斯考特在研究下层群体对抗权力的方式时认为，即使在最现代的民主制度中，“对权力说真话”也是一种比较奢侈的理想，因为在与权力的对抗之中，弱者逐渐学会了伪装和表面的妥协，而权力阶层则从激烈的对抗逐渐转变为日常生活的温情渗透，因此，在双向“表演”中，下层群体的话语方式就有“公开语本”“隐蔽语本”“外线政治”三种形式。“公开语本”是指权力对抗双方的心照不宣的表演性，而“隐蔽语本”则是指创

① 莫言：《四十一炮》，北京：作家出版社，2012 年版，第 373 页。

造性的潜台词，“外线政治”是指非政治的政治。具体到文学创作中，这三种形式不单单表现为作品中的人物与现实对抗的状态与方式，也更深入地表现为作家在处理与现实关系时所透露出来的直接抨击还是曲意反讽的方式选择上，而后者则蕴含了隐含作者、语言形象、创作观和世界观等多种复杂因素在其中，“隐蔽语本”常常采用正话反说、狂言乱语、流言蜚语、插科打诨等形式，在冒犯和自我克制间寻求一种妥帖的表达方式，由此所形成的双重理念就是既想讨好又想反抗，既想安于现状又想铤而走险。因而，一切都变得真假难辨。①

那么，坚忍承受的“沉默”与抗争到底的“喧闹”究竟哪个是莫言的真实人生态度？沉默不语，疲劳生死，少年老成，虚无人生，是否是莫言的精神底色？与之相反，那狂妄炮说、抗争到底是否与莫言酣畅淋漓的笔锋、艺术想象及富有奇诡神秘意蕴、生命质感的语言艺术有着精神的内在统一性？如果说这两个方面，甚至多个方面一起立体全面地构成了莫言的生活以及人生哲学，那么他又是怎样填补这张力之间的“缝隙”的？

其实，这两种人生态度正是“儿童”生活在两代人夹缝之间的尴尬境遇，同时也是莫言内心冲突的艺术折射。作为第三代人的“儿童”，一方面他们为祖父母辈的生活所感召，他们血性豪情，勇敢勤劳，是自在自为的人生与人性的代表，也是最富有生命活力的精神象征，对祖先的怀念与崇敬之情直接孕育了“喧闹抗争”的儿童性格；另一方面，父母辈懦弱苟且、屈辱卑贱的生存写照，也让他们成为愚昧落后的代表，成为人性衰退的象征，但是基于对现实的强大和历史的荒芜的深切体会，作家在对这苟

① 参见徐贲：《弱者的抵抗——詹姆斯·斯考特的弱者抵抗理论》，见《文化研究（第3辑）》，天津：天津社会科学院出版社，2002年版，第222—237页。

且的人生近乎仇恨的同时，也多了一份深深的同情与理解。于是莫言如同历代知识分子一样遭遇了不可避免的精神矛盾。一方面，他借用奇幻的传奇和艺术的想象，虚构出上天入地、抗争奋进的理想精神，一方面，他又在写实的层面强化出苦难的沉重、历史的无序，在精神上与这些小人物同呼吸共命运，忍耐、顽强、承受成为“活着”的真谛。“莫言似乎迷失在这样一个彼此纠缠、犹如怪圈一样循环往复的矛盾中：现实的压抑带来泛性的苦闷，于是有对生命意志的本能呼唤，而对人类原欲的深切恐惧与对人类生存现实的道德忧虑，又使他陷入对人性更深刻的怀疑，从而更强烈地呼唤着生命意志的本能抗争……”①

发声与不发声都是源自儿童对于现世的一种抗拒和反抗。但拒绝合作的“静默”与炮语连珠的“语言攻击”与成人世界的暴力行径相比却是那么的软弱与无力，他们再一次在抗争中凸显出自己的弱小与疲软，也在抗争中再次明晰了儿童被边缘化、被压抑的弱势群体的特征。这种共同的群体特征，消解了性格类型上的巨大差异，也填补了叙述张力之间的“缝隙”。

第三节　理想与现实之间的“意象”儿童

人物形象的塑造在小说研究的发展史上是最先受到关注、研究也最为充分的方面。随着现代小说创作的发展以及批评理论的深入和完善，“典型环境中的典型性格”“圆形人物”“扁平人物”的区分以及“功能”和“角色”的区分都足以说明人物形象研究在新的创作实践中的自我革新和突破，也足以证明人物形象在小说中举足

① 季红真：《忧郁的土地，不屈的精魂》，载《文学评论》，1987 年第 6 期。

轻重的地位。传统小说自不必说，即使是注重玩弄技巧的先锋小说也难以逃脱人物塑造的逻辑，只不过他们的方式更为隐晦和含蓄罢了。无论是什么样的小说，最终还是要着力于书写人的性格、人的命运。

莫言小说里的人物构成了一个形象怪异、精神自足的人物群。他们有土匪、八路军、国民党、还乡团，有瞎子、瘸子、拐子、麻风病人，有儿童、老人、妇人……在他的小说中，你很难一下子找出谁就是作品的灵魂人物，包括歌颂伟大母亲的《丰乳肥臀》也并非紧紧围绕"母亲"而展开，芸芸众生齐登台，即使是一个转身、一个低眉也有不可磨灭的性格建构，从这一点上来说，莫言对于人物形象的塑造像极了鲁迅，简约、精致而传神。相信能像鸟一样高飞的"三姐"上官领弟（《丰乳肥臀》），喜欢裸体在院子里晒日光浴的李玉婵（《笼中叙事》），金发碧眼白皮肤的上官金童（《丰乳肥臀》）……每一部小说都会有久久烙在读者心头的一个人物。

儿童视角文本中的儿童形象因其视角的特殊性呈现出的人物性格大多是扁平化、印象化和模糊化的。这是因为，儿童的直觉感知方式、社会边缘身份使作者对他们生活内容的表现常常以行为表象构成，而不可能以成人的理性思维进行梳理。此外，回忆性文本所具有的片段性，儿童行为的随意性以及叙述者力求达到的客观冷静叙述姿态都使得儿童形象呈现出以上特点。

儿童不仅是莫言叙事艺术的主要载体，也是小说中不可或缺的主要人物。莫言总是通过这些孩子的视角来凝望世界、关注成人生活，虽是管中窥豹，略见一斑，却避免了长久以来道德礼法约束下"一叶障目、不见泰山"的弊端。儿童视角下的奇特开掘，让我们看到了很多被人们长久忽视、忽略的事情。从某种程度上说，这些孩子身上闪烁着莫言的气质秉性，寄托着他的理想和精神，凝结着莫言气血精神的孩子们在小说的天地中驰骋，他们就是莫言粉墨登场的表现，也是莫言的灵魂再现。这是因为，有了这些孩子，这样独特自然、无所顾忌的视角，莫言的叙述才变得轻松自由，甚至轻松到了天马行空、胡说八道的地步。这个孩子，是《透明的红萝卜》中那个皮肤黝黑、沉默不语、阳光下高举红萝卜的“黑孩”；是《枯河》中玩耍坠落、砸死公社书记女儿的“小虎”；是《红高粱》中跟随祖父战场杀敌的小英雄“余豆官”；是《丰乳肥臀》中永远长不大、吊在女人的乳头上终其一生的“上官金童”；是《四十一炮》中对食物特别是肉有着狂热情感的“罗小通”；是《生死疲劳》中集驴、牛、猪、狗、猴于一体轮回转世的精灵“蓝千岁”。在孩子们以童真戏谑的方式来关注世界、用只言片语来言说世界时，成人世界的一本正经、虚伪做作显得如此荒唐、滑稽。

对于莫言而言，从《透明的红萝卜》发轫，到《红高粱》创作风格的初步确立，用卑贱化实现和激发个性的觉醒，是他作品中一脉相承的主题延续，到后来的《球状闪电》《金发婴儿》以及《十三步》和《檀香刑》，都是肯定人的本能欲望进而切入生命力的张扬蕴涵。同时在文体形式上，他采用了魔幻现实主义、意识流等叙述手段，在艺术审美上，他又极力将“审丑”发挥至“令人发指”的地步，他的创作是内容和形式上的双重“实验”，但也终将是一次双重的“冒险”，这需要更为深广的文化作依托，这种依托不仅需要作家具备将魔幻的理性扎实地构建在生活地基之上的艺术掌控力，也是对于读者既有的价值观念以及阅读方式的惯性挑战。莫言这样的“冒险”和“实验”是否成功是一个仁山智水的问题，但这样的双重实验无疑造就了小说中的畸形人物谱系。

莫言笔下的儿童形象特征各不相同，有哑默者如黑孩（《透明的红萝卜》）、小虎（《枯河》）、阿义（《拇指铐》）；有具有特异感觉的诡异者如赵小甲（《檀香刑》）、罗小通（《生死疲劳》）；有侏儒式的小小孩如长着鱼鳞的红衣少年（《酒国》）、魔鬼的后代“青狗”（《生蹼的祖先》）、褚红色的孩子（《拇指铐》）……这些儿童形象或是身体长大、智力愚钝者，或是身体畸形、智力非凡者，或是没有“正常人”具有的、但有“正常人”没有的非凡本领，或是身体和智力均正常，但行为怪异者。

在《四十一炮》中，身体已经长大，但记忆和精神还停留在童年时代的炮孩子罗小通，通过他的“炮语”，作家对少年时代的留恋，对时下饱受权力和金钱浸染破坏的现实，都有了变形而真实的呈现。《酒国》中的余一尺，是一具拒绝长大的儿童化石，他身高不过一尺，但头脑却异常发达，是酒国赫赫有名的商业巨头。这个侏儒的丑陋形象是畸形无序的商业文化的象征，更是中国传统犬儒哲学形象的“借尸还魂”，是对时代拜金主义精神症候的映现。《生死疲劳》中大头儿蓝千岁是一个经历几世轮回、血脉混杂交融的怪胎。他躯干虽为幼童，但是脑袋却硕大无比，生殖器粗大丑陋，智力超常、生命力旺盛。这样一个怪胎势必在现实社会中难以生存，所以他是一个血友病患者，只有借助黄互助的“神发”不断充血才能维持生命。《丰乳肥臀》中的上官金童，只有吊在乳房上才能存活，一吃食物就会呕吐不止，甚至呼吸困难，神经麻痹。

显然，莫言笔下的儿童，很少是我们常规意义上的“正常”“健康”的儿童，莫言在刻画儿童时，提取了非经验化外形、外貌等外部特点，建构了他的“异象”儿童谱系，与此同时寄予了多重文化象征意味。“异象儿童”是非经验化的，是具有非现实化色彩的。生活形象的变异反映，体现出莫言只是在经验范围内借用了“儿童”这一媒介作为艺术生活的基础和艺术创作的手段，以儿童的神秘、传奇色彩传达叙事过程中难以直言的意义。

莫言说："我的小说里没有完人，不论男女，都是有缺点的，正因为他们有缺点，才显得可爱。"① 不仅是因为他们是有缺点的人，性格丰富的人，还在于他们不是纯粹站立在某一阵营的人，他们游走在真实与虚幻之间，穿梭在现代与传统之间，挣扎在安身立命的道德约束和肆意忘情的冲破反抗之中，他们用丑行书写真诚，他们用感性彰显激情，理性逻辑的评判标准面对他们无所适从、落荒而逃。

这种"异象"儿童谱系具有巴赫金在《小说理论》之中所讲的"骗子""小丑"与"傻瓜"的文学功用。这种特殊的角色"可以讽刺模拟地说话，可以表里不一，可以在戏剧舞台的时空体里过生活，可以把生活描绘成喜剧，把人当成演员；能够撕去别人的假面，能够以严厉（几乎是宗教的）诅咒骂人；最后可以有权公开个人生活及其一切最秘密的隐私"②。莫言的"异象"儿童透露出了巴赫金所说的骗子、傻子和小丑的精神气质，他们以扭曲、变形的面具式角色特征表现出另类以及不为他人所理解的形象意义，同时怪异、荒诞和滑稽的行为也让他们先天地具有与现实格格不入的精神气质。

在新时期文学中，特别是在"寻根文学"和"先锋文学"中，有一个共同的重要现象就是人物的怪诞化和异形化。韩少功笔下的丙崽（《爸爸爸》），王安忆笔下的捞渣（《小鲍庄》），阿城笔下的王一生（《棋王》），余华笔下的福贵（《活着》），阿来笔下的傻瓜儿子（《尘埃落定》）等等都成为当代文学"众生怪相"潮流中鲜活生动的代表。王德威曾说："翻开中国的文学史，我们实在还找不出一个时期，曾出现如此多量的怪诞角色，并赋予其如此繁复的意义象征。新一辈的大陆作家由瞎子写到瘸子驼子；由性无能写到小脚癖；由

① 莫言：《我想做一个谦虚的人——答图书周刊陈年问》，沈阳：春风文艺出版社，2003 年版，第 146 页。

② ［俄］巴赫金：《小说理论》，石家庄：河北教育出版社，1998 年版，第 324 页。

软骨症写到活死人，更不用说疯子白痴神经病……这一片视景当然可视为作家对现实社会的反映，然而由文学史的角度来看，我们则更可发现作家们在美学观念传承、意识形态转换等栏目上，都有引人深思之处，不宜以‘文学反映人生’等陈词滥调轻轻带过。”[①] 这种潮流对于中国当代文学的冲击和影响，不仅仅是20世纪80年代以来魔幻现实小说传入中国后对于文学形式创新的一种实践，更有着经历了荒诞的六七十年的人性扭曲的中国现实生活土壤，以最为脱离现实的抽象手法将人物荒诞化和怪异化，逼近最为真实的现实处境。

这种“异象”儿童形象谱系，如果要找到一个开创者的话，不得不提莫言《透明的红萝卜》中的黑孩。李陀在《现代小说中的意象》一文中评论道：“这篇小说（《透明的红萝卜》）所创造的艺术形象，明显地与我们平时习见的小说中的艺术形象在性质和形态上都有很大的不同……莫言所尝试和探索的写作方式完全指向了一个出人意料的方向，那就是意象的营造。”[②]

《檀香刑》中的赵小甲，一个身体已经长大但智力停留在儿童时期的痴呆儿，这样一个难以以世俗和成人价值判断标准加以阐释和分析的怪胎，有着自己的独立生存和想象空间。经由一根毛他发现了老婆、爹、岳父以及钱丁和袁世凯等人动物转世的奥秘，由此叙述进入到无拘无束的自由领地，异常神奇，异常灵动，也越说越像那么回事。如果不是痴呆儿，就不会让叙述和想象脱离常规的叙述轨迹，即使勉强脱离也会有失真、不可信的嫌疑，而当叙述视角放在儿童身上，特别是傻子身上时，一切就变得顺理成章、入情入理，而且还闪现着傻子般的智慧与寓言启示。

---

① 转引自钟怡雯：《莫言小说——历史的重构》，台北：文史哲出版社，1997年版，第85页。

② 李陀：《现代小说中的意象》，载《文学自由谈》，1986年第1期。

在莫言的小说中，视角不是成人的“正常”的视角，儿童也不是我们认知范围内的儿童，二者在双向扭曲中浮现出来的是“精神真实”的个体，尊重主体的精神力量。莫言笔下的这些儿童的根本特质并不在于写实性，而在于抽象性和精神性。莫言小说中的这些“异象”儿童，一会儿是童言无忌的无知者，一会儿又是事故老成的睿智者，一会儿是沉默寡言的独行者，一会儿又是混迹于江湖的油滑者，一会儿是人们眼中的痴呆儿，一会儿又是让人们无尽感慨的“魔鬼”“杂种”，他们有时荒诞无稽，有时一语成谶。儿童的视角和感受总是在“倾听——想象——叙述”中，搅动、混合着各色人物的神经和情感，弥合着现实与历史、故事与真实之间的距离，填补着叙述者与读者之间的距离，是将丑行与浪漫气质兼于一身的尴尬人，由此他们在魔幻与现实的边缘实践着寓言式的童话，同时也将叙述者、现实作者、隐含作者以及人物之间纳入一个自相矛盾、对立但却浑然一体、殊途同归的路径中。也许，儿童视角下的所见所感在很大程度上正是作者的真知灼见，但历史的讲述又何止这一种见识可以明了？多角度、多层次、多侧面的叙述本就是历史的真实面目吧！

这些变体的儿童，与神话故事中的儿童有着惊人的相似性，从而体现了神话中儿童的“移用”（弗莱的术语）。荣格在《儿童原型心理学》中提到：“神话中的儿童概念绝不是经验中儿童的复本，而是一种可以明确辨认出来的象征。”因此，非理性、传奇色彩、异形建构了莫言笔下的“意象儿童”，虽然每部作品中儿童所传达的意象因文本主题的不同而形态各异，而重复出现在莫言多部作品中的儿童共性，也就形成了他笔下儿童形象的“神话意象”。他们强烈的主观意图、浪漫的传奇色彩以及如神般的孩童形象融合在一起，传达着莫言非经验化的思想体悟，却向着扎扎实实、真真切切的现实存在。

在对儿童经验世界、生存现实的呈现中，作家发现了儿童身上不为人知的、与现实、文化相关联的象征和隐喻意义，进而重新建构了儿童的基本精神，构成了莫言儿童形象的“意象性”。

首先，儿童的“意象性”是通过“魔幻”的色彩赋予的，也正是通过这样天马行空的艺术想象力，儿童在很大程度上承载了莫言的人生理想和价值建构。拉美魔幻现实主义的影响，中国传统文化以及山东地域文化、民间文化的耳濡目染共同孕育了莫言个性化的魔幻现实主义创作，所以瑞典学院颁奖辞对莫言的艺术创作这样评价道：“将魔幻现实主义与民间故事、历史与当代社会融合在一起。”莫言的“魔幻”色彩能有如此自然而又恰当的发挥，与他的儿童意象性叙述有着直接的关系。当神秘的感觉、传奇的故事、奇特的形象植入莫言笔下的儿童体内时，魔幻的寓言色彩大大消解了“异象”儿童因陌生化而带来的阅读阻力，在人物的变形、想象中建构了形象的“意象性”，同时作家也借助儿童的虚构完成自己的理想建构。

儿童视角的选择与定位，决定了语言的超常规变化，继而走进了魔幻的空间，让作家的理想有了切实可行的具象体现，自然而生，挥洒自如。《檀香刑》中的赵小甲本来就是一个傻子，也正因为傻，他才有着常人难以进入和认知的领域，他所说的人由动物转世才在真真假假中难以辨析，这种模糊性和不确定性为文学的表现打开了广阔的空间，也让语言本身有了魔幻的成分。《生死疲劳》中的大头儿蓝千岁，这个经历了六世轮回方为人的孩子，年龄虽只有五岁，却仿佛有在人间游走了上千年的老道与世故，他似乎什么都不懂，但又似乎什么都知道，这个半神半人、半人半鬼的精灵为语言涂抹上浓厚的魔幻色彩。《丰乳肥臀》中的上官金童，一个融合中西方血缘的杂种，一个不食人间烟火的、永远吊在乳房上的变态儿，他的世界与内心是常人难以走进的禁区。在儿童视角的叙述中，语言获得了自身的魔力，叙述走向了魔界，一切在出神入化中浮现而出。莫言为这些“异象”儿童代言，而这些“非凡”的儿童也凝聚了莫言所有的精气与思想。

但是，莫言的魔幻色彩并不是猎奇的哗众取宠，他对人物的精神性概括和社会文化的超验性认知，是回到实在的乡土经验中汲取的，是从儿童的日常生活中折射的，不是某种形而上的概念表达，也不是什么深奥复杂的思想性，而是扎根于乡土与现实的生活经验与中国传统文化碰撞之下的艺术火花，借助中西融会贯通的多样化艺术手法加以表现。真真切切的现实感和生存环境还是如魔咒一般制约着精灵们的一切。

儿童始终是各种文化势力中的弱势群体。《透明的红萝卜》中的黑孩、《拇指铐》中的阿义、《酒国》中的肉食婴儿，任人宰割的处境是文本的明确寓意。《枯河》中被家人和权贵人士毒打致死的孩子，不论是以默默承受为生存法则，还是以拒绝成长的执拗来抗击社会，他们都是生存在社会和成人礼法边缘的弱者。也有以蓝千岁、罗小通和少年余占鳌为代表的“强者”，但其人生遭遇和精神维度仍旧指向“弱者”的身份界定，其基本的性格也是大同小异的。正是由于害怕被毒打，害怕饥饿，害怕成人世界的戕害甚至害怕被吃掉的精神焦虑促成了他们的抗争和“强大”，从根本上来说他们还是弱势群体。尽管这些儿童形象所承载的价值取向各不相同，但是他们的基本性格却是相似的。

于是，儿童“韧性”与“倔强”的理想与成人世界的“强大”与“尖利”相遇了；人性的完美追求与人性的复杂、丑恶相遇了；故乡的“精神召唤”与存在的“藏污纳垢”相遇了……当“魔幻”后的理想遭遇到“现实”的真实时，作家的精神载体、灵魂代表就在身心不一、矛盾拉锯中以“异象”的面孔出现了。无疑，无论是坚忍的沉默者还是喧闹的抗争者，都在某种程度上融汇了莫言的精神特质与理想诉求，但莫言却并没有将自己的理想人物崇高化、神圣化，而是让他们以“异象”的面孔出现在小说中。因为莫言并非浪漫的理想主义者，他也从不以狂热的柏拉图精神来粉饰世事，聊以慰藉和宽恕心灵，他总有一种强烈的直面现实的精神，也深知现实的惨烈禁锢，非一种思想、一种理念就可以拯救超脱，达到理想国的境界。即使是自己深爱和钟情的儿童，也难逃现实摧残的厄运，成为现实中的异形儿。莫言儿童形象的意象性集中反映了他对现实的警惕与理想的坚守的拉锯扭力下的执着书写。

《丰乳肥臀》中的上官金童就是一个一生生活在难以解开的误会和矛盾中的怪胎。他的一生总是在错误的时间进入错误的空间。西方文明的“父本”和中国民间文化的“母本”共同孕育了这个精神怪胎。对于20世纪寻找民族振兴出路的中国来说，上官金童的中西合璧“血缘”，凝结着众多有识之士的希望与期许，因此也集万千宠爱于一身。然而用西方文化来锻造自我，科学也好，民主也罢，这些极具现实挑战性与叛逆性的精神理念在与中国传统文化撞击时只会结出一个“杂种”。他在出生时就是一个悲剧，是父母的一场精心设计，被别人玩弄是他成长的全部内容。他一生软弱、苟且、无能，不仅是自身的性格所致，更是时代和社会赋予的难以摆脱的宿命。

《生死疲劳》中的蓝千岁也是这样一个怪异孩子！作家想要用佛家的教理来劝诫世人少欲清心，几千年的文化因袭，几世的生死轮回让这个儿童已经“满腹经纶”，智力超常，但一知半解的理解又让他肚腹干瘪；莫言的民间文化立场让他坚信万事万物生生不息，强大的民间生殖力和生命力以及原始奔放的性情又孕育了筋骨彪悍、意志顽强、充满生命力和战斗力的人物形象。传统文化的理性自律遭遇民间文化的感性自由，两种理念的结合造就了这个两头肥大而中间干瘪、四肢乱动、上蹿下跳的怪胎。《红高粱家族》中的祖辈们杀人越货，但也精忠报国，他们用一腔热血演绎出英勇悲壮的生命华章，相比之下，子辈的“豆官”尽管总是竭力在追寻着祖辈们的足迹，但我们这些“不肖子孙”仍旧真切地感到“种”的退化，而显得相形见绌。因此，莫言小说的儿童意象兼具了写实与象征的双重意义。

在莫言的儿童形象谱系中没有“高大全”的完美形象，他们疾恶如仇但也同流合污，他们在被欺凌摧残的同时也向更弱者泄愤，他们在生活中软弱无能但在精神上却桀骜不驯……他们总是在执拗地远离现世，又在积极地适应甚至迎合着现世，被欺压、被凌辱、被边缘的弱小者的代表寄托着作家的清醒认识：理想丰满，但现实骨感。

叶开在给《纽约时报》中文网专门撰写的特稿《莫言用残酷叙事建立文学王国》里认为，莫言的小说一直是在两个不同的时空中展开：一个是残酷现实，细腻生动地展现当前乡村生活中的各种风貌，其核心主题是“饥饿”和“不公”，另一个是浪漫主义世界，以强大的想象力推进到被官方历史严重遮蔽的微暗世界，关键词是“生命力”和“人性”。儿童形象的塑造之于莫言的精神主体，一方面在于反叛的意义，一方面在于树立作家的价值思想坐标。不论是儿童形象因其弱智化和感官性带来的有碍叙述深度的影响也好，还是就莫言自身思想意识的提升还需不断地调整和完善也好，莫言儿童形象所建构的“意象性”并没有相对统一且深入的明晰性，形象寓意更多地指向对现有秩序的反抗，对决意识异常浓重，这里有着卑微者、弱小者对于社会和命运的抗争与宣泄，有着作家对于社会改良的“良史之忧”，也有着作家在崇高理想与残酷现实之间的无奈叹息。

莫言的魔幻现实主义是中国的乡土主义与拉美魔幻主义的对接，也是中国传统文化与民间文化的一次现代式发挥，同时也将中国的现实主义注入了后现代性因素。张旭东在《“魔幻现实主义”的政治文化语境构造》一文中说道：“在莫言九十年代的作品中，‘现实主义’与‘现代主义’这两个传统似乎在一个更为严酷、更‘妖魔’的寓言领地实现了一种结合，这样一种寓言化的写作，既是遥远的、古代的，也至少潜在地在后现代的意义上是更加‘现代’的。”①

莫言的现实主义的“再现性”并非在伦理道德、意识形态或者审美价值等方面寻求“一致性”的认识和定论，而是通过一个活生生的、善恶并存、美丑共置、生死转化的世界复杂体来呈现，这里包含着“传统”与“现代”的思辨，都市“文明”与乡村“野蛮”的论争，物质“匮乏”与精神“救赎”的搏击，历史的“旧”与时代的“新”的拉锯。张旭东说：“所有这些，都证明莫言的作品对今日中国的社会与日常生活有所诉求，并邀请它们进入其作品中的寓言化狂欢，尽管这一狂欢带有某种寓言式的诡诈、讽刺和疏离，却仍然全心全意地欢迎现实中的一切事物。”②

莫言的许多创作都是驰骋于时空交织的经纬之上，挥洒自如，在频繁的历史与现实交错置换中，历史和现实都被赋予了穿越理性的灵魂。从看似荒诞不经的故事情节中你总能看到现实生活再现的影子，从现实的直面对视中你总能看到那亘古不变的神话喻示在冲你诡谲一笑。“一般来说，他（莫言）以历史题材来建构神话，以

① 张旭东：《“魔幻现实主义”的政治文化语境构造》，载《人民论坛·学术前沿》，2012年11月。

② 张旭东：《“魔幻现实主义”的政治文化语境构造》，载《人民论坛·学术前沿》，2012年11月。

现实题材来解构当下的神话。但历史题材中有基于当下经验而激发的超拔想象，现实中有神话反衬的讽喻和原型的运用。”[①] 由此，批判性也就从此生发，达到了对理想人生状态的建构与期许。作家并不想给读者以明晰指向性的价值判断，而是希望在文本之间留下想象的空间，读者凭借自己的人生经验和生命感悟去填充和取舍，从而将有限的叙述扩大到无限的空间，形成巨大的思想张力。

当然，儿童形象的“意象性”得以有效确立的前提在于形象的背后要有强大的逻辑和环境支撑，否则“意象”就会流于概念化，而显得空洞失真。

比如在《四十一炮》中，罗小通所代表的“食”主题在将其无限扩大并发挥到极致的同时，这一形象也失去了现实的文化依托，小说并未在有效的叙述中为这个人物形象搭建出坚实的生活底色，人物形象也流向了概念化。

在《丰乳肥臀》中，莫言以杂种、恋乳癖、软弱无能、性无能建构了他的“审丑”主人公。众所周知，在文学上成功的“审丑”比成功的“审美”难度更大。如果一个“审丑”人物能够突破阅读接受常规，活灵活现、深入人心地出现在文学作品中，那么这个人物塑造背后一定有着强大的背景支撑和逻辑铺垫，否则就会成为皮毛两分的“怪异人”。这种背景支撑是多方面的，但对于读者来说，首要的也是最为直观的应该在于文本内部。但是，上官金童的存在与命运发展却总在与其搭建的环境背景发生冲撞与忤逆，即使我们从象征和寓言的角度加以“深化”开掘，也总会感到左支右绌的困惑。有的研究者从弗洛伊德的角度出发，认为有“恋乳癖”的上官金童堪与阿 Q 相媲美，象征了中国文化中男性的软弱，并且从启蒙的角度深入，认为上官金童象征了在主观想象与客观现实的巨大落

① 季红真：《神话解构的自由置换》，载《当代作家评论》，2006 年第 6 期。

差中焦灼的灵魂，从而完成解构社会神话的目的等等。[①] 也有研究者从中国传统知识分子的“感时忧国”传统出发，认为上官金童象征了知识分子的精神布道无力扭转甚至改变现实的“零余人”形象。[②]

以上的批评和研究表明，“恋乳癖”其实更多的是基于对社会现实、男性世界失望以后的希望重归母体的精神家园守护。在文本中，我们也确实看到正是家中的女人们为上官金童一次次提供了如同母亲般的庇护，从这个角度上来理解，这部小说是具有女性主义特色的。但是，如果对母亲上官鲁氏和母亲般的情人独乳老金的迷恋可以理解为孩子向母体回归的象征的话，那么对于姐姐们，甚至是来买七姐的伯爵夫人以及唐女兵的主观臆想和性冲动则更多地显示出一种亵渎和猥亵女性的男性心理和腔调，这明显是与将母性、母体回归作为精神向往而应持有的庄严、神圣和尊重的态度相悖的。于是，这个预设的精神象征体在文本的行进中似乎出现了致命的脱节，使得象征的指向无所适从。

① 参见《文汇读书周报》，1996 年 2 月 3 日。

② 张清华：《叙述的极限》，载《当代作家评论》，2003 年第 2 期。

第四章

儿童视角叙事的真实性与可靠性

无疑，莫言笔下的儿童视角叙事的确创造了极具个性的陌生化叙事，与他的儿童形象谱系下的寓言特征一起，挑战了新鲜的叙述极限，但是这种陌生化叙事获得叙述可靠性的基础是什么？也就是说，莫言笔下的儿童的言说力度究竟有多大？当莫言将儿童的叙述以“非常态”的、寓言的方式加以表现时，这种叙述本身更成为一种冒险。因此，对于莫言来说，重要的不是如何使用儿童视角的问题，而是如何将儿童视角叙事与现实可靠性相弥合、融洽，使之浑然一体的问题。

因此，本章想要探讨的问题是，莫言的儿童视角叙事在观察时主要撷取什么样的现实世界作为观察对象，而莫言借助儿童形象、儿童语言的叙述是否具有可靠性？这样的可靠性是怎样获得的？这样的取舍和判断又凝结着作家怎样的文化审美价值？

第一节　虚构下的“真实”
——亦真亦幻的叙事并行

王富仁在研究鲁迅小说的叙事结构时提出小说的三个基本视角，

即作者的视角、读者的视角和叙述者的视角。莫言儿童视角叙述的真实性问题关涉作家、叙述者以及读者三者之间的关系，也就是他们三者之间如何共同建构了叙述的“真实性”的问题。

在对莫言儿童视角的研究中，文本较为鲜明直接的当然是叙述者视角，这在前面的章节中我们已经有所讨论。作者的视角是指作家对小说文本的整体观照，也是在自己对象化过程中呈现出来的思想脉络和价值观念以及借此表达的审美满足感。

对于“真实性”的考量，一般来说如果从空洞的理论层面开始建构并铺张叙述，理论就会在无形中侵占真情实感的领地，也由此造成一种习惯性的错觉，只有理论的才是真实的、普遍的、合理的、有意义的，而来自感性层面的情感和细节描写往往显现出个体的、偶然的、不可信服的特征，因而在阅读中遭到控诉和打压。

以儿童视角为研究对象势必要求研究者回到视角的主体——儿童的审视上来。但在以成人文化为主导的社会中，儿童在思维水平、知识储备、感知能力方面的欠缺与不足造成其在自我认知和社会认知方面的“不足”，因此他们的认知和感受常被赋予感性的、零散的、偶然的、片面的、肤浅的形象特征。那么儿童叙述人的这种天生的“不足”是否也会影响到他所“传递”的信息的有效性呢？

此外，儿童视角叙事的内在矛盾和复杂建构也直接对叙述的“真实性”表达构成一定的模糊性和不确定性。

首先，儿童视角叙事具有双重人格。儿童视角下的“我”——孩子，不仅是叙事的观察角度，也是小说中的虚构人物，他不仅是文本的叙述者，同时也是作品中的行动者。因此在叙事情境中，儿童叙述者便有两种“身份”：他是故事层面的一个人物；也是话语层面的一个叙述者。所以赵毅衡先生曾说：不仅叙述文本是被叙述者叙述出来的，叙述者自己，也是被叙述出来的。[①] 简言之，在儿童视角文本中，“儿童”作为叙述者和被叙述者具有互构性，具有说者和被说者的双重人格。

其次，儿童视角叙事中作者视角与叙述者视角之间存在“藏匿”与“代言”的游走形态。儿童视角叙事，在叙事学上很大程度地避免了全知视角的武断性和霸权性，以较为全面、立体的声音恢复每种事物的真实面貌，同时这种限制性的叙事视角，也较好地隐藏了作家的思想锋芒，消解了潜在的意识形态灌输性和思想说教性。对于作家、隐含作者来说，这是一种“撤退性”的叙事策略，是作家有意识地掩藏自己的主观判断与价值立场，但整个创作的过程中又不能缺少、也不可避免地有作家的伦理判断介入，因此，一方面要如实还原儿童的本相，另一方面又要通过儿童传输自己的观念和价值，这种表层的叙述感觉与深层的作家观念如若处理不当，就会造成叙事的虚假和艺术的失真。

最后，以成人的作家视角建构儿童的叙述视角话语，其内在的罅隙不可避免。作家在借助语言表达讲述“孩子”的故事时，尽管竭尽全力在向儿童的本体靠拢和贴近，但这种“成人”讲述“儿童”世界的方式，毕竟还是存在某些罅隙，是难以触摸的。儿童视角叙事让童年的经历与人生理想借助回忆生成的文学模式本身就具有极大的虚幻性。因为叙述者在成人的叙述话语和儿童的经验视角的交织中，在历史与现实的映现中，“成人心态干扰对童年体验的回味，记忆将永远被回忆所改写——即便成人作家努力体察、体验儿童的情感、心理甚至通过对自身心理底层无意识的发掘来契合孩子

---

① 赵毅衡：《当说者被说的时候》，北京：中国人民大学出版社，1998 年版，第 2 页。

们的思维”①。因此，儿童视角叙述在真实性方面的挑战不仅来自对童年生活取舍的有意“彰显”和无意“回避”，也来自回溯往事时所加入的成人的后知后觉思考与判断，还来自还原童年的印象与还原童年的感受之间存在的差距问题。因此，成人作家在语言的编辑、逻辑的推理、心理的揣测上是否是真实的？如果是真实的，在“叙述”的过程中又在多大程度上还原了这种真实？

对于莫言而言，这种文本背后的意义与他在叙事表层显现出来的叙述者视角是异常复杂的动态关系，有时它们是相互交融、互相印证、补充完善、水乳交融的，有时它们又背道而驰、皮毛两张，在裂隙的张力中阐释意义。这就回到了上面我们讨论的儿童视角叙述在多大程度上契合作家自己的思想价值的问题上来，也就是儿童叙事者视角与作家视角、读者视角之间的交集是如何建构的。

因此，对于儿童视角叙事的“真实性”考量就归结为以下几个问题：从作家角度来说，作家在多大程度上真实再现了儿童的本相，而儿童的形象以及叙述又多大程度上代表着作家的伦理道德和思想内蕴？从叙述者角度来说，在以儿童视角为主、其他视角为辅，相互转化、交叉、互补的复调叙事结构中，叙述者的价值倾向是什么？从读者角度来说，没有乡村经验的、已经是成年人的读者在多大程度上会通过儿童视角下的陌生乡村叙事获得一种无意识的集体经验共鸣，而产生信任感和真实感情呢？

所以，儿童视角叙事是否具有真实性和可信度，关键在于儿童的经验世界的呈现与作家思想、观念意识的渗透之间的内在权衡与分担，其间的分寸拿捏具有决定性意义。也正因为如此，莫言在对《红高粱家族》所开创的这种“如鱼得水”“水到渠成”的

---

① 李学武：《蝶与蛹——中国当代小说成长主题的文化考察》，北京：中国社会科学出版社，2003 年版，第 21 页。

儿童视角赞叹之余，也指出它是“一个很复杂的叙述时空”[①]。换言之，莫言在文本建构之初，就已经充分意识到儿童视角叙述存在的“虚幻性”和“风险性”，那么他所着力的“真实”又是什么呢？

莫言借助儿童视角叙述，首先在阅读的开始就已经瓦解了叙述的可靠性和读者对于真实性探寻的心理预期模式。他以儿童的口吻和视角展开叙述，同时以“非正常”的儿童作为典型形象来塑造人物，本身就已经向读者坦率地交代了叙述的虚拟性和荒诞性。莫言唯恐其“点拨”不到位，甚至直接在作品中坦言其“虚假性”：《四十一炮》是爱“吹牛撒谎”的“炮孩子”讲述的故事；《酒国》里的故事都是作家“李一斗”的文学虚构；《生死疲劳》中的很多情况介绍都是借助“多嘴多舌”“爱出风头”的青少年“莫言”传达的。

韦勒克认为，文学创作中的幻想和虚构是返回现实的有效途径。文学创作本就是一些试图背离现实的人，借助艺术的想象和幻想，用语言表达自己的理想和愿望的艺术创造。但是，他们的幻想又往往是合理的，具有反映实际生活的价值，因此在搭建幻想世界的同时也呈现出一个崭新的现实世界。[②] 苏珊·桑塔格在《反对阐释·论风格》中描述欧洲作家的作品时强调，艺术不是真理的助手，无论是特定时期的真理还是永恒的真理。她说：“艺术作品自身也是一个生机盎然、充满魔力、堪称典范的物品，使它们以更开阔、更丰富的方式重返世界。”

莫言所倚重的“真实性”并非针对“现实的条框”来说的，本

① 莫言、王尧：《从〈红高粱〉到〈檀香刑〉》，载《当代作家评论》，2002年第1期。

② 转引自［美］雷·韦勒克、奥·沃伦：《文学理论》，北京：生活·读书·新知三联书店，1984年版，第76页。

是对现实的荒诞演绎，那么就说明莫言在意的并非现实的真实性，他追求的是艺术和心理上的真实。

首先，现实主义的土壤难以安放焦灼的灵魂。纵观莫言的创作历程，其中不乏强烈的现实主义作品，如《天堂蒜薹之歌》《酒国》《红树林》等，但占据更大比重的还是他的具有魔幻色彩的文本创作。莫言从创作的一开始就很少对社会批判、政治介入以及道德规劝等表现出明显的现实主义倾向，早在 20 世纪 80 年代中期，莫言就被认为是“魔幻现实主义”的代表。他在《透明的红萝卜》中借助黑孩这个感觉和想象超常的传奇人物，写出许多超现实的内容，他能看见红萝卜流淌着的透明液体，他能听到头发落地的声音，他能看到蓝色的阳光。他通过想象建立起来的与人物相关的传奇经历、自然景观、环境文化的虚拟生活空间和精神空间与人的日常经验有着十分紧密的内在联系。莫言总是游走在虚拟与现实之间，相信“万物有灵”的世界体认，相信想象可以抵达精神的真实，于是经验世界和虚拟世界具有了内在的互通性。正如季红真在《现代人的民族民间神话》一文中所说，莫言的叙述连接了“经验世界”和“神话世界”。①

其次，“仰视”的叙述视角与扎根乡土的叙述场域，让叙述的“真实性”有了坚实的着陆点。莫言的叙述很多都来自儿童视角，作为作品中的人物设置或者说是视角点，这样的设计本身就是充满虚拟色彩的，然而扎根乡土、立足现实的叙事，却使莫言在经验与现实、抽象与具象、有限与无限之间获得了有效而奇妙的沟通，这就是这个视角的神奇之所在。

他总是将视野投放到高密东北乡的那一片土地，总是用农民的朴实眼光来审视众生万物，对政治领域的刻意疏离和超然自拔，使

① 季红真：《现代人的民族民间神话》，载《当代作家评论》，1988 年第 1 期。

莫言在叙述中获得一种不为外在事物所困的超脱与自由，在贴着大地行走的叙述中，有着一种热气腾腾的升华。暧昧的关系，变形的幻景，魔幻的建构，空灵的想象，造就了天马行空的艺术氛围和艺术特征。于是，以儿童的最低“仰视”姿态开始的叙述，对于现象世界的真实把握逐渐为叙述的空间所吞没，将一种通过内在的编辑、重组、错位、链接形成的新形式转化为一种寓言形象。从某种意义上来说，颠倒错乱的反而正是一直被我们忽视的真实。这一历程正是从现实主义到魔幻现实主义再到后现代主义语境的历程，即碎片化的现实，自身的形式与存在的价值与意义，寄居于互相矛盾、抵触、过剩、亵渎与无意义的形式与叙述中。

最后，“童心”的原初性解密了现代主义的繁复性。利用儿童这一“颠覆性”的眼光来叙述和思考，旨在与交际、再现、编码的传统理性语言和叙述策略相对抗，儿童视角下截取的世界，是与成人清醒、理性相对立的梦幻世界，一方面是对失去心灵方向、价值体系、精神分裂的后现代主义语境的一种投射，另一方面也是在迷雾中积极求索的过程。社会的建构应该首先回到对社会和人性的重新认识的起点上来，认识自我，建构自我。于是复杂性的现象借助单纯性的视角表达，“自然史”的坍塌遭遇了新价值体系的尚未建立，陈旧过时的与刚被创造出来的混杂，造就了叙述中的“狂欢”和“多元”。所以在儿童视角下呈现出的景象，单纯但真诚，幼稚但纯朴，模糊但依旧鲜明，奇特荒诞但有特有的逻辑性，令人昏聩迷乱的不一致中深藏振聋发聩的清晰感和坚定性。“现代小说中对于小说形式的玩弄性颠倒以及对于语言成规的滑稽模仿”① 是与现实主义描绘真实的方法大相径庭的。传统的现实主义小说总是在极力掩饰小说的虚构成分，总是通过小说即生活真实的“共鸣”情感来完成

① 华莱士·马丁：《当代叙事学》，北京：北京大学出版社，1990年版，第222页。

对现实的揭露以及批判。而"现实主义执行其意识形态计划最为有效的方式，正是通过诉诸'真实'而将某些东西合法化，同时又将它称之为'不真实'的东西斥为非法的。毋庸赘言，现实主义这一述行功能具有极为关键的作用，它可以维系共识性和模仿性地理解语言和文学的运作方式。即，语言和文学反映现实，而不是构造现实或者大肆影响现实"①。

儿童的叙述策略，借用了创作中从意识坍塌到无意识，从理性坍塌到非理性（感性）坍塌，再到一种无意识与非理性的新逻辑、新视野——这是作品寓言化得以实现的起点，同时也是"再现""真实性"的观察角度。由此，在人物形象的建构中虚构的维度越是稀奇古怪、越是扭曲变形、越是可疑超验，在寓言的维度上就越是清晰客观、越是真实可信。

于是，莫言的文本从开篇就能感受到虚实相间、真假并存的叙述元素，他一面客观冷静，一面情绪肆意驰骋，他总是一面煞有介事地宣称"句句都是实话"，一面又戏谑调侃地指出只是一个虚构的故事，甚至是一个玩笑。

《四十一炮》主人公罗小通以"炮孩子"为名，在民间专指喜欢吹牛撒谎的孩子，小说中的所有故事都是通过这个"炮孩子"的所见所闻和想象来完成的，并且以"炮"来划分叙事的单元，以四十一炮结构四十一章，小说以罗小通在五神通庙向大和尚讲述为叙事方式，罗小通的真实坦白中有着欲盖弥彰，他的冷静客观中又有着肆意夸张的成分，虚实相间的特征游走在文本之间。小说开篇就设定了虚构的成分和基调，然而，叙事者却一再声明"句句都是实话"，真实与虚构从开篇就是并行不悖的。事实上，小说以"谎言"

---

① 刘禾：《跨语际实践——文学、民族文化与被译介的现代性》，北京：生活·读书·新知三联书店，2002年版，第152页。

开始，以“想象”来结束，颇具荒诞色彩的拟真实叙述在事件发展的逻辑上是令人难以置信的，是虚构的，但一个灵异儿驰骋在他的想象空间中的精神心理却是真实的，这也是小说在着力营造和打磨的艺术审美本性。莫言在《后记》中也说，诉说者“煞有介事”的腔调，能让一切不真实的都变得“真实”起来。

莫言总是强调“纯属虚构”但又极力说明“句句是真”。叙述情节的荒诞、人物性格的亦正亦邪是莫言小说的一个基本特色，而天马行空的想象、魔幻离奇的传说和演绎以及一再以“元小说”的方式强行中断叙述，提醒读者“一切纯属虚构”的表白都为小说营造出一种亦真亦幻的叙述氛围。你总在他煞有介事的严肃中感到诙谐、游戏式的轻松；你总在那直白、童真、无意识的调侃中，感到生命至真、历史沉重的叹息。莫言的故事是传奇的、有意思的，但当你讲述他的故事的时候，总是陷入复述和难以复述之间的尴尬境地，作家的意图也总是在把握和难以确定之间游离，小说的风格总在严肃和轻松甚至油滑之间。这正是评论界对莫言的文学风格定位几乎囊括了整个 20 世纪 80 年代以后的文学流派的原因所在，“寻根小说”“先锋小说”“新写实小说”“新历史主义小说”“魔幻现实主义小说”等等，很难有一种“主义”能够准确地标示出莫言的个性，他是一个独立的个体，也是一个复杂体。

在莫言的叙述体系里，他常常以儿童的眼光来仰视世事，希望由此获得不受世俗、历史、政治所遮蔽的朴实而开放的视野，而儿童的寓言性和意象性也丰盈了作品的内涵，使叙述不再是孩子的稚言拙语，而具有穿透历史、文化和民族乃至人类层面的深远意义，也正是在这一意义上，莫言获得了“作为老百姓写作”的立场的实现。也就是说，解构我们认知习惯上的“真实性”本来就是莫言写作的动机和目的之一。

可以说，这一切都体现了莫言对于“真实性”的理性认知，任何一种经历、一件事情，不同的人都会因其不同的立场、认识和表达方式而产生不同的叙述，这不仅取决于事件以及历史本身的复杂性，也取决于个体以及个体表述的复杂性，“真实”不过是混杂着无数“虚构”的个人判断。这是莫言的创作观，也是他的历史观，甚至是他的世界观。莫言的小说处处暴露其虚构的成分，但这并不意味着他放弃了真实，暴露虚构正是以更加坦诚的姿态面对真实，是为了更好地表现现实。

以上论述是从叙述者视角和作者视角之间的内在关系来考察莫言儿童视角叙述的“真实性”问题，但读者视角也是一个不容忽视的角度。

探讨儿童视角叙述“真实性”的问题会出现一个有意思的话题，读者在儿童视角的引导和叙述下究竟在阅读中经历着怎样的观察调适和精神旅行呢？当莫言采用儿童视角叙述方式结构小说时，他应该预想到了隐含读者的适应性问题。首先，叙述者视角是儿童，但其隐含读者是成人，这样的叙述如何引起读者的兴趣、信任甚至共鸣？其次，儿童视角叙述大多是回到故乡高密东北乡的追忆，但绝大多数的“隐含读者”应该是并不了解高密的城里人，他们如何获得感同身受的体验？

读者的视角是指“作者从自己假想的读者的角度对小说文本进行的整体观照，他要在这样一个角度上使自己假想中的读者感到审美观照上的满足或相对的满足，这种满足是接受者的审美满足，是借助文本获得自我的乐趣的过程，并且在这个过程中，与作者在思想上发生共鸣”①。这样的共鸣已经不再是就小说创作技术层面的知

---

① 王富仁：《中国文化的守夜人——鲁迅》，北京：人民文学出版社，2002 年版，第 157 页。

音寻觅，而更多的是在意义和现实层面上“隐含的作者”、文本的自足意义与“隐含的读者”的交互沟通。

新时期文学的变革与繁盛，不仅是作家文体意识自觉追求的结果，也离不开大众审美方式和审美价值的改变与更新。在全球化文化背景下，当人们的日常生活经验、生活方式日益趋同之时，潜意识中对于“经验趋同”“欲望审美”等所导致的想象力匮乏有着本能的抗拒，因此激发生命中的潜能和力量、挖掘新的审美质素成为文学发展的新方向。无疑，莫言的这种新鲜、陌生的叙述方式潜在地暗合了读者的阅读期待，也为莫言儿童叙事可靠性的接受提供了可能性。

此外，莫言一反中国传统知识分子的精英立场，采用“作为老百姓写作”的写作立场，也让他的作品具有亲民色彩。“作为老百姓”的写作立场，让他从情感深处回到乡土，他钟爱那里的一草一木，怀念那里的一人一事，莫言思想意识中的乡土远非长久以来被主流文化遮蔽、排挤、边缘化的附属体，它有着不为人知的蓬勃生命力和生活价值意义。因此，在认识乡土、理解生活的同时，读者也开始重新审视自己身处的现代文明，需要“隐含读者”对自己既定的价值标准和取向进行清理，儿童视角正以这样的原初状态带领读者进入阅读。另外，莫言总是为小人物、弱势群体代言，儿童是这些人物的集中代表，也因其心智尚未成熟，其悲剧的震撼力更为深刻与鲜明，人类共同的“同情弱者”的心理情绪也让他们在“情感共鸣”“理性反思”中完成了对“真实性”叙述的接受。

莫言利用儿童视角打开的文学之门，在某种程度上是有意模糊叙述中的真实与虚构成分，从内容上的传奇魔幻性到形式技法上的亦真亦幻共同构成了文本中的特殊张力，在这种张力的牵引之下，作家很好地完成了对自己真实意图的遮掩和保护，一种花腔的形式被呈现出来，模糊了评论界的视线。

但是，毕竟不是儿童也不是高密东北乡的读者，如何在这种低智化、虚幻性的叙述中保持旺盛的阅读激情，乃至最终认为“故事”是“真”的呢？

莫言一泻千里、滔滔不绝的语流以及天马行空、荒诞不经的想象力和快意恩仇、率性而为的人生写照一起架构了他充溢饱满的快节奏叙述，那传奇编织的人生，那祖辈快意恩仇的江湖生活，那不回避死亡与暴力的淋漓尽致，使他们在叙述的强大攻势下击毁了读者在阅读中的些许质疑与思考，使他们在叙述洪流的裹挟下一路向前。

同时对于读者来说，莫言多种声音的叙述策略总是让读者毫无招架之力，被他的叙述所裹挟，在阅读过程中却又不断地质疑自己所看到的、听到的，在质疑文本的同时，也开始质疑自己过往的以及现在的判断。而每当读者在阅读的过程中试图做出某种判断抑或结论时，莫言“演讲式”的语言洪流直接裹挟读者进入下一段“解构式”的叙述。这正是莫言小说“真实”与“虚构”之间的张力所带来的无限开放性。

当读者来不及也无意于对行进中的文本提出质疑时，思考的反作用力直接反映为读者对自身存在的质疑，叙述者迂回隐秘传达给隐含读者的对于生命力退化的藐视、对于隐含读者自以为是的现代文明的嘲弄与鄙夷开始在读者身上发生反应。那个弱小、无知的儿童，正是在隐含读者毫不设防、漫不经心中带动读者与叙述者一起缅怀祖先、朝拜生命、拷问自我。其实叙述本身并没有强加给读者多少压力，读者感到的焦灼感完全是自己的，是“隐含作者”在文本之外赋予“隐含读者”的。

由此可以看出，莫言的“作为老百姓写作”，更多是“作为弱者”的写作，为以乡村、农民、孩子为代表的弱势群体而写作。这种弱者更多的是相对于权贵之士和城里的文明人而言的。但是莫言的针对性并不是以锋芒锐利的批判来呈现和暴露，情感的渗透和氛围的渲染使他的叙述很是讨巧，一方面他以弱者的立场和身份赢得了弱者的共鸣和理解，另一方面他又以传奇的故事、神秘的乡土和敢爱敢恨的率直人生吸引了那些进化发展历程中靠掩饰和泯灭人性而成就起来的所谓“文明人”、所谓“强者”。简言之，莫言的小说，对于隐含读者来说，从表面上很容易获得弱者的同情和支持，而在深层却拨动了强者那尘封已久的真实内心，唤起了其对于良知、人性、生活的追问与反思。从这个意义上讲，莫言不仅有文学艺术上的独特创造，而且也迎合了历史消费、传奇消费的文化口味和时代潮流。

第二节　宣泄背后的隐藏
——叙述者与作者的若隐若现

在第二章的“复调”结构叙事一节中，我们已经论述了莫言的儿童视角文本的三种类型，即纯粹儿童视角文本、儿童的“经验”视角与成人的“理性”视角的融合文本、全知全能视角下的儿童叙事文本。以上三种叙事类型，如果从叙述者与儿童之间的关系来概括，无外乎“叙述者>儿童的‘后视角’叙事”、“叙述者=儿童的‘同视角’叙事”和“叙述者<人物的‘外视角’叙事”这三种类型。莫言的很多小说，从表面上来看属于第一种叙述视角，但作者又不是全知全能的，作品中总有大段的“我”的议论，但莫言却一再表明这不等于他自己，“我”是作为“童年视角”的一个隐形人

出现的，叙述者通过“我”来叙述，但是“我”又不是作者自己，不能代表作者的观点；在“同视角”叙事中，叙述者只知道人物所知道的事情，但是我们又十分明显地感觉到作者潜意识对人物的掌控，小说中的“我”不是全知全能的人物，但是又渗透着作者莫言的叙述视角。具体说来，在叙述事件的时候，“我”和莫言是感同身受的，但是在表达感受时，莫言又冷静地退出，将“我”推到了前面，摆出一副与己无关的姿态。比如《酒国》中作家“莫言”，《生死疲劳》中多嘴多舌、爱出风头的青少年“莫言”，等等。

无论哪种叙述方式，莫言在文本叙述中并不是一个旁观者，也不可能做到完全彻底的隐退，作家的宏观意识总在若隐若现地操纵着“我”的一言一行，尽管在很多时候，从文本的叙述表层来看并不能找到蛛丝马迹证实作家的意识渗透和引导，但在文本的内蕴中却总能深刻地感受到。因此，“我”与作者有时是交叉的，有时又是背离的，甚至交叉和背离两种声音会同时存在、相互质疑、相互争辩。

莫言在谈到自己的创作观时说，他不比任何人高明。这与儿童视角的仰视角度是一脉相承的。莫言说，他要抛弃知识分子的启蒙话语写作角度，“作为老百姓写作”，而儿童正是最普通也最无知的老百姓，作家的写作低姿态因此到达了极限。在多数作品中，作者深藏在文本背后的思想，总是通过儿童视角来叙述和阐明的。

儿童的叙述与莫言的叙述并存是一个复杂的叙述问题，从小说的不同叙事层面上去理解，“儿童”的叙事功能是不同的，因此他与莫言这个叙述者，包括作家自己也是一种相吸相斥、咬合忤逆、同行相悖的复杂关系。一方面在思想意蕴方面，儿童视角下的叙述与作家莫言独特的艺术表达和思想观念有着内在的一致性和统一性，在小说的阅读中，我们越来越发现二者之间众多的重叠处和共鸣处。

儿童是莫言笔下的主人公，主人公的人生际遇和命运选择在很大程度上折射出莫言对于现实、历史和社会的独到见解和深刻洞悟，更多的时候，儿童会直接跳出来抒发自己的情感和观点，那无疑就是作家莫言的评判借助儿童之口的抒发和陈述。莫言说："如果要我从自己的书里抽出一个代表自我的人物，这个人物就是《透明的红萝卜》里的黑孩。"① "那个浑身漆黑，具有超人的忍受痛苦的能力和超人的感受能力的孩子，是我全部小说的灵魂。"②

而另一方面，在叙述的过程中，儿童只是作家莫言在小说中虚构的一个人物，具有人物自身的独立性和特殊性，换句话说，是作者莫言使儿童人物区别于小说中的叙事者莫言。莫言却总是极力掩饰他与儿童人物之间的内在联系，强化作家自己与文本"我"之间的差异性。

由此，内在的困惑和张力就产生了，一方面，儿童视角下的叙事是莫言有效传达思想和观念的重要渠道和角色依托；而另一方面，独立于叙述者之外的儿童人物又时时以其独立性彰显其不为任何人代言的姿态。于是，莫言也陷入了他所制作的文本中不可自拔，甚至无法控制叙事的进程。

一般情况下，叙述者是作者最为信赖的人，也是作者认为隐含读者能够对之心领神会的人，但是莫言基于叙述主体性的压抑以及对叙述权限的转嫁都体现出一种委曲婉转的叙事策略。"作者对叙述者主体性的压抑，同时也是社会霸权话语对作者主体性进行压抑的结果，作者无法承担或不想承担的社会环境的压力，一定会转嫁到叙述者的身上，并由叙述者的叙述直接转嫁到文本构造的身上，最终则转嫁到读者的身上，因为小说作者和小说叙述者是无法截然分

---

① 莫言：《小说的气味》，沈阳：春风文艺出版社，2003 年版，第 122 页。

② 人民网：http：//he. people. com. cn/BIG5/n/2012/1208/c192235-17833545-4. html

开的。”① 这样婉转嫁接的视角选择和叙述策略，是莫言文体自觉的追求与选择，也是莫言儿童视角的真正蕴含之所在。

由此可以看出，在莫言的小说中，儿童视角、叙述者和作家之间的关系是：一方面儿童视角是作家在叙述技巧上的一种主动选择和策略，另一方面也是叙述者包括作家在主体性发声和思想遭到压抑后的不得已的婉转叙述转移——借助儿童形象，借助儿童视角。莫言将儿童视角作为视角聚焦基点，是委婉地表达了叙述者对于这个人物的信赖，这不仅仅是制造一种让人信以为真的真实性和实证性，同时也是隐藏叙述者和作家的一种有效途径。换句话说，莫言让儿童的叙述负载远远超过他自身的道德立场和价值判断，但叙述者却在背后跳出了是非争议，一切由儿童来全部负责。至于儿童的表达和叙述究竟是否可信，会被信任到什么程度，由此揣测叙述者或者隐含作者，甚至是现实作者的明确立场是什么，全权交给读者自己理解。这也充分体现出莫言对新时期读者的信任。

也许，从艺术创作手段角度来讲，这是艺术技巧还不娴熟、不完善的表现，而从思想意识层面来考虑，这正是作家对艺术创作最为精良的考量与定位，“我并不比任何人高明多少”，对写作自我的内向批判并不比对社会现实的外向批判来得少。这种复杂的心理层面和叙述间隙就在于作家莫言对自我的怀疑与批判。

作为对社会历史批判意义的参照，儿童的世界与视角所见，是莫言对当前社会现实颓废和残酷的严厉批判，也是对自我独立思想和人格的招魂仪式；从儿童视角与作家的复杂关系角度考察莫言作品的形式风格和思想终极构建，可知儿童视角是莫言对历史意识的寓言，确切地说，是对历史意识混乱发展的寓言——通过拷问历史

① 王富仁：《中国文化的守夜人——鲁迅》，北京：人民文学出版社，2002 年版，第 158 页。

客体中的自我，在纠缠、质疑与诘问中获得暴露和探索。因此，儿童视角与叙述者莫言之间是一种本我与超我之间的寓言对话，有时他们并行一致，有时又背道而驰，更多的时候甚至是一种难以辨识清楚的复杂心理结构。

这种主动选择与被动隐藏的视角叙述，是最终成就了一代怪杰文学大师，还是因此限制了他的写作所能企及的更远地带呢？恐怕连莫言自己也难以说清。

第三节　叙述的无奈
——千言万语，何若莫言

莫言眼中的“真实”本就是复杂多面的，“真实”也不是绝对的，它不仅关乎把握现实的角度和立场，同时也渗透着作家对批判主体的自我怀疑。儿童视角叙事让我们感到世界的繁复冗杂，但这反倒是最真实的历史，最真实的生活。

儿童与莫言是本我与超我之间的对话和较量，也是一次寓言式的精神拷问，心理上他们共存又彼此抗争消长，心理结构的层次是无法清晰辨认的，你无法判断莫言比孩子高明多少，也不能武断判定孩子就道破了世间的玄机。叙述的极限与溢出，道出了“真实性”的复杂，但同时经过叙述而呈现出的“真实性”也最终因为语言的不确定性和虚构性而失去了“真实”，不如“莫言”。

中国古代文论讲究“言”的克制与含蓄。从晚明时期冯梦龙的“三言”，到清代中期的《姑妄言》《型世言》《野叟曝言》，再到《红楼梦》中的“荒唐言”，“言”的本义当然是指“说”，然而在以抽象意象为传统审美习惯的中国文学中，“言”又有多重含义，《法言·问神》认为“言可为心声”，《墨子经》中称“言”为“口之利也”，《诗经·周南·关雎·序》说“言之者无罪，闻之者足以戒”。言是规劝、讽谏，《左传》中“志以发言”。言指向了多种含义，意在言外，言不及义，言多必失，等等。

言语的含蓄与内敛在莫言早期的儿童视角中体现较为明显。从1983年《透明的红萝卜》沉默的黑孩开始，到1986年《红高粱家族》中的“豆官”参与战争，追随成人、祖辈的足迹，寻找在父辈英雄指引下的自我存在。1995年《丰乳肥臀》中的上官金童，生活的全部意义在无能与嘲笑声中尘埃落定，唯一的“神力”也在“雪集”上以缄口不言作以消解。至此，莫言笔下的儿童多是静默的，忍辱承受是他们的主要生活方式之一。因为童年沉默、孤独的生活塑造了莫言少语寡言的性格，也因为少年时期对着天空和动物独语的思想漫游赋予他精神的自由自在。先天的性格、特殊的童年经历、初入北京这样的大都市的谨慎与自卑情结，使莫言在早期创作中更多的以沉默的声音来感受世界、确立自我的存在，在怀疑中求证自我的价值意义，某种程度上这种内敛与谨慎的自我表达在写作上是契合中国传统写作规范的。

但沉默太久终有喷发的时刻，而思想灵魂的自由飞翔终希望能有坚实的着陆，当莫言寻找到“高密东北乡”那邮票一般大小的乡土时，内在的情感和冲动终于被激活，化为不可抑制的激情喷发。心理学认为：“在激情状态下，人往往会出现‘意识狭窄’的现象，即认识活动的范围缩小，理智分析能力受到抑制，自我控制能力减弱，进而使人的行为失去控制，甚至做出一些鲁莽的行为或动作。”① 同时从修辞学上来讲，“在激情状态下，人们常常在伴随着上述这些生理变化和明显的外部行为表现的同时，语言上也有一些

① 彭耽龄主编：《普通心理学》，北京：北京师范大学出版社，1998年版，第448页。

超常的表现，如语言表达多与逻辑事理相悖，经不起理智的分析与推敲……”① 所以，从审美效果上来说，莫言在激情的推动下，严谨缜密的理性不得不让步于毛茸茸的感性观察，上意识的凝练与含蓄无法不败给下意识的情感宣泄和“信口开河”。而这些正是儿童视角叙事先天所具有的优势。

《檀香刑》中的赵小甲似乎是那隐秘在历史魔镜中的精灵，具有洞穿历史本质的悟性，他能看到“赵甲是头黑豹子，媚娘是条白蛇，钱丁是个大白虎，袁世凯是个大鳖”。《酒国》中的余一尺，那个身上长满鳞片的红衣少年则成为策反暴动的革命领袖，《四十一炮》中的“炮孩”更是以连发的“四十一炮”讲述无人敢说的真相，将“闹”发挥到极致！

如果说《丰乳肥臀》以前的儿童是历史的边缘人发出的悲苦低吟，那么从《檀香刑》开始，莫言的儿童已经冲杀到历史和现实的中心地带，搅动那混乱无序的历史，以激进的抗争状态揭示历史的真相。从“无声”到“喧哗”，是儿童在莫言创作中的角色变化，也是莫言在言说中的矛盾困顿。在“莫言”与“狂言”的理性拉锯中，莫言最终还是以“言”的方式冲击那“不可言说”的世界。《生死疲劳》中的西门闹，凝结了莫言对于“无声”与“喧闹”的全部精气神。五次转世为动物的西门闹，苦于不能开口说话向亲人诉说衷肠，向仇人报仇雪恨，委屈与愤懑的他，在月光如银的夜晚凄然落泪，但西门闹最后还是轮回成了一个“儿童”——蓝千岁，他世故老成、油嘴滑舌、睿智机敏。

随着莫言语言的铺张喧闹和肆意挥洒，儿童视角也逐渐彰显出狂言、乱言的轰炸模式，罗小通、红衣少年、蓝千岁、赵小甲等人的叙述话语就是一种新的语言叙述模式，同时也是对传统文论的一

① 参见吴礼权：《修辞心理学》，昆明：云南人民出版社，2002年版，第107页。

种反驳和背离，凸显出莫言突破与超越自我的积极努力，展现了一场"语言革命"。

莫言的儿童视角文本，有时是用孩子独有的、封闭的、自我世界的"沉默"来压制现实的浮躁和喧哗；狂言的用意，是在用"童言无忌"的故事，用喧哗和无所畏惧的"说"来打破成人世界的虚伪与残酷。两种情况虽表现形式不同，着力点也各异，但在精神的维度上是暗合的，沉默与狂言之间是双向流动、互为表里的。莫言总是希望借助语言和叙述的洪流来冲击现实的既定秩序，但当叙述的"四十一炮"齐发宣泄之后，他又深深地感觉到叙述本身的虚幻与软弱。

莫言这个笔名意味着"莫（默）"言：不说、不想说、无可说、不能说，或者是"欲辩已忘言"——不必说。其中包含着"失语"的含义。在莫言的小说中，"言"有两种情况，一种是"默言"，或是心理创伤的无言以对，或是社会道德制约下的言语可畏，或是政治阶级禁忌下的莫谈国事，都让人物沉默不语，例如黑孩、哑巴；另一种情况却恰恰相反，他总有千言万语不可收束，狂言、妄言、痴言一泻千里。"言"在收、放之间构成张力，情绪的极限在深层蕴藉，思想的纠结与诡辩也在这里生发。

在《丰乳肥臀》中莫言用一场无声的"雪集"仪式昭示了对言语的领悟：

> 这是一个必须将千言万语压在心头，一开口说话便要招灾致祸的仪式。在"雪集"上，你只能用眼睛看、用鼻子嗅、用手触摸、用心思体会揣摸，但是你不能说话。至于说话究竟会带来什么样的后果，没有人问，也没有人说，仿佛大家都知道，大家都心照不宣。[1]

---

① 莫言：《丰乳肥臀》，见《莫言自选集》，海口：海南出版社，2009年版，第472页。

莫言曾在很多场合中谈到语言的多余：

> 可见人世的话语中百分之九十九都是废话。闭住你的嘴巴，省出力气来思想，不说话使你捕捉到更多的信息，关于颜色、关于气味、关于形状。不说话使人处在一种相互理解的和谐气氛中，不说话使人避免了亲昵也避免了争斗，不说话使人与人之间拉上了一层透明的帷幕，由于有了这层帷幕，彼此反倒更深地记住了对方的容貌。不说话你能听到世间更多的、更美好的声音……①

《生死疲劳》最后将视角托付给了不能言语的动物。如果说在这以前，莫言用孩子和记忆作为叙事的观察点和支点，打开全新而宽阔的世界的话，那么在《生死疲劳》中，他“选择大地般超然客观的叙述立场，他取消了自己的声音，甚至取消了自己的角度”，“因为任何一种声音、一种角度都不足以覆盖中国灵魂的痛苦、艰难、辽阔和孤独”。②

与虚妄做决绝的对抗，在这里我们看到了莫言与鲁迅的精神共鸣与历史邂逅。1908 年鲁迅有感于中国人的喑哑无声，号召“摩罗诗人”振臂一呼，发出惊世骇俗的恶声，从 16 卷本的《鲁迅全集》也可以看出鲁迅是言之大家。然而在鲁迅的创作中，却处处充满着关于狂言妄语和噤声失语之间的纠结和矛盾：“当我沉默着的时候，我觉得充实；我将开口，同时感到空虚。”（《野草·题辞》）在《狂人日记》中真正洞察历史“吃人”真相的正是那个沉默狂想、口中呓语的“狂人”。

杨小滨在《盛大的衰颓》一文中认为，莫言写作的深度正在于

① 莫言：《会唱歌的墙》，见《莫言散文》，杭州：浙江文艺出版社，2000 年版，第 66 页。

② 李敬泽：《莫言与中国精神》，载《小说评论》，2003 年第 1 期。

体现出“表现的绝对困境或无能”，对现实的不可把握之感逐渐在叙述中演变为对于叙述话语的不可表现性的暗示与质疑。尼采说“对真理而言，信服比流言更危险”，相信现实可以通过简单的揭示、否定或者清除就可以全面规避的倾向和逻辑恰恰是我们永恒的危险。同样，话语的言说性也是可疑和不能表现的，“只要话语具有它掩饰、移置的功能特权，历史的真实就不可能现实地表现或表现式地揭示于话语系统之内。于是叙事必须转向它自身：演示它自身的话语性，尤其是它在话语内部指认真实的努力的惨败”①。

莫言的叙述就是在“言”与“不言”之间的博弈和较量，就是在“真”与“假”之间的游离与流动。莫言一再说自己只是一个会讲故事的人，我们总为莫言的叙事魔力着迷，他的故事总是不断以繁复的“加法”冲击着读者的生活和历史视域，但最后故事总是以“减法”将一切变为无据可查。既然一切都无据可查，一切都是在叙述中衍生的，那么故事也就是话语的故事，世界也就是话语的世界，从某种程度上来说，不是世界决定了我们的话语，而是我们的话语营造甚至是虚构了我们现在所见的世界。

莫言“言”与“不言”的矛盾纠结直接外化为儿童视角叙事的创作心理，让我们想到了莫言的一部小说《十三步》。小说中故事的讲述人是一个被关在笼子里的疯子，靠观众（听众）喂食粉笔而讲述一段段故事。莫言在此的寓意与儿童视角的叙事特征有异曲同工之妙。无法打破的“牢笼”与还未成人的“儿童”，都具有存在的局限性，但正是在这无法挣脱的禁锢中，人物才获得了匪夷所思、天马行空的想象和叙述自由，由此人物虽然深陷牢笼，但精神和思想却找到了“出路”。置身笼外的听众“我们”，不禁被他们的奇思妙想、疯言乱语所吸引，推敲着他们的思维逻辑，猜测着他们言说

① 杨小滨：《盛大的衰颓》，载《上海文化》，2009年第3期。

的意义空间，继而痴迷地成为他们的传声筒。“你也被拉进故事之中，你与他共同编织着这故事……你预感到自己没有力量与这故事的逻辑抗争……你的命运控制在笼中人手中。”① 在倾听与重述的过程中，我们不断地与笼中人/儿童在语义、知识、伦理、价值等方面展开拉锯与撕扯，或欲言又止，或言不及义，或意犹未尽。这是儿童视角的“笼中叙述”开启的广阔自由天地，对于叙述者如此，对于阅读者亦如此。

莫言明了语言可能招致的现实灾祸，也深知语言叙述本身的疲软和无力，但他强调说话的勇气和不做作。2012 年 12 月 7 日，莫言在瑞典学院讲堂发表了自己的讲演《讲故事的人》，讲演中他谈到了自己小学时的一次忆苦思甜教育经历。在集体参观教育展览时，几乎所有年少的同学们都已经深谙其中的表演成分和立场态度标向，因此本能地做出痛苦悲壮之态，并伴有感人至深的擤鼻抹泪的行为渲染，只有一个同学没有这样做，他“脸上没有一滴泪，嘴巴里没有一点声音，也没有用手掩面。他睁大眼看着我们，眼睛里流露出惊讶或者是困惑的神情”。在集体整一化的氛围和环境中，这位特立独行的同学遭到同伴们的检举揭发。在这个故事里，莫言首先探讨的是关于真诚和人格扭曲的问题。在中国 20 世纪 60 年代“表演”和“浮夸”成为时代的症候群，每一位加入这场表演游戏的成员，并非对这样的虚假不自知，但集体的无意识驱使和现实的惩戒让他们无暇也无力提出质疑并做出反抗。没有人认为那是荒唐可笑的，因为人人都是舞台上的演员。但是，这个不参与表演的同学，不仅戳破了大家心知肚明的谎言，也让这场“皇帝的新衣”的游行表演无法再继续下去，这样的真诚激起了众怒！因为，伪善者最厌恶的就是真诚，虚假者最畏惧的就是真实。

① 转引自王德威：《千言万语 何若莫言》，载《读书》，1999 年第 3 期。

而那个拒绝参与表演的孩子，并非出于思想意识的自觉和反抗，而只是单纯善良到还没有意识到“表演”的实际意义和社会影响。但很快，社会用“血”的教训来促成他的成长与听话，十几个同学向老师告发了他，他受到了警告处分。那颗善良稚嫩的心迟早要坠入混沌的世界中去，坠入得越晚，遭受的苦难越多，“他只活到四十多岁就死了”。

在20世纪六七十年代的中国社会，在某种意义上，莫言深刻地理解了在特定的历史时期和社会环境中巴金《忏悔录》中“讲真话”的意义。如果不能讲真话，起码做到不讲话、不讲假话，这是莫言退而求其次、不得已保持操守的措施。

莫言在2012年诺贝尔文学奖颁奖答谢演讲中以“文学是无用的”来做结尾，给自己的自我叙事做了一个反讽式的结语。“无用的文学”让心存远大志向的莫言离开了家乡，走进了城市，让他过上了一天吃上三顿饺子的理想生活，因此，文学是有用的。但莫言却说：“我想文学的最大的用处，也许就是它没有用处。”从中可以看出，他深得老子的“有之以为利，无之以为用”的思想精髓。

很多时候，莫言就如同他视角下的儿童，或在静默中洞悉万物，或在稚言嫩语间道破天机。莫言的小说处处可见批判的锋芒，但他较传统批判现实主义作家更为老到与成熟，因为他不相信文学具有改变现实的神奇作用，于是莫言的写作向着现实敞开，但归宿和终点却不在现实层面，而在自我甚至每个人的内心。儿童视角下的叙述更像安徒生笔下那个说真话的孩子，每个人都看到了“皇帝不穿衣服”的现实，但是让莫言感到气愤的并不是那“皇帝”，而是都在说谎的大家，由此，皇帝穿没穿衣服是一回事，大家说不说出真相是另一回事，这是让莫言无法释怀的。

莫言利用儿童视角的叙事模式，完成了对于现实的批判和梳理，但与此同时，他也深深感到自我言说的无力和困惑。言说的过程是对言说和表现的绝对质疑。但是，莫言并没有因此而放弃和削减表现的权力和力度，他暴露出表现过程中的裂隙，但并没有导向认识论上的虚无主义，相反，他冲向了更为深层的自我体认——对于没有全知全能能力的历史主体的认知，对于纠缠于现实与理想之中的矛盾体的超越性主体的渴望和求索。

当直接尖锐的批判在中国还没有立足之地的时候，莫言，作为一个出身底层、有社会良知和责任感的作家，他抑制不住说出真话的本能和冲动，这是他的胆识和价值。莫言的坦率，不同于鲁迅式的“硬骨头”，不是刺向敌人心脏的长矛，也不同于王小波式的“桀骜不驯”，不是西方独立自由精神的再现，也不同于巴金式的“忏悔”，不是自我精神的独语与反思。他的坦率，有着众人皆醉我独醒的清醒，有着自由之思想、独立之精神的坐标，也有着不回避、不伪饰自我的怯弱、顺从、无助甚至虚伪的直接剖析。生活的贫瘠和现实的惨烈，让他心里积蓄了太多批判厌恶的情绪以及挑战社会的冲动与勇气，但是母亲仁慈善良的言传身教，山东齐鲁文化培育出来的仁爱、忠厚、侠义之情，又时刻在用理解和宽恕来化解他胸中的激愤。两种力量的相互缠绕，造就了爱恨交织的莫言，愤怒悲悯的莫言，憨直朴实而又老道辛辣的莫言，诙谐戏谑而又沉默寡言的莫言，这正是莫言的两面性和复杂性之所在。

这是不是就意味着作家放弃了自己的社会责任感以及自己的“良史之忧”呢？当然不是，否则你就不会在他明知“言”的空虚与虚假中还看到他的炮语连珠与喋喋不休。

莫言的回避理性判断和道德指导，是回到了他对文学的定义和认识的根源，莫言在诺贝尔奖获奖演讲词中，以“文学无用”回答了文学和现实关系的问题，以作家的身份和角度确立了他的话语体系，而他的话语营造了他的小说世界乃至“客观世界”，他只为自我、只为文学代言。在这里，莫言回归了文学的本来意义和诉求，无关政治，无关伦理，也无关社会的启蒙与救赎。无疑，这与“五四”文学的精神是背道而驰的。陈思和在《在讲故事背后（代序）》一文中谈到，“他（莫言）把一切内心的痛苦、抗议和挣扎统统融入虚构的文学世界，极其丰富地创造了中国现实的真实场景和人性力量的复杂内涵，但是一旦走出这个明亮的文学世界则一团昏暗，三缄其口，真正做到‘莫言’了”①。

因此，在苦涩与甘饴交织的回忆中，莫言开始了写作，在纯真与稚拙的儿童视野下，莫言开始关注世界，但是他始终难以沉醉在那想象中的温柔乡里，他难以自欺欺人，他始终难以逃避在那童心童趣的美好世界中，现实如同恶狗一样追逐、催促着他的长大和成熟，因此，回忆的眼神闪动着现实的神伤，儿童的幼稚掺杂着世俗的老成。于是，这个矛盾的个体，或愤懑，或暴怒，或不平，或抗争，而面对现实的苦难与局限，一介文人只能退回到他的文本世界中去宣泄，这是文学的有用之处，也是文学的无奈之处。“言”与“不言”都是静默中的一意孤行。

莫言用回忆和童年开启写作，表面看来是一种回避的、虚构的人生态度，但是他的回忆与童年的“非常态”特点凸显了他对现实和历史的点评和审视。尽管清醒的理性一直在告诫他写作面对现实的疲软，但是有社会责任感和历史抱负的他还是忍不住流露出其直面社会的勇气和批判现实的决绝。他为弱者代言，感同身受的草根立场让他更关注如蝼蚁般生存的卑微者，他更加关注的是人的基本生存问题，也希望在历史的沉浮与无常中找到调适生活的积极态度

① 陈思和：《在讲故事背后（代序）》，见叶开：《莫言的文学共和国》，北京：北京大学出版社，2013 年版，第 2 页。

和顽强不息的韧性本能。轻松诙谐的叙述中有着莫言较别人更为沉重的忧患意识，形式上的轻松幽默与思想上的沉重忧虑的裂隙日益暴露出他的痛苦。在《姑妈的宝刀》中，莫言曾说："当时的乡村生活虽然清苦，但精神却比现在要愉快，现在真是完蛋了，成了一个对生活绝望的人，成为一个无病呻吟的废物。"莫言关注现实，他用儿童的狡黠叙述和传奇的梦幻想象来冲击现实，但同时也深陷现实无力改变的痛苦之中。为了揭露而开始的写作，在过程中却日渐显出写作对于现实的无力，于是一切归于讲述，由此来抒发温婉的抱怨，表达无法改造社会的挫败感，这里有"后现代主义"式的解构式寓言。这样复杂而矛盾的心理过程集中反映在莫言获奖后所说的"文学是有用的"和"文学是无用的"的辩证论中。

第五章

儿童视角叙事下的文化和思想建构

W.C·韦恩认为，任何一部小说都包含着作家的伦理诉求和伦理向度，这是文学创作不可回避的事实。一部小说“不可避免地包含了作者关于政治、宗教、情感、道德等方面问题的观念……作者写小说并不仅是为了让读者喜欢他讲的故事，或接受他所写的人物，同时还是为了让读者接受他这个人，接受他对某些问题的看法或基本的价值观念”①。叙事视角，作为作家艺术表现形式之一，同样蕴含着深刻的文化功能与思想意义，“视角的功能不仅可以表现独特的世界感觉，蕴含某种人生哲学和历史哲学，而且它的执着和独到的运用，可以导致叙事文体的变异与革新”②。因此，儿童视角叙事对于莫言来说，不仅仅是文本构成的故事，也不仅仅是对于人物形象的钟爱、对于艺术创作手段的一次试验与突破，更是作家伦理价值的外化形式和有效载体。

本书第一章主要就儿童视角产生的创作心理机制以及在作品中的主题、情感特征等内容从文本内容的表层进行了梳理；第二章则

① 李建军：《小说修辞学研究》，北京：中国人民大学出版社，2003年版，第30页。

② 杨义：《中国叙事学》，北京：人民出版社，1997年版，第197页。

从文学叙事学角度探索了儿童视角在莫言个性化文本中生成的内在艺术编辑系统以及表现形式。俄国形式主义学者认为“一切形式都是内容”，文学界和研究者总是力图从内容与形式的完美结合、互为表里、相互映现的角度来探讨小说叙事的合理性以及独特性，从而来开掘文本背后的深层意蕴。因此本书在第三章、第四章中分别从形象寓意以及作家视角等方面开始潜入作家叙事语言背后的文本思想内蕴。而在这一章中，笔者希望借助儿童视角叙事开启文本背后莫言的精神画像。

但是想要勾画出莫言的精神画像并非易事。因为他的叙事语调与叙事态度，他的叙事形式与文本内蕴，他的叙事立场与思想指向绝对没有传统意义上的一一对应、水乳交融，而更多地体现为内在巨大张力和反差所构成的裂隙。而且在莫言三十多年的创作生涯中，他不断地在强化这种裂隙，甚至这种裂隙直接构成了莫言文体的个性化特征。什么才是莫言的精神内核呢？是童年挥之不去的苦痛与快乐的纠缠？还是用乡土淳朴的原始精神对抗都市现代文明的虚伪与孱弱？还是用人性的张扬与炽热消解历史和现实的紧张与强大？都似是而非。莫言的作品总是将极端对立的两面糅合在一起，童年的回望也是成年的追梦，现实的直面也是历史的再现，死是生的延续，丑是美的变体，恬静优美中有着沉郁冷峻，嬉笑怒骂中有着旷达与宽容，一切都是在相互辩证中依存，万事变得扑朔迷离、难以捉摸。

这是莫言的精神世界，也是儿童视角所固有的特征，对于成长的孩子来说，世界是开放的，新奇的，充满变数、变动不居的。当故事在儿童视角下完结，一切意义归于儿童的一次游戏、一次逝去的成长宣言之时，我们从中感觉到作家的思想锋芒那样晦涩和难以复述。

莫言儿童视角叙事的选择，决定了他的叙述要尽可能地贴近、符合儿童的生理和心理特征，因此作品中内容和意义的格局不可能以深邃思辨的哲学意味来直接表现——这种传统批判现实主义的创作风格也是莫言这个“老百姓”作家所拒斥和颠覆的。如果说，这种叙事角度是莫言有意为之的选择，那么对人的表现、对人性的关注，书写人的历史、描绘人的生存场、探究人性的真实应该是莫言思想的精髓。沿着这条隐晦曲折的脉络梳理，莫言作品的形式和内容有了曲径通幽、一脉相承的内在一致性。

第一节　儿童
——“个人”的历史话语

历史与文学向来是一对孪生兄弟，如影随形。新时期以前的历史文学创作，无论是“十七年文学”中的红色主流话语，还是新时期初期“伤痕文学”“反思文学”的历史沉思，无论是慷慨激昂乐观的奋斗史，还是悲悯感伤的自省史，都一致性地表现出对于历史唯物主义进步观的理性坚守以及在宏大历史事件中对意识形态权威化的强化。

对于新时期的作家来说，意识形态化的消弭固然解放了文体的束缚以及传统写作规范的制约，但是当历史以无序、含混不清、无理性的姿态出现时，对历史的书写也同时面临着新的考验与挑战。进步的、理性的、乐观的历史观和历史叙述随着“先锋小说”和“新历史主义小说”的出现开始松动并逐步瓦解，整体性、规律性和必然性的历史过程演变为破碎的、无序的、偶然的记忆碎片。

黄子平认为，“新历史主义小说”的出现“深刻地改变了我们想象、虚构和叙述历史与现实的方式……文本秩序与社会秩序的建立、维护与颠覆，同样成为20世纪中国历史最令人眩惑的奇观”①。陈思和认为，“新历史主义小说”之所以“新”，就是不同于以前对历史的固定解释。王尧认为，以往用“写‘正史’的方式来解释叙述历史”现在看来大多是失败的，而“用‘野史’的方式来写小说却是另外一番景象”②。

《红旗谱》被奉为“革命英雄的谱系”③，讲述的是草莽英雄朱老忠从无意识的个人复仇者成长为现代革命者的过程，在其成长过程中也彰显出个人的自我局限性以及阶级、集体对于个人引导和教育的重大意义。总的说来，“革命历史小说”的叙事意义在于，将个人的、无组织的、无意识的、私欲的、盲目的抗争归纳到集体的、自觉的、有组织的革命斗争中去，只有在“大格局”的阶级立场、国家集体主义、主流思想意识等的引导和作用下，个人才具有意义，才能在顺应“历史潮流”中取得成功。

但“新历史主义”的发展线索却恰恰与之相反，它立足于人本主义，以个人的、家族的立场和视角为叙述的出发点和主题的核心点，以人物的命运而非意识形态化的先决设置，推动故事情节的发展。需要强调和突出的是，这里的个人并非是“高大全”的“典型”英雄，他们只是普通的、有血有肉的、优点突出、缺点显著的活生生的生命体。对人性与生命的极致崇尚，使阶级、革命、历史、意识形态等因素成为外在于人物生存环境的一种客观存在，显得黯然失色。

“新历史主义”对于人本主义的推崇，对于个性化叙述的倚重，

---

① 黄子平：《“灰阑”中的叙述》，上海：上海文艺出版社，2001年版，第4页。

② 莫言、王尧：《从〈红高粱〉到〈檀香刑〉》，载《当代作家评论》，2002年第1期。

③ 胡苏：《革命英雄的谱系》，载《文艺报》，1958年第5期。

为儿童视角叙事深入到历史题材领域，想象历史、书写历史提供了可能，也由此显现出别样的艺术风格和思想深度。卡罗琳·斯蒂德曼（Carolyn Steedman）在其1994年的英文专著《奇怪的错位：童年与人类学的概念，1780—1930》（*Strange Dislocations*：*Children and the Idea of Human Interiority*，1970—1930）中提出"内心是一个孩子"这一文化想象的文学、科学及社会话语系统，她系统分析了个人化的"儿童"具有"历史"和"深度"的意义。

儿童视角本是一种封闭性、隐私性、边缘性的个人视角，而社会、政治、文化以及历史的主题显然是一种更为开放性的、群体性的场域与话语空间，在人类社会发展史上也一直居于社会的核心主体地位。在百年中国文学史上，20世纪30年代的"左翼文学"、40年代的"延安文学"，甚至是新时期的"改革文学"和"伤痕文学"无不见证着作家竭尽全力消解自我、融合集体和主流的努力与企图。传统的历史叙事，遵循严格的现实主义原则，叙事上讲求客观真实，有史有据，思想内涵上讲究意识指导行动，历史潮流不可逆转，因此强化外在事件的客观真实性，而弱化心灵思想的独特感受。在人与历史的关系中，人不过是历史洪流中转瞬即逝的一朵浪花，在历史的坐标中没有自身存在的位置。然而20世纪80年代中后期，用儿童视角这种低智化、个性化视角来进行历史书写和历史想象，从叙事学角度来说，就是一种叛逆与革命，它"打破了这种叙述话语的客观真实性，建构了一种从主观视角观察透视历史，用现实的主观感受来反映历史的叙述话语"①。

以儿童视角来讲述家族史和"新历史"的小说，借助视角的边缘化特征更好地传达了区别于传统历史小说的以人为本的历史理念。

---

① 易文祥：《试论近20年小说中少儿视角的建构》，载《嘉应学院学报》，2004年第2期。

儿童视角重直觉、感性和非逻辑判断的“去蔽性”特征使得历史从传统的教科书中走出来，在“宏大叙事”的消解中，历史呈现出来自个体的、小人物的、思想懵懂的弱者的自我感悟。儿童视角叙事描述出来的历史呈现出片段化、感性化、细节化的特征，由此历史背景、历史事件被虚化了，想要按照传统的“典型论”去寻找人物活动和心理背后的某种规律性的东西成为徒劳，通过儿童似真似假、似清醒似糊涂的诉说和视角观察显现出的历史也是亦真亦幻的，是主观性极强的历史。但这并不是作家写作技巧或者说思想价值观上的不成熟所致，恰恰相反，它集中体现出这一代作家的深刻所在，他们在“诉说历史的同时，时时让人感觉是一种现时状态中的观照，一种现在对过去的追忆和探寻，在类似对话情境中完成了对历史的进入，这是对以往集体经验中的史诗性和正史小说的反拨与颠覆”①。可以说，正是在儿童视角轻松、诙谐、随意、唐突的叙述中，历史开始从神圣、冰冷、沉重的祭坛走下来，演绎关于生存、生命、人性的历史“具象”感悟。

对于历史的叙述始终是莫言写作的重要维度。从绚烂纷飞的《红高粱家族》到沉重唏嘘的《丰乳肥臀》，从毛骨悚然的《檀香刑》到事事无常的《生死疲劳》以及诘问灵魂的《蛙》，这几部作品可以说贯穿了中国现代性的历史。如果以时间为序整饬的话，《檀香刑》《丰乳肥臀》《生死疲劳》和《蛙》谱写了中国 20 世纪的百年历史，莫言以他鲜明的个人风格，洞察并书写着 20 世纪中国历史的创痛与沉重，与此同时也承载了这样痛苦艰难的精神之旅，发出自己解读历史的声音。

在新时期的作家中，余华也善于写个人的历史。但他的小说往

① 汤红：《论二十世纪八十年代以来当代小说中的历史叙事》，载《暨南大学研究生学报》，2004 年第 5 期。

往不会清晰地告诉你故事发生的时代背景，无论是《活着》中的福贵，还是《许三观卖血》中的许三观，他们的生活轨迹与命运放在任何时代下都不会对叙事的主旨有太大的影响，因为在余华看来，普通人都是被不可超越的命运主宰的，因此，他关注的是命运，不是历史和时代，他的作品中有着命运的厚重与深刻，却没有历史的负担和黏着。余华想要通过短暂的人生来僭越累赘的历史，他想获得的正是超越苦难、超越历史现实后的存在主义精神。而莫言的历史却永远是个人存在的底色。

《红高粱家族》这部早期作品，从文学史的角度看，既是“寻根文学”的终结，也被视为“新历史主义小说”的重要源头和代表作品。《红高粱家族》作为“新历史主义小说”的源头的意义在于，它颠覆了传统“革命历史主义”小说对世界和历史的解读方式和观察立场。“新历史主义小说”取消了对世界的确定解释，曾经构成“革命历史题材”小说的绝对因素革命阶级、革命立场和历史理性都黯然失色，取而代之的是人的欲望和暴力推动历史的走向，私欲化的历史、荒诞不经的历史的呈现和书写。与传统的历史主义小说不同，莫言作品中的大事件、大变动并不是人物命运、故事情节进展的鹄的，相反，莫言一直坚守小说是探索人物命运和性格的艺术形式，他将个体作为中心，人物对历史创痛的感受和记忆，用个体的经验来传达，用个性化的语言和叙述方式来表现。历史与人性以特殊的生存方式胶合在一起，荒谬动荡的历史与复杂多变的人性激烈地撞击，小说从意识形态到文体以及语言都获得了自行其是的大解放。

《丰乳肥臀》这部透示中国现代百年历史的文学巨献，在动荡纷乱的历史中交织着悲苦凝重的命运，然而天马行空、肆意挥洒的叙述风格在厚重的历史叹息中激荡着生命的飞扬与坚韧，那是悲与痛的苦吟，更是生与死的赞歌，是不屈生命的绝唱！作品在开篇就大开大合，仅用9章共34页的篇幅，让一个家庭、一个民族、一个时代、一个人的命运随紧张的气氛、急促的叙述、跌宕的情节席卷而来。生死的交响变奏曲将众多主要人物推出舞台，粉墨登场：母驴要生产，上官鲁氏要生产，司马库豪气冲天火烧蛟龙河大桥，日本鬼子荷枪实弹打进村子，新生命的呱呱坠地伴随着父辈的人头落地，开合跌宕的情节，错落有致的层次，绵延迅疾的叙事，厚重而飞扬。

这部浩荡的民间历史不再将简单的历史正义作为书写的目的，而是要将历史归还给人类，将历史的正义还原给生命的正义。小说虽然在宏大、尖锐的时代历史背景下铺开，但是并未按照历史的轨迹驰骋开来。在民族危亡、家族灾难的交织中，家族命运的戏剧化更多地呈现出个体生命在历史浩劫、民族灾难中的生存状态。日本人扫荡村子是小说的序曲，然而传统叙事题材中群众的奋起抗击与侵略者的野蛮残忍的主题构架却不在莫言的构思范围。相反，纷飞的战火、荒诞的政权更迭并不能动摇上官鲁氏这个伟大而平凡的女人强大的生命繁衍力和顽强坚韧的生命力。正是这个丰乳肥臀的女人，养育了九个儿女，历经命运捉弄、战争侵害、政权更迭，她用坚韧正直的人性承载着苦难，她用弱小卑微的生命书写着生命的尊严，她不但是这个家族的灵魂人物，更是屹立于历史、时代之上的精神丰碑。

《生死疲劳》描写了中国乡村从土改、中华人民共和国成立到改革开放的半个世纪的历史。暴力与革命、激情与凶残、固执与油滑、理想与生存纠结整合为一体，辉煌光鲜的一面伴随着黑暗残酷的另一面，激进的改革，浮躁的人心，阶级的分明，人性的堕落，西门闹由人变为畜生的“变形记”，是人的变形记，也是历史的变形记，阶级的变形记。尽管作品仍旧依靠严谨的时间脉络来组织篇章，历史的纹理清晰明了，但是通过以动物为感受体，走过历史，描述历史，对生命巨细靡遗的想象和记录，历史在每一个起承转合间都有了新的注解和意义。佛家的禅悟：“生死疲劳，从贪欲起，少欲无为，身心自在”，吸纳并涵盖了20世纪50年代到90年代的社会主义革命，现实中的生生世世，历史与故事的遭遇与剥离，正如同人生的舞台，在飞扬时衰落，在结束时开始，循环反复。历史的边界和神圣性已经遭到瓦解，留下的更多的是历史的荒诞和悲剧。

在莫言的历史叙述中，从儿童视角究竟看到了什么？

莫言通过儿童视角重新建构了“另一个”时代和历史，不同于“官方舆论”的历史，不同于历史教科书中的历史。事实上，我们对于历史的描述与评判总是一种“后知后觉”，某一历史事件无论在后人看来多么重要、具有如何巨大的影响力，对于生活在当时当地的人们来说都很难觉察出来，切近的目标以及为了切近的利益而采取的实际行动才是时代存在的当下意义和真相。而历史，不过是在事件、教训、经验之后的理性规约，也只有在时间和距离的疏远中才能够显现出它的面目，而这面目，带着时间的痕迹，带着民族、阶级、利益以及个人好恶的情感色彩，已经不再有真实和原初的样子。

莫言总是用追溯往事的方式回到儿童生存的年代，用儿童的眼光来看待历史，那是一种感性的印象呈现，是历史的“当下”呈现。张伟栋认为，只有在“年代学”的历史框架里，我们才能真正将研究与历史的关系有效地建立起来，因此他提醒我们应该重视“年代学”的研究。哈布瓦赫的集体记忆理论也特别强调记忆的当下性，他认为人们对“过去”的描述并非是客观实在的，而是基于自己当下的理念、利益以及价值判断下的信息选择，所以，他强调将“过去”还原回“过去”本来的样子，“作家的写作一辈子都花在如何处理自己的‘历史记忆’上，不管他的写作又如何受到当时知识界、思想界和时代氛围的影响”①。

回到儿童的“当下”时代和历史中，我们看到这样的“70年代”图景：

> 小石匠和黑孩悠悠逛逛地走到滞洪闸上时，闸前的沙地上已集合了两堆人。一堆男、一堆女，像两个对垒的阵营。一个公社干部拿着一个小本子站在男人和女人之间说着什么，他的胳膊忽而扬起来，忽而垂下去……黑孩看着刘副主任那宽阔的嘴巴，那构成嘴巴的两片紫色嘴唇碰撞着，发出一连串音节……②

这里没有20世纪70年代中国乡村那政治激情高涨、人民生产干劲十足的“合作化”图景，而只看到乡村的秩序无常与混乱荒芜，人民的懈怠、松散与无奈。

这是黑孩眼中的无意识混乱，是黑孩眼中的迷惑无知，但也是作家莫言眼中的“20世纪70时代”图景，是成人以后的莫言的永久记忆，也是他的深思熟虑和历史判断。莫言让小说中出现的人物用他们的行动来言说历史的图景。“悠悠逛逛地走到滞洪闸上”，显现出以黑孩和小石匠为代表的“公社社员”消极怠工的精神状态，“出官差”不过是一种强制性手段，不仅没有调动起农民的生产热情，反而培养出权力欲望无限膨胀的“刘副主任”，在黑孩的眼中不过是“胳膊忽而扬起来，忽而垂下去”，“嘴巴的两片紫色嘴唇碰撞着，发出一连串音节……”的形式化表现，毫无实在意义。

莫言这样写究竟要表达什么？在漫长的封建奴隶社会中，雇佣

---

① ［法］莫里斯·哈布瓦赫：《论集体记忆》，上海：上海人民出版社，2002年版，第86—87页。

② 莫言：《透明的红萝卜》，见《莫言自选集》，海口：海南出版社，2009年版，第190页。

与被雇佣的私有制生产方式已经成为一种行之有效且相对稳定的生产模式，但这种长期稳定的社会生产模式在1949年的“土地改革”中走向解体，继而被“互助组”“合作化”“人民公社”等新的生产方式所替代。而事实证明，这是一种效率低下的劳动方式，一种劳动热情低落的文化形式，它间接导致20世纪70年代最深刻的“历史记忆”——饥饿。这种历史的现实描述在小说《生死疲劳》中也有深刻的反映。一直单干的蓝脸，用最为简陋的生产工具，夜以继日地耕耘着“属于”他的土地，而公社社员们为着“工分”滥竽充数地出现在田地里。饥荒来临时，颗粒无收的社员们砸开蓝脸的门抢光了他的粮食。那么究竟是“单干”好还是“合作化”好呢？

《飞艇》描写的是吃忆苦饭仪式。“忆苦思甜”本是在对过去艰辛生活的回忆中反衬现在生活的幸福美好，然而这在七老妈的滑稽叙述中显现出另一面：

> 乡亲们呐，自从嫁给了方老七，就没有吃过一顿饱饭，前些年去南山要饭，一上午就能要一篓子瓜干，这些年，一上午连半篓子也要不到了……要饭的太多了，这群小杂种，一出村就操着冷的娘，操着热的爹，跑得比兔子还快，等我到了那儿，头水鱼早就让他们拿了。[①]

莫言用儿童化视角不仅从人本主义角度开启了“人”的历史，而且儿童所具有的祛魅性、原初性、直觉性都使得他的叙述构成了对“宏大”“主流”历史的颠覆性叙述。当我们回到童年时，我们也就回到了历史本身，当孩子用自己的未受世事浸染的眼睛看待“当下”时，杂乱、纷繁在所难免，但也同时开始企及历史的真实。

莫言的“儿童视角”在表层意义上是与“现实”游离的，但在

① 莫言：《飞艇》，见《莫言文集》，杭州：浙江文艺出版社，2000年版，第47页。

文本的内涵和创作的心理机制上却是相互交融、互为表里的。莫言连接二者的渠道是隐蔽的、潜在的，甚至是背道而驰的。他用感官而非理性，他用冷漠而非愤怒，他用“关闭”而非“连通”来反映现实。回到历史——用年代史来研究、还原历史真相，确切地说，回忆不是对具体事件的回忆整理，当然这里不乏现实主义的批判精神，但更多是一种“情绪记忆”，延绵不断的情绪记忆，在现实的触发和激活中，激荡开来。这样的一种视角，更容易切入历史的本真。

选择儿童视角这样一个贴着大地行走的“仰视”视角，让当下的“我”与现实对话，回忆中的“我”与反思沟通，用稚嫩单纯的眼光力图消解全知全能叙述的权威性，借此逃避强大的历史既定逻辑。莫言总是在低处如同蛤蟆般运气，这是对唠叨的语言、纷繁的叙述的自信和胆略，他从容而自由，机智而幽默。莫言强大的叙事能力和创新精神彰显无遗。

中国“新历史主义小说”是在“寻根小说”对于乡土风俗的现代观照的精神营养中孕育的，却以“先锋派”的革命文学形式表现出来。他融汇了“寻根小说”的题材视域，承接了“先锋派”的语言叙事革新，同时也深入到“新写实小说”的日常人生考量中来。其中，“先锋派”的怀疑精神和不可知论赋予了“新历史主义小说”特殊的历史理解和态度。蔡翔说：“终极性真理的消失，使个人获得探险的权力，因此，先锋小说大都具有一种类探案的性质结构。在拒绝了对世界的经典性诠释之后，个人面对的，就是一个扑朔迷离的历史遗案。他返身其间，却又深深地感到真实性的不可能把握，这时，历史就成了一座迷宫，左冲右突，不得其门而出，每一次探险都以失败而告结束。”① 于是，在后现代主义、先锋派文学的革新意识影响之下，“新历史主义小说”不再有高度理性和确定的世界观

① 蔡翔：《诘问与怀疑》，载《当代作家评论》，1993 年第 6 期。

和历史观，它们更侧重把握历史的模糊性和不可知性，在对历史的叙述与穿梭中，历史成了一座迷宫。

儿童视角的游戏精神有效地传达出历史的荒诞与无序。儿童视角下的历史叙事，叙述者不再满足于传统历史小说的模式隐藏在历史幕后，而是以儿童的身份和口吻直接讲述祖辈们的生活，介入祖辈们曾经经历的历史事件，叙述者在文本中不仅是文本的讲述者，更是历史的积极参与者和对话者，他自如地穿梭在过去与现在的时空中，驰骋在想象与现实的经纬中，叙述者毫不避讳作为儿童叙述者的幼稚与轻率，也并不有意遮掩“我”的存在和主观见解的渗入，甚至在文本中直接以“我想”“我猜想”“我以为”等主观性极强的轻佻口吻来叙述历史，这正是历史的断裂点，也是历史的悬疑处。这是对传统叙事话语的革新与颠覆，也是自由伦理个体叙事对人民伦理的大叙事的超越。

《丰乳肥臀》这部史诗浩荡的小说是在上官金童这个孩子的视角下展开叙事的，在孩子不谙世事的眼光里，被意识形态严格划分的阶层并没有绝对的区分，他们只是一个个活生生的人，甚至在特定的时代和社会背景下，戏剧性地倒戈逆转也是自然而然的。黑驴鸟枪队队长沙月亮以抗日英雄形象登场，最后成为日本的走狗；无恶不作、杀人放火的日本侵略者杀光了上官家的所有男人，却救了难产的上官鲁氏和一对新生儿……个体戏剧性的人生闪现着历史的无常与非理性。在作家看来，所谓的正义、真理与崇高等价值追求，不过是意识形态强加给生命个体的标签，有的人在它的奴役束缚中终结一生，而有的人则用莽撞率性书写自己的历史和人生。莫言属于后一种，他让一个永远长不大的孩子来讲述战乱年代中一个家族的命运变迁，以“后退”的姿态和视角完成进攻式的颠覆与瓦解，这是作者在叙事上的智慧。上官金童这个有着强烈恋母情结、恋乳癖的白痴、废人，却有着非凡的直觉领悟力，正是因为他的“无知”才使得他获得了传统历史定义范围以外的细节和理解，他的幻想与胡言乱语让他直接切入历史的本真状态。

在《生死疲劳》中，当西门屯村所有的人都在历史的大潮流中翻涌，脱胎换骨地积极成为“新人类”而加入合作社、集体主义之时，蓝脸却执拗地走在单干的独木桥上。一方面知恩图报的乡村淳朴伦理让他在暗中延续着西门闹的精神立场，另一方面朴素的生活常理“亲兄弟都要分家，一群杂姓人，混在一起，一个锅里摸勺子，哪里去找好”①，也让他从心里抵触合作化道路。而代表着“新思想”“新意识”权利阶层的洪泰岳由此开始了与蓝脸长达30年的对抗与斗争。当蓝脸以他的隐忍和执着默默承受着来自集体主义以及洪泰岳施加的巨大压力，盼来了30年“大包干责任制”之时，一向顺应时代潮流、拼命追杀蓝脸的洪泰岳却濒临崩溃。“新道德”一旦失效或过时，被控制的集体人就瞬间丧失了身份的认同感和一以贯之的立场和态度，成为被时代和社会远远抛弃的迷失一代。由此可见，历史不仅对于蓝脸这样的独立个体是残忍的，而且对于洪泰岳这样的曾经的集体主义者也是血腥的。历史的选择就是一场无序杂乱的非理性偶然行为。

这样的荒谬同样出现在“我”眼中的姑姑身上（《蛙》）。曾经被誉为送子观音的姑姑，在计划生育的“新意识”指导下努力工作，在两者的巨大反差中，姑姑没有任何情感和理智上的不适。最终，姑姑在夜晚无数青蛙的追赶与攻击臆想和恐慌、内疚中几近疯狂。《檀香刑》中的赵小甲，也是一个白痴儿童，他的叙述同样提供了另外一种观照历史的视角。

因为儿童视角的使用，莫言摆脱了历史的理性成规黏着，也回

① 莫言：《生死疲劳》，北京：作家出版社，2006年版，第68页。

避了历史的正义所在的形而上纠缠，他总是在历史的沉浮中打捞人性的碎片，并用文学的手段打磨和撞击这些碎片，他的作品有沉重的历史现实感，但又避免重塑历史的冲动与野心，保持着“去历史化”的游戏精神。儿童视角叙述的“游戏精神”，似真似幻强化了小说叙事中的虚构性，读者越来越意识到任何一种表达都是叙述者随心所欲的偶然性和从自己立场、情感出发的局限性表达。正是基于这种文学写作观以及对叙述语言的体认，莫言在儿童视角的建构中，找到了判断现实和把握历史的安全方式。

所以，赵毅衡说：“真理性不在历史之中，而在历史之外，在历史的语言无法够及的地方，在历史文本的反面。”① 在历史语言无法触及的地方，个人化的视角、个人化的言说方式以切实可感的方式挺进历史的解读之中，那种“本色化”、琐碎而缺乏哲理空间的经验呈现开始走进历史的中心，也成为重返人性的起点。

尽管，我们可以以“个人化”的体验方式来书写历史，但历史的现实与残酷却并不会因此而显现出温情的一面，“偶然性”的历史总是在不经意间让生命支离破碎、无力回转。陈晓明在《表意的焦虑》中指出，“新历史主义小说”的叙述特征，即“在公与私之间、个人记忆与集体想象之间发生分裂的当代文学叙事，总是试图用个人记忆替代历史虚构，但个人记忆总是抹不去依然保持的历史语言，这使得‘个人化’叙事又部分地打上了民族—国家的烙印”②。于是，当代文学叙事本质上是在一系列内在背反而富有张力的符号体系下的叙述。

与传统历史主义观念注重线性历史、理性先决、意识指导意义

---

① 赵毅衡：《苦恼的叙述者——中国小说的叙述形式与中国文化》，北京：十月文艺出版社，1994 年版，第 237 页。

② 陈晓明：《表意的焦虑——历史祛魅与当代文学变革》，昆明：云南人民出版社，1994 年版，第 388 页。

作用不同的是，莫言的小说更多地强调的是历史的偶然性。个人总是在无意识中参与到历史的书写与建构之中，被推上了历史的“主体”地位，从而建构了历史的本质，而这一历程却是在无意识与偶然中环环相生的。《檀香刑》中的刽子手赵甲，施刑对他而言只是一种强烈的职业意识和个人自我价值的体现方式，甚至更为直接地说只是一种赖以谋生的手段而已，然而历史却赋予他的刑具以发展的意义空间，虽然他无法也无意决定历史的走向，他只是一介草民，但是历史的走向却通过他的手得以实施。每个人都既是当下的人也是历史的人，每一次历史的重大选择都是当下的人的不知所措和心血来潮，而每一次历史的定格和影响都在后知后觉、时过境迁的必然性逻辑中将无数的凡夫俗子推向“主体”的自觉选择道路。

《丰乳肥臀》以民族危亡、家庭灾难和新生儿的诞生拉开序幕，在历史的跌宕起伏、戏剧变化中，个人总是那难以逃脱的承担者。母亲上官鲁氏，用她的丰乳肥臀养育了九个儿女，也承载了与之相关的各种政治、阶级、势力的倾轧与迫害，她用自己顽强的生命力，守护了儿女，也守护了自己的生命尊严。上官金童，终其一生恋乳，心无他念，与世无争，本是一个极度软弱的个体，但历史和现实并不会因为他的放弃与逃避就赦免他，他的无能只会让他在历史的残酷中更加万劫不复。《生死疲劳》用六道轮回转世书写历史之记忆，生命之疲劳。西门闹每一次戏剧化的动物转世都带着深刻的原初为人的记忆以及强烈的复仇情绪，但是经历了多次转世之后，种种往事日渐淡薄。西门闹转世为猪时，复仇与愤怒的情绪已经开始在猪随遇而安的性情中淡漠，而到了转世为猴子和大头儿蓝千岁时，已经只剩下生命的疲劳与叹息。“小说的深刻之处在于，把个体生命置入惨痛的历史之中，这样的历史并无正义可言，也不再是具有神授本质的某些正义事件。在这里我们看到的只是个体生命被历史的大小事件所瓦解。”①

《拇指铐》传达的“每个人都是历史中的‘无辜者’”主题深得鲁迅的文风和精神。小说讲述急于为母亲抓药治病的阿义，在奔跑的路上，毫无缘由地被铐在树上不能脱身的故事。这是一个“无辜者”的故事，从表面看来，故事被寄予了对弱小者的同情和怜悯，但从深层来说，故事更多的是在讲“无辜者”在社会、历史中行进的茫然无措、不得要领。所有的灾难、打击、误解、残害和漠视无因无果、纷至沓来，来不及躲闪也无从回避，如同鲁迅先生的寓言和讽刺一样，生活就是随时毫无缘由地被“吃”。革命者夏瑜的慷慨就义并不是为着被当作“人血馒头”来“救命”；魏连殳，因为个性独特所以走在孤独之路上难以存活，而为着“活下去”走上做杜太师顾问的辉煌大道的他，却最终在灵魂的分裂中走向死亡。如果说，鲁迅也对那“漆黑的夜”深怀绝望，但他还有为国民开出“警示”药方的勇气和希望的话，莫言则没有承载那么抽象的命题与意义，他只是从个体遭遇的角度表达对生命、人性的困惑、愤怒和无奈。童话般的梦境和幻想是他得以舒缓和慰藉的唯一出口，小说结尾处，阿义看到一个小小的赭红色的孩子从自己的身体里钻出去了，“他呼唤着母亲，歌唱着麦子，在瑰丽皎洁的路上飞跑”，“他扑进母亲的怀抱，感觉到从未体验过的温暖与安全”②。

历史的力量如此强大，改变着弱小者的生命轨迹。但是尘埃落定之后，历史又在人性面前走向了消解和虚无，人性的谬误与命运的悲剧来源于历史，但最终强大的历史也化为乌有，正如《生死疲劳》中所说：“一切来自土地的都将回归土地。”③

正是因为暴力的无处不在，罪恶对人性的践踏和摧残无时不有，

---

① 陈晓明：《在地性与“越界”》，载《当代作家评论》，2013 年第 1 期。

② 莫言：《拇指拷》，载《收获》，1998 年第 6 期。

③ 莫言：《 生死疲劳》，上海：上海文艺出版社，2012 年版，第 382 页。

生命的存在越发显现出脆弱与绝望。如果，命运终归是不可抗拒的宿命，历史终究是一场闹剧，那么将叙述的视点回归到人最初的儿童时期，甚至进一步退化至如《生死疲劳》中的动物视角，是莫言对于生命的自我意识和历史存在意识的细致微妙处理，他用儿童的眼光来重新发现和解释，也用儿童的思维来批判和解构历史的本质主义，这是莫言对人性的洞悟，也是对历史的还原。当莫言穿透了命运的玄机、历史的真相时，他的叙述才开始变得肆无忌惮、胆大妄为、轻松诙谐，这是一种举重若轻的策略，也是一种四两拨千斤的智慧。

那么，人就只能困在历史的牢笼中了吗？莫言关于个人对历史的感悟和承载有两个维度的表达：一方面是用生命力的高扬来抑制来自历史的打击，这在早期创作中有鲜明的体现。在《红高粱家族》浓郁的浪漫主义风格下，作家认为旺盛的生命力、“酒神”精神具有势不可当、坚不可摧的战斗力，这样的内在生命力的弘扬是抗击外在环境和历史的决定性因素。《丰乳肥臀》中的母亲上官鲁氏也用她单薄的身躯承载了百年中国的苦难历史。但是用生命力的激昂抑或坚韧来注释历史又因浪漫精神有余而现实力度不足而略显单薄、片面，莫言对历史的思索似乎更为深远。莫言更加深刻地认识到历史对人性摧残和变异的残酷性，弱小的知识分子虽未能扭转乾坤、改变历史、改变现状，但胸中的激愤之情总要在创作中发泄出来。于是莫言以第二个维度来阐释历史与人的关系，即在困顿的苦难、荒诞的历史存在中仍旧有着对生命的坚守与崇尚。但这已经不再是初期创作中盲目的浪漫主义情怀，是在沉重沉郁、悲悯苍凉的历史中的升华，是在现实打磨、精神历练后的凤凰涅槃。莫言将历史的书写还原为人的历史，甚至是弱者的儿童的历史，用生命的本真体验、日常的生活经历去触摸历史的脉搏，历史的无常与残酷，更加显现出弱势群体的卑微与渺小。如果连历史都是荒诞无理的，人之生存的意志和信念又何所畏惧呢？因此，理性的光辉、救赎的方法再次回到对生命力的张扬，对顽强生命的赞美！无论是承载的人生，还是戏谑的人生，都是人物对历史的超越。

《生死疲劳》中西门闹从阎罗殿投胎转世不能自主，西门金龙以满腔热血迎合历史曲意逢迎不能自已，执着的“革命派”洪泰岳在历史的无常更迭中醉问世间人道、郁郁寡欢。在无常的人生、无序的历史中，人是那样渺小无助，我们都是一些“小人物”，历史鬼魅地一笑，人世险象丛生。而小说的灵魂人物蓝脸，正是以他的死理、他的“一根筋”捍卫着自己在历史中“小人物”的角色定位和生存真理。这是作品深层传达的意蕴，一轮皎洁明月，半边冥界蓝脸，一世单枪独马，深深扎根土地的坚定执着，让历史风雨飘摇，无奈兴叹。人，僭越了历史，嘲弄了历史；人，在历史的环境中，自有自足自在的生存空间。

尽管，莫言总是以儿童这种戏谑的语言、游戏的态度、玩闹的形式来处理历史，但是他的历史观却并不因此而流于混沌和无序，在对传统历史正义的质疑与颠覆中，他始终不放弃的乃是人间的正义和人性的正义。他深知历史正义性的权威地位有多么强大，因此在写作之初，他的历史观就已经站在了对传统历史观挑战的位置上，这一立场让他无所顾忌地用夸张、反讽、戏谑、感性的叙述形式包裹主题意义上的强大批判性，用语言的洪流来冲击强大的历史成规。“他既抓住历史中的痛楚，又以他独有的话语形式加以表现，甚至不惜把自己变得怪模怪样。而历史只是在话语中闪现它的身影，那个身影是被话语的风格重新刻画过的幽灵般的存在。”①

① 陈晓明：《莫言长篇小说〈生死疲劳〉》，见张清华主编：《看莫言》，武汉：华中科技大学出版社，2013 年版，第 267 页。

以“儿童”的方式讲述历史，使莫言的历史小说获得了独特的历史观和思想内蕴，他将沉重的历史与戏谑的艺术表达融合在一起，他将历史的正义性与进步性消解于生命力的张扬与宇宙的浩瀚无穷中，他将现实的残酷与真实放置于经验的荒诞与虚无中。“儿童”讲述的历史，是一曲古朴真诚的童谣往事，也是一段扑朔迷离的荒诞寓言。

第二节 儿童
——“百姓”的民间话语

对于个人来说，经由回忆的通道再次回到童年，是一次自我的精神之旅，那么对于具有社会责任感的作家来说，这样的精神之旅恐怕也有着文化“寻根”的尝试与探索。莫言将这场精神与文化的寻根建立在对自己的故土——高密东北乡的再次回归与发现、对“民间”资源的重新发掘上。在弱势群体、边缘性代表方面，儿童视角与民间视角有着内在的精神一致性，儿童视角叙事正是站在民间立场本位的“百姓”写作。

中国文学对于民族文化的探讨，一直以来都是在现实主义写实与浪漫主义想象之间展开的。一方面，民族文化传承自“五四”新文学以来国家民族主义的强大影响，通过民间、民族传达来自中华民族的精神底蕴，这无疑是具有精神想象和理想规约色彩的；而另一方面，立足民间的“自在”形态，回归到真实存在的民间生活，寻找民族文化的原初动力是民族文化的另一发展方向。

1940年，毛泽东在《新民主主义论》中提出，中国文化应该有自己的“民族形式”。在延安讲话中，他进一步深化中国风格、中国气派的文艺理念。但这种“本土化”“民族风”的强调更多地体现为意识形态主导下的理念诉求，而忽视了培养实际创作中的现实土壤，因而存在先天的局限性。首先，这种“本土化”的民族主义美学观念具有盲目自大的“排他性”，未重视与外来的文学以及艺术方法进行交流和学习，并在世界文学的整体环境中确立和把握中国文学的地位和风格；其次，这一时期，对中国文学传统与美学要旨的评估和界定具有“片面性”，在对“本土化”和“民族化”的内在追求中，片面夸大了其中“土”与“俗”的形式意义，注重构造故事、塑造环境、刻画人物等传统技法，中国文学传统中积淀的美学思想则被忽视甚至被刻意地剔除。

进入20世纪80年代，思想解放打开了中国文学禁锢已久的自我封闭和顾影自怜，外来文学以及艺术形式的影响和交流在很大程度上影响了中国“民族化”的建构。随着思想的解放，中西文化的交流以及“以人为本”的文学立场的重新确立，20世纪80年代现代主义规范逐步向现实主义文学规范发起挑战并确立其主导地位，曾在中国当代文学中占据重要地位的“典型”理论也开始逐步走向瓦解。但是来不及系统梳理外来资源的历史与脉络，直接搬用当下最为炙手可热的文学理论和创作模式，用西化的人文精神和叙述方式以及语言来构造中国人的历史，全球化的眼光是有了，本土化的精神却遗失了！

“寻根文学”正是在这样的时代背景下诞生的，它注重将个人记忆放大到集体的、时代的和民族的记忆来讲述关于家族、国家以及民族的历史。曾经是以个人与自我经验来映现历史和社会的发展，到了“寻根文学”演变成了更为宏大的国家、民族与当代思想和当代思潮的对话，中国作家要面对的是如何对待中国传统的问题，如何评价和取舍传统文化的问题以及怎样寻找中华民族的性格和发展路径的问题。这种站在国家、民族角度思考文学的出路的主观愿望是值得称赞的，但是事实上，20世纪80年代中期，“寻根文学”所建立的集体统一性意识形态写作已经难以维系其共同性，意识形态的解体与分离已经成为大势所趋，而自发性、个性化的个人书写必将成为当代文学发展的必然趋势。因此，“寻根”的意义也从宏观的、形而上的思考转向了日常的、生活化的经验世界。“新时期”文学变革中一个异常鲜明的特色就是民间文化形态进入到知识分子精神建构以及民族寻根的写作场中，出现了如张炜、韩少功、余华、莫言等一大批“民间写作者”，他们用“民间”释放了关于民族、国家等宏大主题的历史压力，也用“民间”开辟了个人话语的书写空间。

1986年《红高粱家族》发表，这是莫言个人创作质素与文学历史时代发展变革的不期而遇。从创作动机上来说，莫言并没有“寻根”的直接意图，是“寻根文学”的一次意外收获，但也是中国当代文学发展的一种必然结果。“高密东北乡”是莫言对“民间”的具象化书写。莫言的小说中最早出现“高密东北乡”这个词是在他的短篇小说《白狗秋千架》中，“高密东北乡原产白色温顺的大狗，绵延数代之后，很难再见一匹纯种”，但真正让“高密东北乡”名声大噪的还是小说《红高粱家族》，那是个高粱血红、酒味醇香，生活着匪气、义气于一身的“我爷爷”和敢爱敢恨的“我奶奶”的神奇地方。回到高密乡，是对自由草莽生活的向往，是对侠骨柔情的眷恋，是对生命力退化的自我反思，是对自我精神的招魂。

《红高粱家族》之后，“高密东北乡”就变成了莫言小说的写作空间和精神空间，也成为容纳他全部感觉、心理和思想的一个意义场。这个空间在历史的移动和心理变化、想象追随中不断伸缩、扩展、变形，既在基本的地理或文本概念之外向社会历史和现实延伸，也在心理感觉的牵引和畅游中，实现着空间意义的辐射和隐喻。“莫言在选准山东高密东北乡之后，几乎获得了一种穿透历史的视野，把原始故乡的狂欢、豪悍和神秘做了惊心动魄的发挥。因而创作在他那里既是一种历史记忆，更是一种生命的凝神注目。原始故乡里的一切都成为他重构艺术世界的前提。”①

莫言的故乡中有着对乡土、民族、国家以及历史和社会的思考和情感寄予。如果不以作品发表的时间顺序来作为参照系，仅以文本中的时间点为单位和线索，可以较为清晰地勾画出高密东北乡从开创到今天的历史变迁。《马驹横穿沼泽》《秋水》可以视为高密东北乡的“创世纪”，后续就有了匪种寇族的侵入并自成一方世界，从《生蹼的祖先》《玫瑰玫瑰香气扑鼻》到《檀香刑》《丰乳肥臀》《红高粱家族》，再到《透明的红萝卜》《枯河》《罪过》《牛》《三十年前的一次长跑比赛》，从《模式与原型》《幽默与趣味》到《天堂蒜薹之歌》《蛙》《酒国》《四十一炮》，远古的传说、清末的义和团运动、抗日战争、新中国成立后的“大跃进”“文化大革命”、土地改革、计划生育政策、经济改革政策都在这一方故土以不同的形式和内容展现，一个小地方的时代更迭却勾勒出中国历史变化的缩影。时间延宕跨越中的地方史向历史的深处延伸，又拉近到现实的当下，高密东北乡不再是一个国家、民族的凝缩，更是历史判断和现实思考的并轨。

“民间”文化的概念和民族文化的概念是一种抽象的历史建构，当儿童参与到这种建构中时，就完成了从具体到抽象、从经验到理性的过程。斯特凡·田中在《童年：发展话语在日本空间里的自然化》（*Childhood: Naturalization of Development into a Japanese Space*）一书中指出，儿童所具有的隐喻性和象征性已经渗透到日常生活的

① 李咏吟：《莫言与贾平凹的原始故乡》，载《小说评论》，1995年第3期。

方方面面，成为现代暧昧性和冲突性合为整体的一个拟人化场域。

在社会的权利结构和阶层划分中，由国家/私人、社会/个人、城市/农村、成人/儿童、强势民族/弱势民族等所建立的对立范畴中，民间之于国家总是自觉地表现为后者，成为被边缘、被压抑的群体，对民间的书写与想象也成为为弱者代言的写作姿态的一个部分。

莫言将弱势群体代表的儿童生活场扎根于故乡高密东北乡，很大程度是对苦难的民间生存的一种隐喻和敞开，如果在与成人世界的对抗中，儿童是被欺压、被残害、被边缘的个体生命，那么在民间生存与主流话语的对抗中，民间生存也是那个在历史文化进程中长久被遮蔽、被误读、被篡改的边缘体。

在一个“寻根”的年代里，用孩子的眼光来观照生命的历程与发展，用孩子的记忆来唤醒被遮蔽已久的乡土民间的精魂，用孩子的感悟来叩问被理性包裹麻木的心灵，这是作家对情感的释放，对故乡的审视，对理想的追逐，更是对民族文化之根的探寻。莫言的“民间”观点和创作立场，在很大程度上是通过儿童视角来传达的。莫言的儿童多来自农村乡土，流淌着高密东北乡滚烫的血液和激活的生命力，还未长大的儿童，以原始性的真实姿态呈现出不为外界所理解的民间文化意识形态，陌生而具有多面阐释性的文化价值在凸显中引人深思。

诺贝尔文学奖颁奖词评价莫言呈现了一个“被遗忘的农民世界”。事实上，对于“农民世界”的书写与表现，从鲁迅的现代白话文小说开始至今，在近百年的中国文学史里从来没有遗忘过乡土民间，相反倒是长期被强化和彰显，但是这种关注下的“民间”不是作为苦难社会的象征，就是作为历史、政治的注脚，而鲜有植根于民间的对“现实的自在的民间文化空间”（王光东语）的开掘。

而在莫言看来，后者才是民族寻根的源头。他要开启的正是长期被主流文化"边缘化"、被官方意识形态误读、篡改的精神维度的"民间"存在。

在儿童视角的关注下，"民间"是一个个性化、生命力蓬勃的存在场。莫言回到乡村生活本身，回到个人生存境遇之中，绝非"寻根文学"所倡导的文化观念意义上的"民族之根"。他用"我爷爷""我奶奶"的祖辈记忆和历史叠加，使得文化的寻根与反思建立在个人生活的本身、乡土生活的直接经验上来。

《红高粱家族》是一部热辣辣的生命力赞歌，这里的人物有着高粱酒般的醇烈性情，这里的生命如同红高粱一样野性盎然，一股生命原初力的放纵和肆意流淌其中。"我爷爷"余占鳌 16 岁杀死了与其母亲通奸的和尚而开始浪迹天涯的生活。24 岁的他，靠抬轿为生，但敢爱敢恨的性情让他劫了如花似玉的九儿，又深夜潜入单家，杀了单家父子，为心爱之人扫除了当家做主的障碍，也成全了他与九儿的暗地夫妻梦。这种侠义与率性不仅是民间的生活本真，也是面对民族危难和国家存亡，老百姓的本能选择。在土匪、官兵、日本侵略者的多重倾轧和掠夺下，余占鳌成了土匪和抗日英雄的双料选手，在意识形态下看似矛盾与背反的角色定位和行为选择，却和谐地溶入余占鳌的精神血液之中。莫言不是以意识形态或者典型性格论来统领人物，而是以对民间生命强力的呼唤和彰显来浸透人物，余占鳌的侠肝义胆、霸道专横，他的匪气十足、正义凛然都是民间社会、自然生命的直接产物。在莫言看来，对个人生命力的崇尚与弘扬，才是通往民族复兴与繁盛的文化之根。

"我奶奶"九儿也是这样一个桀骜不驯、野性十足的奇女子。父亲以一匹骡子的价格将她嫁给了患了麻风病的单家公子，但荣华富贵的诱惑丝毫抵不过她对青春的憧憬，对爱情的渴望，她抗拒家庭伦理、抗拒世俗成规，大胆地走向了与余占鳌的爱情之路，也正是这种内心的情感冲动使得她义无反顾地支持余占鳌的抗日活动，并最终将鲜花般的鲜血挥洒在如火的高粱大地上。“我是我自己的”独立宣言，让我们想到革命经典谱系中的女子形象，如刘胡兰、林道静等，但是九儿的自主并不是以革命正义作为性格底蕴，她是用捍卫自己的生命尊严勾画出时代的新女性形象。莫言改变了“寻根”的历史意向，他把“寻根”拉回到高密东北乡广袤的土地上，只有自足于自我的生命/血缘联系起来的“寻根”，才具有生命的活力，才是“民间”文化的精髓，是中国民族所需要的生命之根。

《丰乳肥臀》是一部热情讴歌伟大母亲的鸿篇巨制。莫言在谈到这部作品时说，小说一是向母亲致敬，二是向大地致敬。这里的“大地”可以说就是莫言对“民间”的指代。母亲一生的性格审美就是对民间审美价值的自在发现与开掘。

母亲上官鲁氏承载了现实的苦难，同时在承载过程中以顽强的人格魅力超越了苦难和现实，她是个体与现实层面的丑恶、伪善对峙下美好人性力量的集中体现。莫言笔下的母亲，不具有神赐的力量，她不是学富五车的博学者，她不是道德至上的完美者，她不是拥有非凡能力的超人，她只是一个普通的农家妇女，甚至连“五四”文学中觉醒的女性意识在她身上也难觅踪迹。她生于农村，因袭和恪守着农村的礼法和道德，生儿育女、传宗接代、三从四德、相夫教子，在她看来这些都是理所当然的存在与信念，毋庸置疑也无心质疑。也许，对于中国当代文学来说，这样的母亲形象在文学创作中是难有突破和创新之处的，然而莫言却赋予她新的意义。正是这样的普通农妇，才是扎根于乡野的原初生命，不矫情、不造作、不拔高、不哀叹的真实存在，她是生命的赐予者，是血脉基因的传承者，也是用最淳朴坚韧的生存智慧教育子女的传递者。当相貌丑陋的儿童莫言被村子里的人嘲笑哭着回家时，母亲对他说：“儿子，你不丑。你不缺鼻子不缺眼，四肢健全，丑在哪里？而且，只要你心存善良，多做好事，即便是丑，也能变美。”身体健全，心地善良，这就是美的。莫言的审美价值观在很大程度上受到母亲这简单朴素的哲学影响吧。

莫言的“民间”是一个复杂多元的存在。土生土长的莫言，从内心积淀而来的情感，使莫言在写到故乡的自由淳朴时多了一份豪迈，写到故乡的愚昧无知时也多了一份宽容与理解。莫言对“民间”的“建构”的意义远大于“观照”意义，他总是试图在复杂的存在中挖掘故土的精气神、民族的凝聚力。

他用儿童视角这种更加个体的、感性直觉的方式，符合民间的视角立场来书写历史，就此剥离阶级意识形态下的历史导向和模式。莫言说：“在一个村庄里面，老百姓心目中的阶级观念还是相对模糊的……所以，我还是从民间的视角出发，从情感方面出发，然后由情感带出政治和经济，由民间来补充官方或者否定官方，或者用民间的视角来填补官方历史留下的空白……力争使自己站到一个相对超脱的高度，然后在这样的高度居高临下地对双方进行人性化表述。”①

因此，我们能看到截然不同的“道德”“立场”“观念”一起出现在莫言的民间世界中。在《儿子的敌人》中，日本兵的尸体被误当作抗日英雄的尸体放在母亲的身边，《野人》中的日本村妇和“我奶奶”一样穿着红色的补丁内衣，《三十年前的一次长跑比赛》中严酷的阶级斗争在“右派”的积极乐观和“批斗者”的滑稽可笑中消失殆尽，《蛙》中的“姑姑”终生备受灵魂的拷问和折磨，《红高粱家族》和《丰乳肥臀》中国民党、土匪、还乡团之间模糊不清

① 莫言：《我的文学经验：历史与语言》，见博雅文学论坛，2012年6月。

的界限和原则，更是将历史的定论交付个性偶然选择的有力证据。

莫言作品中的乡土英雄总是一些“荒唐的英雄”①：《红高粱家族》中的“我爷爷”和“我奶奶”、《丰乳肥臀》中的司马库、《檀香刑》中的孙丙、《酒国》中的余一尺，他们并非是集民族与家国大义于一身的精魂，他们更多地表现出草莽义气和快意恩仇的简单直率，他们由个人喜好和恩怨出发，听从自己的感性直觉，按照自己的方式行动和理解，为着本能的理想而奋不顾身，为着耿直的性情而不计后果，他们路见不平拔刀相助，他们极为重视自己的尊严和节操，极度藐视成规习俗，这就是民间的英雄，民间的世界，没有理性的规约和价值情感的拔高，没有家国种族的意识形态划分，只是以原初的本能和直觉指引自己率性而为的人生，这就是真正的乡土图景、乡土生活，也是莫言所赞美和讴歌的真诚。这种原始而强韧的现实抗争精神，这种立足原始本然不带任何意识和价值偏见的重新审视，这种为感觉、直觉搅动敏锐神经的感官冲击，只有当作家、叙述者、视角都站在最为原初的位置和价值起点时才能得以言说，而且也只有这样真诚的“零起点”叙述才会让读者在“仰视”状态中重新整合、颠覆、重组自己的既有知识体系和价值规范，与文本一同进入文化的重建之中。儿童视角无疑是这个“零起点”的最佳选择。

“民间”的复杂性，不在于它是官方的天然对立体，莫言总是想在多元化的叙述中“回归”民间的真实，这种真实里面包含官方的声音，也包含民间的话语。《檀香刑》中痴呆儿童赵小甲的儿童视角叙述展示了民间话语的多元可能性。如果说刽子手赵甲代表了庙堂叙事，县官钱丁代表了知识分子的叙事，那么痴呆儿赵小甲所代表的就是民间叙事，他们共同地承担起叙述一件义和团时代山东农民

① 夏志清：《中国古典小说史论》，南昌：江西人民出版社，2001年版，第21页。

反抗洋人势力的传统故事。这样的故事，曾经在政治意识形态话语系统、知识分子的话语系统、民间话语系统里都被单一表现过，而莫言的儿童视角却充分展示了讲述这个故事的多元可能性。如陈思和所说：“对照型的民间叙事不但打破了民间自身的单一性，同时也包含了其他各种立场的叙事，显现出民间的丰富性。”① 儿童视角打破了成人话语对历史事件决定性的阐释，显现出儿童独立的声音，那也是全方位立体的不加判断的声音，也是自在的民间声音。

童年对于人生的意义与民间文化对于民族文化的意义，都在于最初的原始性和纯真性。对于一个从传统走向现代的民族来说，民间文化就是一个民族的精神童年。尽管对于民族文化来说，民间文化缺乏理性的考量和规约，更鲜有现代的先进和文明，但却蕴藏着整个民族的集体无意识。在荣格看来，集体无意识可以本能地矫正民族意识的偏差与谬误。因此，回到童年的人生追寻，与回到民间寻找民族文化的根源有着内在的一致性。

如果独立地就小说的题材地域来看，莫言小说对“高密东北乡”的这份钟爱，某种程度上是一种自我封闭，但是如果深入研究会发现，他对童年的回忆并非只是单向的时光追忆，不可避免的现代视角的理性参照是莫言重新返回故土开始创作的直接动因，也正是这样的现代启迪与思考才使莫言能够重新开掘那他发誓再也不愿回去的故乡的独特价值，也才使他的追忆独具特色！由此，相对客观实在的地域“高密东北乡”在小说中更像是一个生活和历史的隐喻场，是一个焦点符号，一个历史存在的实证，在时间的纵横、穿越、涤荡之间，“民间”这个虚无抽象的概念反而以更加真实可感的面目出现在读者面前。

① 陈思和：《莫言近年小说创作的民间叙述——莫言论之一》，载《钟山》，2001 年第 5 期。

因此，尽管莫言的作品被划入“寻根文学”，然而他的乡土民间却有着不同的特色与追求，如果说“寻根文学”的代表人物贾平凹笔下的商州、韩少功笔下的鸡头寨、王安忆笔下的小鲍庄，要么是江南水乡的文雅之地，要么是闭塞愚昧的原始荒原，那么莫言笔下的“高密东北乡”则是高粱遍野、酒烈性直的生命场。剔除了温婉的精神乌托邦，消除了尖锐的现实批判，莫言更多地回到乡土的本色。他跳出了知识分子文人的传统，而更注重用感性直觉的直接方式，用祖辈的“酒神精神”涤荡“种的退化”的当代，莫言面对故土的发现、思辨和反省精神，“建立”的意识比“寻找”意识更为强烈。

汪曾祺认为一切文学发展到最后都是儿童文学，他呼吁中国的“胡闹文学”；王小波用生命的初心来对抗时代的野蛮和荒诞，沉重的历史呻吟中凸显出人格的魅力和生活的乐观。莫言的精神源头在民间，他笔下的顽童更多的是以乡土为背景，也许是孩童那充满想象力、真纯质朴、胡闹无理的天性与民间文化的精神高度吻合，也许是那被遮蔽已久的、一直处于边缘弱势的社会地位让二者有着惊人的相似。总之在儿童的另类眼光中，莫言的“民间”得到了大放异彩的呈现。

王光东在《民间与启蒙》一文中把“民间”分为“现实的、自在的民间文化空间”、“具有审美意义的文化空间”和“知识分子的民间价值立场”三个层次。他进一步指出，前两者之间相联系的中介环节是“知识分子的民间价值立场”，有了这种民间的价值立场，才能使知识分子从民间的现实社会中发现民间的美学意义。① 如果说，莫言在文化寻根中重新发现了“现实的、自在的民间文化空间”，那么如何发现民间的审美意义则在于作家的民间价值立场。

① 王光东：《民间与启蒙》，载《当代作家评论》，2000 年第 5 期。

莫言的民间价值立场表现在创作中就是他的"作为老百姓写作"的创作立场。几年前，莫言提出了"作为老百姓写作"的说法，这对于中国当代文学史以及中国知识分子精神史可能是一个很重要的观点，是对中国传统知识分子写作腔调的质疑和反叛。事实上，真正的"老百姓"是不会写作的，那么莫言强调自己作为老百姓的写作，就是强调自己作为普通的生命、普通的人民，与他们有共同的生活体验，相同的精神困惑，感同身受地写自己、也写老百姓的生活。这种写作姿态区别于作为劳动者的启蒙者、救世主角色的写作，区别于权力附庸下的政治意识"传声筒"写作，也区别于知识分子精英意识的象牙塔写作。

莫言这一创作观的提出有其现实意义。中国社会历来有"文以载道"的传统，因此作为一种艺术的内在特质、娱乐功能以及民间文化艺术特点等都不断地为庙堂之说、载道工具所削弱甚至遮蔽，进而发展为衡量文学作品的至高法则。新中国成立后，在"延安整风运动"和文艺座谈会的影响之下，知识分子开始走出象牙塔，"深入到群众中去"的文艺政策孕育出赵树理这样的农民作家，但"赵树理方向"的政治肯定与标杆作用的强化，也使这种贫民化的写作染上了意识形态的色彩，显得不那么纯粹与真诚。"文化大革命"和"新时期"之初，文学几乎成为意识形态的直接传声筒。到了20世纪80年代初，"伤痕文学""寻根文学""先锋文学"在反思历史、重返人性探寻的时代和文学语境下，表面上完成了文学与意识形态的剥离与疏远，但说到底仍旧是一场精英知识分子的自我精神历练与拷问，无异于"五四"文学的一次"再启蒙"。

中国文学一直以最为忽视文学特质的方式维护着文学至高无上的尊严，而作家也自然而然地成了革命的螺丝钉、灵魂的工程师、社会的教化者。虽然"文化大革命"结束到20世纪80年代，我们开始清理文学与政治之间的关系，但思考的出发点还是有着根深蒂固的知识分子优越性，想要为人民说话，做人民的代言人。在这样的背景下，莫言强调“作为老百姓”的写作，不同于“为人民写作”，是对传统知识分子写作精神的一种颠覆与变革。

莫言以农村小人物为主人公，诙谐幽默的乡间俚语的应用以及朴素真诚的写作姿态很容易让人联想到新中国成立初期的赵树理小说。但是，两者之间又有着本质的区别。赵树理的“山药蛋”小说意在刻画转变中的小人物，即在党的教育和领导下，逐渐脱离小农意识、愚昧无知，最终蜕变为顺应历史潮流、贴近主流意识形态的先进分子。如果“五四”文学开创的知识分子精英写作对于大众来说，更多的是一种“哀其不幸，怒其不争”的傲慢说教的话，那么赵树理则是用循循善诱的贴心话来完成对农民的教育和改造，迎合了“普罗大众”的审美情趣和时代要求，但就其本质来说，赵树理的小说仍旧是以外在的政治意识形态为创作观和价值观指导方向，在写作立场上也没有完全摆脱中国传统知识分子的启蒙意识，是一种“为老百姓的写作”。

莫言则不同，在一波三折、颠沛流离的人生和创作历程中，莫言逐步在调整和强化的正是自我意识，他也曾随波逐流地写过“命题文学”，也曾为文学实验招致的非难而苦恼沉沦，也曾在自己挚爱的写作之路上徘徊犹豫，但是如同凤凰涅槃、化茧成蝶一样，所有的失败、磨难与实验成就了莫言不为外界所干扰的自我意识。他将自己的写作方针定位为“作为老百姓的写作”，是因为他认为“为”某一群体写作，说到底还是持有态度倾向的一种“准庙堂的写作”，与“为老百姓的写作”相比，他更愿意放弃启蒙立场，放弃高高在上的精英意识，回到乡土、回到故事和生活的本身之中，“作为老百姓写作”。

莫言说："我不太赞同'作家要为老百姓去写作'这样的口号。因为这口号虽然听起来平易近人，好像是平等对人说话一样，但实际上它是一个居高临下的姿态，好像作家肩负了为人们指明方向的责任似的。我觉得这口号应该改成为'作家要作为老百姓去写作'。因为我本身就是老百姓，我感受的生活、我灵魂的痛苦是跟老百姓感受到的一样的。我写了我个人的痛苦，我写了我在社会生活中的遭遇，我写了我一个人的感受，那么很可能它是具有普遍意义、代表了很多人感受的。"①

当然，这种"放弃"意识与文学创作实践在操作上存在吊诡之处，而且也必然在获得一部分读者共鸣的同时，也丢掉很大一部分读者的青睐和喜欢。所以直到莫言获得诺贝尔文学奖后，关于莫言作品的褒贬仍旧是永不停息的烽火连天，爱者视为珍宝，恶者视为垃圾。正是因为莫言放弃了启蒙意识和精英立场，从而让他的自我意识获得了最大程度的解放，他的写作定位不为普及，只为在作品中寻找到共鸣的精神相遇者。这种将自我放逐的"边缘写作"，昭示出一个作家内心的强大和创作的成熟。

以"作为老百姓写作"的姿态关注"民间"，使得莫言在叙述视角的选择上更常用内视角叙事，这种叙述视角也决定了小说情感注入方式的迥异。拿20世纪80年代初期的"知青文学"与莫言对乡土的书写为例，我们能看出其内在的差别。

"知青小说"的发展脉络和体系建构是一个逐步演变的复杂过程。早期知青小说主要指的是20世纪70年代末到20世纪80年代初的"反思"小说，大多是从知青下乡后的生存感受出发观察农村生活，例如叶辛的《蹉跎岁月》，思考了知青在乡村生活中的"失落"

① 莫言：《作为老百姓写作——莫言与大江健三郎、张艺谋对话录》，见《说吧，莫言》，深圳：海天出版社，2007年版，第297页。

和磨难。进入20世纪80年代早期，重新返城的知青在乡村的逃离与城市的放逐中陷入了两地徘徊的尴尬境地，双重失落与无家可归的心理状态让他们再次用诗意的想象和回忆回望乡土图景，例如，史铁生的《我的遥远的清平湾》，张承志的《黑骏马》，老鬼的《血色黄昏》。还有一些作家将“寻根”的意义经由乡土而扩展到了更为深广的人性空间探寻中，如阿城的《棋王》、王小波的《黄金时代》，以知青的视角回望，但脱离了“知青”窠臼，将人的生存价值、自我存在价值作为艺术探索的目的。到了“后知青”小说时期，知青已经更多的是一个模糊的符号概念，衬托其的乡村世界也更多地体现为一种“传奇”和“想象”，意象的浓墨重彩，思想的深远含蓄，呈现出乡村的愚昧、落后和无知，如“寻根小说”先锋作家之一韩少功的《爸爸爸》中的乡村，那是一个“酱缸”封闭式的愚昧世界。

从以上知青小说的发展脉络来看，尽管各具特色、侧重也不相同，但其叙事的视角却大致相同，都是从成年后知青的自我角度来看待乡村世界，对乡村极端恶劣的自然环境和生存境遇都有较为深刻的经历和体验，也在此基础上抒发了各自对人的生存问题的理性探寻。知青的角色定位，已经赋予了小说或隐或现的现代文明意识，而成年人的生理、心理特点也决定了其自我意识和价值的相对独立和坚定。因此，“知青小说”作家眼中的乡村是外在于自身的一种客观存在，是被观察的乡村，是他人强加于自身并被动理解的客体，于是客体存在的强大定性与作家主观先入为主的被动情感预设使得主客观在认识和了解的过程中有着先天的隔阂和困惑。作家通过“回忆”“想象”“分析”“重构”塑造出来的乡村，是经过作家自我情感过滤后的有着鲜明自我道德倾向的乡村模式。在他们眼中，乡村的塑造与叙述，是以现代文明的基本认知和逻辑评判标准来衡量和取舍的，所以其价值倾向无外乎两种类型：一种是借助乡村来反思现代文明，怀念和向往乡村的自然、纯朴、美好和谐，抒发柏拉图式的浪漫主义情怀；另一种是经历过现代文明洗礼的青年进入愚昧、落后、无知乡村后的失落和痛心，深具现实主义的批判意识。这两种思考和叙述方式都是外在的，都是由现代文明进入乡土世界，以自我的习惯认知观察乡土存在，价值观和情感预设的先入为主使得乡土世界不过是充填作家思想包袱的选择性材料，乡土不是作家在创作中希望了解的客体，更不可能成为感召作家精神灵魂的源头，在乡土背景下游走的是现代的灵魂和精神，那些农民的形象是扁平的，他们对于饥饿和灾荒的痛苦是肤浅的。

而莫言是土生土长的农民。首先，他的乡村感情源自自身的长期真实感受，小说中叙事视角选取为儿童，也让回忆回归到原汁原味的自然状态，同时还处于心智尚未成熟和发达的儿童，也使得叙述中的乡土呈现出毛茸茸的开放性和庞杂性，这样的视角选择无疑排挤掉了成人预设的道德伦理禁锢，作家对于乡土的认识，正如同小说中儿童的成长一样，乡土是一个魔幻而神奇的存在，它以巨大的魔力吸纳孩子去探索、发现和了解，并在其滋养下长大成熟，作家面对乡土的再发现，也是同样的思想精神之旅。这种视角归根结底是由乡村内部向外张望的视角，是由作家内在的真情实感向外叙说的视角。他对乡土的感情，不是一种观察而是一种感受，不是一种体验，而是一种经验。

其次，“作为老百姓的写作”立场也影响到了莫言对于人物的塑造。莫言笔下的人物不再是“红色经典”中的“高大全”，而是亦正亦邪的草莽英雄，他们有着作为人的所有自然属性，他们有着传统文化积淀浸透的民族精神，莽撞的反抗，冲动的义气，但这是他们鲜活的生命力本源，而不是压抑人性服膺于崇高的阶级性的、克制人的本能欲望成就人生的伦理“完美”。也正因如此，血性方刚的余占鳌和司马库才成为莫言文本中熠熠生辉的形象代表，这不仅仅是对人物“典型论”的一次反叛，也不仅仅是对20世纪80年代中期以来个性解放思潮的一次追逐和身体力行，还是作家强烈的怀疑精神和自我意识的一次自我拷问和辨析。

他笔下的乡民，不同于鲁迅笔下的愚昧麻木的“闰土”，也不是赵树理笔下的接受党的教育成长起来的“小二黑”，更不是柳青笔下高大全的“梁生宝”、浩然笔下的“高大泉”，莫言笔下的乡民是普通的、有缺陷的、不完美的村民，是《红高粱家族》中的余占鳌，是《丰乳肥臀》中的司马库，是《生死疲劳》中的蓝脸，这些人物身上有他们的顽劣沉积，但又情有可原，这些人物不是“新思想”的代表，甚至反对“进步”，但却活得最为自由自在，所以他的“农民世界”是由《大风》中的爷爷组成的，也是由“思想不进取”的蓝脸组成的，还是由勤俭持家的地主西门闹组成的。莫言就是要挖掘出已经被社会和历史遮蔽或者美化多年的“农民世界”的本真状态，他要为“蓝脸”这个在“文化大革命”中自杀的单干户人物原型代言发声，让他屹立于滚滚的历史洪流中，独树一帜，并被载入史册。这些民间生命体是剥离了意识形态外衣下的存在，是更富有质朴、纯真生命力的个体。

最后，“作为老百姓的写作”也影响了莫言处理“民间”与“现代性”关系的方法。传统乡土写作多是二元对立的模式，用现代性标准对照民间的封闭落后性。而莫言更多的是在对“现代性”的批判中发现“民间”的自足自在，具有“后现代”气息。

莫言借助儿童的回忆以及回乡的情感溯源来完成自己情感积淀的勃发，这种写法传承了“五四”文学以来的“借乡情写己情，借古时写今时”的传统，但是莫言的情感着陆点已经与“五四”文学大不相同。

现代白话文的先驱鲁迅先生，最早也是最彻底地洞悟故乡对于创作的意义的开拓者。他的小说很多是以故乡为背景的，《故乡》《狂人日记》《阿 Q 正传》《祝福》《社戏》《孔乙己》《长明灯》等都有着坚实的故土背景。“鲁镇”对于鲁迅来说，就是情感的发源地，那里有太多的“闰土”伙伴，那里到处是“祥林嫂”“爱姑”的影子，那里有无数的“阿 Q”和“孔乙己”在和你搭话打诨，在自己熟悉的故土驰骋，无须揣摩人物的心理活动，不必打磨叙述的话语和语调，也不必刻意营造旋绕小说的叙事背景、氛围，只要本真自然的寥寥几笔，鲁镇的气氛就惟妙惟肖，只要粗笔白描，个个人物就活灵活现、呼之欲出。“鲁镇”就是鲁迅的精神家园、创作园地，他从自己对故乡的深切体会和痛彻情感出发，汲取了惊人的艺术力量，也开掘了深刻的批判意识，“鲁镇”成为“国民性”的审判台。

另外一个寄灵魂和理想于“故乡”的大家是沈从文。如果说，鲁迅更倾向于以现实主义的风格刻画故乡的衰敝、落后、愚昧而引发深刻的忧患意识的话，那么沈从文则更倾向于在诗意化的性情陶冶中营造浓郁的浪漫主义气息。在沈从文的笔下，故乡就是那远离浮世的“桃花源”，在他精神的回乡中，眷恋之情涤荡了返回的污秽，理想之光照亮了现实的纷扰，一个知识分子的精神乌托邦在沈从文的世界中青天白日、岁月静好。沈从文的“返乡”不是以切入社会深处的邪恶、不公、批判来作为出发点，而是希望在文学的书写中，塑造一个远离喧闹、世俗、现世的精神空间，在那里人们可以“诗意地栖息”。

鲁迅、沈从文、莫言都是在都市“现代性”的观照和参考下返回故乡的，但其归宿点各不相同。鲁迅最初以逃避现实的心理回到故乡，但那记忆中故乡一样荒凉悲切，无处可逃的悲剧意识和国民批判意识触及鲁迅作品的力度和深度，也让他的“返乡”具有了强烈震撼的社会现实感。而沈从文逃离都市，避世于纯朴诗性的精神家园，那是通过想象、虚构、美化和梦幻建构的家园，它折射出沈从文大隐于市、不愿同流合污的高洁志向，但也反映出他不忍、不愿直面现实、无可奈何的隐衷，从作品的规格上来说，较之鲁迅略显小气。

无论是鲁迅在《社戏》《故乡》里流露出的对于“此情只待成追忆 ”的感伤以及对于凋敝乡土人生的愤懑绝望，还是乡土作家群许钦文、蹇先艾对于乡土陋习的控诉，或者沈从文在宁静避世的湘西建构出来的“人性庙堂”，故乡始终是让他们既爱又恨的地方，既想逃离又想守望的地方，既想沉醉于自我建构的理想家园又时刻充满感时忧国的现实情感纠结……这些游子在对故土的描述中，始终是以现代知识分子浸染着文明的眼光重新打量故乡，外在的对照性内省关注，增强了对于审视对象的理性投注，但是距离也磨灭了他们对故乡试图建立了解和理解的情感内核，故土或是在乌托邦的精神依托中归于海市蜃楼般的虚幻，或是以衰败落寞民族的象征体沉沦下去。可以说，这样的矛盾纠缠，正是叙事的外视角、外聚焦造成的。体现在小说中就是知识分子与农民之间的隔阂，返乡游子在知识的烛照下难以回归故土精神的尴尬以及精神故乡无处寻觅的失落感。

同样是带着现代文明精神的回溯，莫言更侧重用现代的精神去发现故乡的价值，而不是观照和批判。首先，他笔下的故乡是充满野性野趣、生机勃勃、活力四射的存在。其次，在现代文明修整和规约后的眼光中，曾一度被贬斥为愚昧无知的村民，在莫言那里正体现了人性的自然与率真。生活在历史的边缘人物，无论是儿童还是“土匪”，或是“不守妇道的女人”，他们的美是自然的、真诚的，是淋漓尽致、大开大合的，在特殊和重大历史事件的激发中，他们敢爱敢恨、侠肝义胆、柔情似水。再次，与现代文明关注精神的至高追求相反，莫言更关注形而下的生存本能，撇开被繁文缛节、宗教礼法束缚的社会性，人的自然性是更为真实的、首要的。注重人的自然性，尊重人的本然，莫言所有的精神追求都建构在这个基础之上。所以在他的小说中，对于吃的狂热，对于性的热情，对于淫秽之物的坦然都从不同侧面展现着凡夫俗子的本然和真性。莫言的故乡是个充满鬼魅花妖的传奇世界，是一个充满童真幻想的梦幻工厂，是一个侠肝义胆、情真意切的人性天堂，是一个自然性大于社会性的独立存在。

所以，他的作品与传统乡土小说的情绪底色也是不同的，莫言在“寻找”中也有“重建”，因此在“寻根”意义上呈现出更多积极向上的价值意义，从而展现了一个生机勃勃的民间世界。而传统乡土小说则在“对照”中陷入沉沦，或在民间的混沌与黑暗中叹息，或在理想世界的想象之中逃避。

这是否就意味着莫言在返回“民间”的路途中找到了自己的精神归宿呢？

作品《你的行为使我们恐惧》给出了否定的回答。小说用对“你”自我阉割后离开故乡的想象，诠释了莫言关于离开故乡的游子无家可归的精神境遇。尽管在对民间文化的价值判断上，莫言站在积极乐观的立场上，以此来批判现代文明的虚假和欺瞒，但是在灵魂的安置中，作为经受文明洗礼的现代人，他同样陷入了传统知识分子的精神困境之中。虽寄居在大都市，但出生并成长在农村的习惯和影响是无法回避的，虽将人性和理想的回归寄予故乡，但已经浸透其心的现代意识和观念却时刻挑动着敏锐、质疑的神经，因此莫言注定成为徘徊在“城里的故乡人”和“乡村里的外来客”之间的“中间人”。鲁迅的现实批判与沈从文的梦幻寄托纠缠在莫言的作品中。当他背井离乡、寄居都市时，故乡母亲的慈悲、淳朴的风情总在蛊惑着他再次重返，那里有着自由的空气、清澈的河水和炙热的情感。但是沾染了现代文明意识的还乡，让乡村在想象和现实中发生错位，最终的精神寻找陷入了无地的彷徨，莫言无法彻底地回归，也不能决绝地前行。

因此，矛盾模糊的情感诉求充斥于莫言对故乡的整体建构中，他的眼睛是半睁半闭的，他的故乡是亦真亦幻的，他的人物是亦正亦邪的，他的写作是一半理性一半癫狂的，他的农民立场是一半认真一半嘲讽的，他的思维是一半原始一半现代的。因此，当他写童年饥饿、困苦的生活时多了一份灵魂自由的自娱自乐，当他写到都市的繁华与喧闹时多了一份曲高和寡的孤傲和漠然。

但是“作为老百姓的写作”立场和视角让莫言成就他的独特。他不再如鲁迅和沈从文那样发出“象牙塔”里的声音，又不同于赵树理的“理解式的同情”和“同情式的批判”，如果说赵树理小说中的人物是在意识形态的教育和拯救下成长起来的小人物的话，莫言更注重人物的自我成长潜质，尽管莫言笔下的人物大多是弱者，比如儿童，比如被权力支配的弱势群体，但是他总在描述惨烈悲痛的现实的同时，赋予人物强大的对抗性力量和自我搏杀力量。这是莫言“超越故乡”的冲动，也是他对人性原初动力的召唤。

纵观莫言近三十年百余篇中长篇小说的创作历程，他的创作走过从民间朴实温婉的乡情小调到唢呐震天、高粱遍野的激情燃烧，走过了从民间说唱演绎的肆意挥洒到章回体的严密规整，主题意象也不尽相同，各有千秋，然而不变的是他根植于乡土文化的民间立场以及由此蕴藏和激发而出的充沛情感和人文精神。

莫言在《檀香刑》中以抑制自己的声音和情感的方式，来诠释自己的“作为老百姓写作”的创作立场。他让人物自说自话，让各种势力各自为政、互相较量，让现代文明与乡土传统以火车和猫腔的意象拉锯博弈，而作家对于历史的判断则回到儿童的眼光或者普通老百姓的层次。所有的叙述都是呈现式的，所有的人物都是自说自话的，所有的判断都是自成逻辑的，你很难准确地判断作家的思想寄予在哪个人物身上，或者说所有的人物汇集而成一个丰富、复杂而又矛盾的作家个体。莫言在作品的后记中提出了著名的“后退说”，不仅是对中国传统文化和文学传统的回归与致敬，也不单单是对适合自己的叙述和语言方式的回归，更指向莫言在思考现实关怀和历史书写中的写作立场和态度——“作为老百姓写作”！

第三节　儿童
——“人类”的原始神话

借助“儿童视角”来实现对于童年生活的追忆和书写，实现对现实生活和理想的折射和寄予，是一种避开喧闹的现世、回归心灵本真的探寻，是寻找精神家园的一种集体无意识体现。弗洛伊德曾指出：“个人的童年记忆不只进一步扩展了‘遮蔽性记忆’的意义，同时它也和民族神话、传说的积累有着令人瞩目的相似之处。”① 在儿童视角的艺术虚构中，真实的儿童、现实的人生、生命的本质展开了一场形而上的对话，这其中包含着个人的生存印迹和情感脉络，

① Sigmund Freud：*Psychopathology of Everyday Life*，New York：New American library，1972：34.

铭刻着现实的粗粝与尖锐，也蕴含着对于人性的终极关怀，关注儿童，也就是关注人性的神话本源。因此儿童人类学研究的奠基者英国人泰勒在《原始文化》中指出："我们越是把各种不同民族的神话虚构加以比较，并努力探求作为他们的相似的基础的共同思想，我们就越确信，我们自己在童年时代就处在神话王国的门旁。儿童是未来的人的父亲，这种说法在神话学中说，比我们平时说具有更深刻的意义……蒙昧人是全人类的童年时代的代表。"

季红真在论及莫言小说的神话原型意义时，谈到了儿童建构在其中起到的重要作用，她说："莫言小说基本的神话结构是以儿童的心理与想象力为胚胎孕育成长起来的。这使他的神话思维不仅借助已有的各种神话及其变体，而且呈现出神话不断被接受和创生的心智模式。儿童不受约束的独特想象力，使他笔下的神话千姿百态，创造出各种叙事的外部文体。"① 具体说来，生理意义上、心理意义上以及文化意义上的儿童共同建构了莫言神话精神世界的主体，也由此从人类学角度探寻了生存的哲学与寓言。

首先，童年是自然、纯真的同义词，是生命个体的原初状态。儿童天真无邪、无拘无束的自由品性以及接近原始人的直觉感官力和丰富想象力，都让他们在面对世界时呈现出完全不同于成人的观察角度和评价取向，他们总是以原初态的方式展现自身天然的、本真的、纯朴的自然情怀。尼采说："有某样东西，小孩能看见，他（指成人）却看不见；小孩能听见，他却听不见。这种东西才是所有事情中最重要的。"② 尼采说的"这种东西"，并非是来自汇集理性思维与伦理道德于一体的成人思维，而正是非历史的、原始纯真的儿童式的感受生活的能力。

① 季红真：《神话结构的自由置换》，载《当代作家评论》，2006 年第 6 期。

② ［德］尼采：《历史的用途与滥用》（陈涛、周辉荣译），上海：上海人民出版社，2000 年版，第 35 页。

其次，童年是人类梦想的源头。“梦想童年的时候，我们回到了梦想之源，回到了为我们打开世界的梦想。”① 因此，回到童年成为成人对已逝岁月的一种缅怀和憧憬，也成为重新寻找精神家园的基本内容之一。

当我们以回忆的方式，在时间的流动、命运的动荡、思想的成熟中将生命加以宏观动态的把握之时，生命的原初状态——童年却散发出睿智的光辉，成为对“人性”开掘与探索的有效途径。张曙光在他的《生存哲学》中谈到，人的生存有“真”“伪”两种生存性状，在人的成长过程中，人的自然属性往往会在“文明”“文化”“伦理”等的规约下逐步显示出浓厚的社会化色彩，一旦这种所谓的“进化”没有被有效地反省、审判和超越，就会在虚伪、贪婪、自私、麻木等附加值中丧失生存的真谛。他认为，“所谓真生存，就是意识到生存自身的动物性，对源于动物性但却在社会中膨胀、恶化了的各种欲望和心性加以改造和祛除，而且是对人生的一切现存状态的批判性审视和超越”②。

因为儿童的生存是最为接近自然状态的，也是在漫长的文明发展演变中最为原始的阶段，所以兼容了这两种生存状态的所有可能。克劳迪亚·卡斯塔涅达（Claudia Castaneda）在 2002 年出版的英文专著《构型：儿童、身体和世界》（*Figurations*：*Child*，*Bodies*，*Worlds*）中认为，儿童概念的形成，是众多价值系统发生作用的场所：作为一个永远处于“正在形成”状态中的存在，“儿童”可以成为对成人世界的一种反省或再创造。作者说“儿童是正在形成过程中的成人”，还没有成为但有潜力成为“成人”，正是这种中间性、可变性和潜力性成为“儿童”概念的文化价值来源。回到“儿

① ［法］加斯东·巴什拉：《梦想的诗学》（刘自强译），北京：生活·读书·新知三联书店，1996 年版，第 126 页。

② 张曙光：《生存哲学》，昆明：云南人民出版社，2002 年版，第 109 页。

童”时代，借助原欲的、感性的、直觉的方式来寻找人性中的“善”的潜在与“恶”的隐藏，探究人的生存的内在矛盾性和生成性，具有人类学研究的深远意义。

在莫言的儿童叙事文本中，一种是单纯以儿童视角切入的叙述，利用的是思维的还原，即从我们业已熟悉和习惯的话语象征体系中挣脱出来，回归到人类接近世界、感受世界的最原初状态中去，重新认识也重新发现；另一种情况是回溯中的儿童视角叙事，体现出更为鲜明的双向交流和对话的特征，儿童和成人都是不可或缺的精神质素和沟通因子，在双向的互文、阐释、补充、佐证中，儿童和成人、历史和现实、理想与梦境、真实与荒诞、进步与退化在辩证和质疑中相互生发和阐释。无论哪种方式，都表现出作家对社会和历史既成规律和法则建构而成的“现代性”的质疑与颠覆。

《红高粱家族》正是将人的成长历程、历史的发展过程以及文明的进化过程放在血缘关系建立起来的祖辈与子孙的对话模式中，以时间浓缩的方式探寻人类发展的意义所在。小说以“我爷爷”“我奶奶”的叙述称谓开始叙述，第一人称的“我”以回忆的方式，回到童年的“我”以及祖辈先人那里，穿越时空和场景的随时切换，使得叙述人始终处于一种边缘的位置，叙述的事件中，年龄是很重要的时间点，然而在时间的流动、往返中，叙述人的年龄已经不再具有表明时间的概念和意义。关于自己的身世、家族的来历，关于历史的线索、种族的延续在逐步扩散的奇思妙想中建构出一个超越已有价值规范的浑朴世界。《食草家族》也同样沿用了《红高粱家族》的人称和叙述方式，一方面通过食草家族和“生蹼”时代的想象构成对当下社会和掌握话语特权的虚伪阶层的抗议，另一方面也通过这样的想象来将自身置于文明法礼之外，建构自己拒绝接受成人礼法，坚守自己灵魂空间的精神天地。孩子的率真和天然正是他们的武器，这样的视角使得他无论是面对历史还是面对现实，都有着一份赤诚和率真。

在这里，儿童视角恰好具有这样一种反文化、反进化论的角度，他以孩子的视角重新开辟了观察的着力点和价值观的切入点，用孩子的纯真对抗成人的虚伪，用孩子的戏谑来嘲弄、质疑文明的礼法，犀利地颠覆和解构既成的、普世的意识形态、价值理念。

莫言的童年视角是对过去生活的一种回眸展示，更多的是作者自己内心情绪的一种折射，他用童年视角进入乡土，是对乡土原始生态的一种最天然、最质朴的观照，而这样的观照并非是“闲暇”时的怀旧，而更多的是在现实的直逼之下的理性回归与反思，所以莫言的童年视角与其说是对人生、传统文化、乡土文化的“顾影自怜”，不如说更多的来自对于“现代性”的批判和反思。

这种对“现代性”的“精神焦虑”，突出体现在他对“种的退化”的刻画上。

首先，通过血缘关系的延续，直接呈现后代不如祖辈的历史沧桑感。在《红高粱家族》中，“我爷爷”余占鳌是一个敢爱敢恨、敢作敢当、一半土匪一半英雄的真汉子，而他的儿子——“我父亲”余豆官，已经退化为掉了半边“卵”的废人。“卵”代指人类的生殖力，是人类生命力的重要组成部分，也是人类繁衍、进化、发展得以持续的本源，“卵”的减半预示着人生命力的衰退。而到了《丰乳肥臀》中的上官金童，代表生殖力的性欲已经消失殆尽。这个在八个姐姐带来的沉重失落中烘托而出的掌上明珠，生而被注定了无法长大的命运悲剧。长大成人后的上官金童，身体虽已发育成熟，但在心灵上却退化成为一个只能吃奶的婴儿，他曾尝试进食食物，但是恶心、呕吐等生理不适伴随着心理的焦虑和绝望，几乎将他逼到了死亡的边缘。为此，母亲千方百计地鞭策和激励，姐姐们费尽心思地讽刺激将，独乳老金温情似水地爱抚和诱导，都难以将上官金童的性欲激发出来，他始终孤独地游走在自己的精神世界中，他始终以泪水和低头来应对现实的残酷，生命的存在只在于“吃”——且只吃乳汁。

其次，通过“杂种”事物，来表现“真”性情的丧失。莫言小说中有很多关于“杂种”的叙述，比如《红高粱家族》中的豆官是“我爷爷”“我奶奶”野合的产物，上官金童是上官鲁氏和马洛亚神父的私生子，《梦境与杂种》中的“我”和叶子，是两个能够在生吃活虾之后预测未来的“杂种”。此外，莫言在很多作品中也写到动物的杂交，特别是骡子等杂交动物。莫言在《白狗秋千架》的开篇就以“狗种”的杂交蜕变隐喻了对现代文明发展中“人种”变异的忧虑，“高密东北乡原产白色温驯的大狗，绵延数代之后，很难再见一条纯种”①。

再次，通过男性阳刚之气的衰落和萎缩、对女性角色的赞美或者异化，来显示生命力的衰退。《丰乳肥臀》是一部母系家族的苦难史和成长史。父子两代的亮相在小说第一章中随着鬼子的屠刀挥舞、人头落地而悄然落幕，也同时退出了历史的舞台。即便是活着的“父亲”上官寿喜，在力量和精神上也远远逊色于“母亲”，甚至连最为基本的生育能力也没有，所以一母同胞的姐妹兄弟都来自于不同的父亲。父亲的缺失使得家族儿女都生活在母亲的世界，上官鲁氏一生养育的九个子女中，八个是女儿，这八个女儿在政治纷繁的动荡年代，个个出类拔萃、叱咤风云，相反被母亲视为珍宝的儿子上官金童却一生唯唯诺诺、胆小甚微，是一个永远吊在乳房上长不大的孩子。

---

① 莫言：《白狗秋千架》，见《莫言自选集》，海口：海南出版社，2009 年版，第 3 页。

莫言在很多时候对于女人是持赞美和褒奖的写作态度的。比如《透明的红萝卜》《爱情故事》《白棉花》《蛙》《生死疲劳》，最具典型性的是《丰乳肥臀》，这些作品中的女性从表面上来看只是承担了小说中的性别角色，但实际上，在孱弱、虚伪、怯懦的男性面前，女性角色的塑造更多的是完成了精神母亲的寻找和寄托，男性对于她们的依赖和信仰不仅是指向回归母体精神的欲望，也更多地喻示了男性精神的自我沦丧与萎缩，不可救药地导致“种的退化”的必然。因此，莫言笔下的女性形象很少有中国传统伦理价值评判体系内温柔、贤淑、善解人意的“完美女人”，她们更多的是泼辣、彪悍、粗犷，既能勤劳持家、忍辱负重，又是侠肝义胆、敢爱敢恨的“绿林好汉”。这种“女汉子”的形象定位，一方面是作家新的价值伦理观的确立和彰显，另一方面也是在男性精神缺失与沦落的现实中不断逼迫、异化女性成长和定型的结果使然。《野骡子》中的“我母亲”，一心想要勤俭持家、出人头地，却最终导致父亲与情妇私奔。但孤儿寡母的艰辛更加剧了她内心的荣辱之心和复仇之情，她自己种地、收割、开拖拉机、盖砖瓦大房，极尽男人之所能甚至比男人做得更出色，与此同时女性身上特有的安闲、温柔、敏感都在岁月和困苦的磨砺中消失殆尽。《丰乳肥臀》中的上官鲁氏，《老枪》中的母亲，《幽默与趣味》中的汪小梅等无不如此，生活催生了她们身上的男性气质，然而在性别和角色定位之间，这样的女人因其尴尬的处境而又显出无尽的苍凉。

“社会化”程度的提高与发展是文明进步的表现，也是儿童走向成人世界的标志。儿童自然天性的释放在成人世界中被定义为幼稚和非理性，成人也以儿童的“不成熟”“没长大”为由忽视甚至忽略他们的内心感受，而将儿童置于“边缘人”的位置并时时对其加以管制和约束，他们经常处于被压抑和冷落的境遇中，在禁忌与挑战的生存环境中完成蜕变，“这种压制，其实是一种儿童社会化的过程……在这一过程中，不可避免地留下了儿童压抑的情绪”①。然而，孩子一旦经由长大获得成人的“特权”，他也就失去了“儿童”所具有的一切特质和自由。因此，就有了如同彼得·潘那样的“拒绝长大”的孩子！

面对现实世界的无序与虚伪，儿童的真诚和朴实成为对现实的直白揭露和辛辣讽刺。人性的真伪、善恶在“人之初”的原生态和饱经世事沧桑的成熟中质疑、抗争与彷徨。拒绝长大，是情感归属的出路之一，也是对现实社会抗争的外化，更是对于人生、人性的哲学思考。莫言拒绝长大的心理“源于对成人世界的恐惧，源于对衰老的恐惧，源于对死亡的恐惧，源于对时间流逝的恐惧”。(《四十一炮》)于是，莫言在《红高粱家族》中沉迷于祖辈那快意恩仇、敢爱敢恨的英雄传奇，在《透明的红萝卜》中将少时的奇异感官无限放大和凸显，在《丰乳肥臀》《四十一炮》中，他执着地塑造了永远长不大却自负且自恋的上官金童和罗小通。相对于成人生命的衰老和“丑”化，他以儿童的奇异号角吹响了生命的本真、鲜活与自由，并在作品中时时再现成人与童年感触的隔膜和对立。

《丰乳肥臀》中的上官金童暗含着“拒绝长大”的焦虑：他深知自己与成人世界的隔阂与不同，为了确保自己的相对独立和特权，他用“吃奶”来标示自己的独特性，为此，他从儿时吃到中年。上官金童，一旦进入成人世界，就意味着自己的思想自由空间将受到限制和制约，同时他吞咽乳汁的举动也就失去了合理性，必须要放弃自己的特权“吃奶”，而断奶的开始，也就意味着上官金童必须要融入社会，挤入成人世界厮杀搏斗，而这正是上官金童不愿也害怕

① 班马：《游戏精神与文化基因》，兰州：甘肃少年儿童出版社，1994 年版，第 69 页。

面对的现实。对于上官金童来说，“恋乳癖”是他的生存价值所在，也是他抗拒成人世界、保护自我的合理性解释。在儿童的世界中，上官金童是强大的，威武的，他不仅在儿时成功地排挤掉八姐、众外甥抢夺母亲乳汁的权利，而且在成年后，也利用独乳老金对他畸形的爱情，打败了独乳老金的亲儿子，迫使老金将其儿子送走。可见，即使是在“婴儿世界”中，对“吃”的占有和特权，对控制与反控制的斗争也无处不在。如果“吃奶”是他维护自己“儿童”性情的独立性标志，那么，“性无能”则是上官金童拒绝进入“成人”世界的最后一道防线。《酒国》中身高不足一尺、头脑却异常发达，是酒国赫赫有名的商业巨头余一尺，也是这样一具拒绝长大的儿童化石。

在莫言的小说中，儿童“拒绝长大”有两方面的考虑：一方面是寄希望于新生代的儿童，希望他们与历史和传统决裂，重新开始光明的生活，儿童在这里具有断裂的意义指向，赋予儿童身上的是莫言对美好理想的追求；另一方面是基于对历史发展、现实沉重的思考，现代文明的进步正在将人类推向“种的退化”甚至是种的灭绝，与祖先相比，毫无生命力的后代不如永远长不大、不繁衍，这是现实主义的悲观情绪所致。莫言对于“人种”的忧虑、“文明”的质疑，使他总是徘徊在二者的矛盾纠缠之中，他有绝望的抗争意识，也总在抗争中显露出对人的局限性、社会的沉重感的深切体认。

因此，与迟子建、方方、王安忆、严歌苓等作家的童年视角不同的是，这些作家更为注重揭示童年经验对于个体成长以及未来选择的难以摆脱的深刻影响，而莫言更注重的却是儿童天赋与气质在成长过程的丧失与缩减。“当我们长大以后，即便我们觉得自身拥有足够应付的有机资源，但来自社会生活的利益也会以多种方式驱使着我们，以至于我们要被迫限制自己。于是，在我们强加于自身的那些束缚中，又增添了这些源自外界的约束，我们的印象具有了社会生活加诸的形式，但却以丧失部分实质为代价。”① 因此，莫言总是执拗地游走在高密东北乡的故土上，总是顽固地以艺术的方式与过去的时间抗衡，甚至不惜让自己笔下的人物成为生理或者心理上永远长不大的怪异之人。

性，对于儿童来说是一个陌生而又恐惧、新奇而又令人憧憬的“怪物”。从生理角度讲，它标志着自我身体的强壮与健全；从社会属性来说，它象征着由儿童世界进入成人世界的分水岭。因此，在很大意义上，性意识的觉醒是儿童自我主体生成的显性标志。美国学者尼尔·波茨曼在《童年的消逝》一书中曾说：“性是成人世界最大的秘密，当这一秘密以这样那样的方式被儿童知晓，童年便会消逝。”②

《透明的红萝卜》中黑孩一系列匪夷所思的外部行为在潜意识中是由他逐渐萌发的性意识所驱使的。一向孤僻、不愿与人交流沟通的他，在工地上结识了善良温柔的小石匠和菊子姑娘。菊子姑娘的善良，让黑孩放下一直以来对成人的戒备，任由菊子姑娘抚摸他受伤的脊背、耳朵。对这种久违的温情的敏感让他幻化出奇异的能力，他听到了鱼群在唼喋，看到气体在上升，“脸色渐渐红润起来，嘴角上漾起动人的微笑”，也就在这时他与梦中的“金色的红萝卜”相遇了。当然，这可以理解为缺少关爱的儿童对于温情的渴望与敏感，那么在这个意义上，小石匠和菊子姑娘对于黑孩来说应该具有同样的意义。但是，当黑孩发现小石匠与菊子姑娘在大麻地幽会之后，内心难以遏制的男性意识的觉醒让他在小铁匠与小石匠的争斗中显

① ［法］莫里斯·哈布瓦赫：《论集体记忆》，上海：上海人民出版社，2002 年版，第 86—87 页。

② ［美］尼尔·波兹曼：《童年的消逝》，桂林：广西师范大学出版社，2004 年版，第 269 页。

现出本能的一面，他没有去帮助曾施予他温情的小石匠，反而扑向小石匠与其打成一团，更为深层的心理动机正在于对菊子姑娘的喜爱。当这场充满愤怒与哀怨的争斗最终以误伤菊子姑娘的眼睛落幕时，那个一直不动声色的孩子才抽泣了，觉醒的性意识在毁灭中结束，从此那金色的红萝卜也不再复得。在黑孩性意识觉醒的那一时刻，对生活的憧憬和想象也随即破灭。按照这样的路径理解，也可以解释莫言的《丰乳肥臀》中的上官金童为何在“性”方面总是软弱无能，这里有着对成长、对成人世界的抗拒与疏离。

事实上，在《丰乳肥臀》中，如果说母亲上官鲁氏是作家以赞美的姿态从心理到行动都奉为精神家园的话，那么，姐姐们和姐夫们则是性情直率的行动果敢派，但在上官金童的视野中，他们的精神世界却常常被忽略不谈。上官金童以其心理活动占据了小说的绝大部分篇章，从而成为一个思考派，行动上的孱弱与退却，一次次在自我的精神漫游中得到忘却和宽恕，从而使他更加软弱，更加难以走出母亲的怀抱。莫言，将本应随着年龄的增长在身体和心智、行为上都成熟和强大起来的人的自然属性，极端性地压缩在婴孩期，事实上，这不仅仅是对儿童的现实把握，也不仅仅是对上官金童这个精神变异体的另类书写，更是对人类在经历任何成长阶段所共有的现实窘境的象征——我们都是孩子！圣·埃克苏佩里在《小王子》的前言中如是说：所有的大人都曾经是小孩子，虽然，只有少数的人记得。人总有难以处理和战胜的现实，活着需要不断的自我遗忘和宽恕，退回到婴儿的襁褓中舔舐伤口，不是最为切实的选择，但却是生活前行的唯一慰藉。

首先，回忆本是一场虚幻。每一个追忆的主体都清醒地知道，追忆祖先和逝去的往事，不过是困在现代精神牢笼中的个体对祖先原始状态的一种美好隐喻，是无法再现的精神乌托邦。因此，童年对于成人来说，“永远是一种心理距离，永远是一种心理切入，永远是一种心理寻觅”①。

其次，每个个体都是弱小无助的。在莫言的小说里，不乏意气昂扬、生命力旺盛的“酒神”英雄，昭示生之飞扬、活之豁达的浪漫主义气息，但是就人物命运而论，无论是以精血演绎“猫腔”而终以檀香酷刑作为了结的孙丙，还是膝盖不会弯曲拼死与德国鬼子战斗的上官斗，无论是红高粱般血气方刚而凄然落幕的余占鳌，还是走南闯北、阅历丰富率领还乡团赶走八路军的司马库——最终，他们都是失败者，或为战争的失败者，或为人生的失败者。但在生与死的搏杀中，在身与灵的较量中，在善与恶的抉择中，这些人物栩栩如生、熠熠生辉。在莫言的作品中，有着对于弱者的悲歌，对于苦难生活的悲悯。

莫言一方面希望用母体的回归作精神的招魂和生活前行的驱动力来消解现实的直逼和威力，但是作家异常清醒的现实意识又时刻警示他，现实不可逃避，也无从逃避。因此，当人到中年的上官金童身着西装，带着始终如一对于母亲的依恋回到改革开放以后的高密东北乡时，他在劳改农场中的记忆和生活又幽灵般地重现了，他总是不合时宜，总是错乱时空，总是整个历史行进步伐中最刺眼、最不合拍的那一个，即使独乳老金、司马粮、鹦鹉韩试图从各个方面来努力拯救他，最终也难以将他拉回到正常的社会秩序中。所以，在小说的结局中，作家安排了与小说“母体回归”截然相反的主题建构：上官金童在一切皆空中走向了教堂，皈依了“父亲”，并在那里与母亲和同父异母的弟弟相遇。有的研究者认为，尽管上官金童是上官鲁氏和马洛亚神父的结合体，但很难说他就象征了中西文化

① 腾云：《寻觅童年——新时期儿童文学的一束思绪》，北京：中国少年儿童出版社，1993 年版，第 1 页。

的结合，文本着力塑造的这个人物，在小说的结尾也与作家最终的意愿相违背，更谈不上是什么哲学的含蕴，因此这是作家的自我迷茫。① 但笔者认为，这里恰恰体现了莫言的深刻之处：人总希望回到童年，用童年的天真烂漫和对母亲的依恋来抵挡现实的惨烈和痛楚，但拒绝长大只是一种精神的虚幻，现实裹挟着你走进成人的正常秩序，同时也让你在这种秩序中无时无刻不感受到如同孩子般的弱小和孤立。甚至连最初的精神堡垒也会随之轰然倒塌——连母亲上官鲁氏也最终皈依了“父亲”，皈依了宗教。无限的悲情色彩、强烈的悲剧意识弥散开来。

事实上，上官金童是一个精神停留在少年、而思维和行动却随着生理的成长而不断成长的变体，如果从人类学角度讲，人类的任何阶段都处于儿童时期，会自然弥补并缝合莫言作品留给我们的罅隙。尽管他的每一次想象都有着对于母体回归的孩子般的精神呼唤，那是遭遇惨烈的现实苦难时，孩子所拥有的本能的精神归属，但是毕竟已经成人的上官金童，在潜意识中总是有着对于自己能够掌控的、对于成人世界的些许幻想与冲撞。人类成长的任何阶段、成人生存的每一个过程，无不如同儿童一样在欲望与本能、本我与超我之间做着精神分裂般的抗争与搏斗。上官金童的悲剧性在于他永远是一个长不大的孩子，而他是每个生命个体的隐喻，面对强大的苦难，每个人都是一个充满幻想但又无行为能力的弱者。

因此，在莫言的作品中，无论是技艺精湛的刽子手（《檀香刑》），还是下岗的劳模“我师傅”（《师傅越来越幽默》），还是近乡情怯的还乡人（《白狗秋千架》《爆炸》《弃婴》），还是聪慧早熟的儿童（《透明的红萝卜》中的黑孩、《初恋》中的“我”），还是精神探寻的知识分子（《笼中叙事》中的物理老师、《檀香刑》中的县

① 付艳霞：《莫言的小说世界》，北京：中国文史出版社，2012 年版，第 172 页。

长钱丁、《蛙》中的“姑姑”），尽管人物年纪、性格、时代背景、命运各不相同，但从人类学的角度来看，无不处在人生的“儿童期”——既被一种秩序所吸纳同时又被另一种秩序所排斥。因其想要在成长中标示自己的独特性而排斥秩序，但又想在被秩序消融和吸纳中见证自己的成长。每个人都跌跌撞撞地走在自己的童年成长之路上，“坚守”与“排斥”孰轻孰重，孰多孰少，并不是探讨的重点，重要的是在这艰难的人生跋涉中，我们还没有泯灭自身的生命力，带有童年的朝气与莽撞，带着原初社会特有的血气方刚，没有自怨自艾，没有悲天悯人，只有自我生生不息的生命力才是生活的真谛与哲理。“无论生或死，人永远要承受一切或者舍弃一切，这就是生活的真相，也是自然的秩序，在莫言的世界中，人最不可能产生的情感就是可怜自己。”①

每个人内心都有难以泯灭的儿童气质。这种气质使得我们无知无畏地向现实生活发起不断的质疑与挑战，也让我们不明就里地隐忍在蝼蚁般的现实生存中。《丰乳肥臀》中那个永远长不大的精神侏儒上官金童，在困苦灾难面前痛哭流涕，在死亡与暴力面前麻木无知，这卑贱的生命在顽强的延续中，一次次走进绝境又一次次峰回路转，你可能质疑这种“活着”的价值意义，然而能如此顽强地“活着”本就是一种奇迹，这得益于他的单纯，他的不谙世事，他的毫无功利目的的动物般的生存以及那内心永不泯灭的童心。因其童心，儿童为感官直觉的事物着迷，为单纯的眼光和直白的欲望所引导，他们冲动、易感，他们也健忘、麻木，他们很容易感受到快乐的滋味、幸福的味道，也很容易淡忘困苦和灾难的痛楚和辛酸。莫言小说扩充了关于童心童趣的范畴，它不仅涵盖了童年可以代表的天真、欢快和美好，也充满了苦难的磨砺，在磨砺中的遗忘与前行，

① 李敬泽：《莫言与中国精神》，载《小说评论》，2003 年第 1 期。

不断地用遗忘营造生活的美好，不断地寻找生命力的突破口，这是人类，也是所有卑贱者活下去的勇气与力量。

因此，那些被莫言当作是自在生命体塑造出来的人物，如黑孩、司马库以及红衣少年等都充满了悖论感。一方面他们是莫言的理想的浪漫人物，另一方面又是作家意识极端清醒下建构的现实人物。作家极力摈弃人物身上的理性光环、意识形态内涵，就是想让人物能在世事变幻、历史无常的真相中自足存在，自我获得生命的成长力和耐受力，而关于“人”的类似于动物性的本性存在与需求的强化甚至夸张，特别是对“食”与“色”的渲染，则是莫言剔除一切虚无后的自由自在的人性显现。

这样，当历史的理性被剔除以后，当人的精神至上被悬置于空以后，在历史与现实的纵深之间，作家获得了一种超脱的视角，在凡夫俗子的世态人情中，在本能与理性的抗拒纠缠之中，作家有了更为深刻的人的意识：人如动物般繁衍生息，每个人在不同的人生时期都经历着一种儿童期的境遇，不断地被自身的经历、周遭的环境、历史和现实的胁迫所制约、塑造和整修，在一次次坚守中突围，而突围又陷入下一次的沦陷，成长与成熟是一个价值与意义难以界定的悖论，人总在积极地被动选择，走向不可预知的未来。唯有回忆中的童年，是自由自在的生命存在，唯有那童稚的双眼，可见真真切切的世界真相。

结 语

纵观莫言的小说创作史，他的很多小说都采用了儿童视角与多种视角杂糅的叙事角度。儿童，既是叙述的主体，也是被叙述的对象，承载着故事的主要人物性格，也推动着故事的发展走向，这里有文本意义上的主体性，也有思想内容上的涵盖意义，而不仅仅是一种叙事的噱头或者花招。莫言的儿童视角叙事已经成为他“个性化”叙事的重要组成部分，也正是在这种视角下，莫言对于历史的讲述、对于乡土的情感、对于人生的感悟以及对于写作的意义和立场才有了水到渠成的独特表达。儿童视角，是莫言的一个有效的书写角度，也是最为便捷的承载他的创作立场和现实关怀的场地。正是这种“低处运气”“有局限的自由”才能保证文学对现实的拷问和穿透力以及现实对文学的规约作用，才能体现作家语言的锋利和思想的锐气。这一叙事视角也为中国当代文学的发展和变革带来深远的影响。

新时期以来，中国文学一直在与外来文化的交流学习中，在内容和形式的双重实验和探索中寻找着具有“东方智慧”和民族特色的文学表达方式。这种寻找与建构，在具有“革命”的色彩、“个性化”的意义的同时也势必具有对文学秩序和潜规则的冒犯与破坏，甚至在某种程度上直接对文学“内部”话语进行拆解、简化和压缩。在文学的变革和建构时期，与之并行的文学批判，在对文学创作历史与现状的不满情绪中，在对外来文化和文学典范过度依赖和盲目推崇的理性质疑与批判中，也势必承载着历史的逻辑以及思想的交互撞击与更新。文学创作与文学批判本应该是在相互的学习、交流与批评中共同发展进步的良性循环。而事实上，在批评界，我们一方面想要寻找到符合自己愿望的、冲破常规的“文学英雄”，另一方面又希望它传承中国千年的文化精髓与文学传统；一方面，我们指责政治、经济以及文化意识形态等现实主义过于干涉作家的创作自由，而呼吁“自主性”的文学创作和“个性化”的文学表达，而另一方面，又在用传统的批评定势和标准来框定文学革新的优劣与成败。新时期的文学，无疑承担了繁重的文学任务和压力。

只有认识到这一点，我们的批评眼界才会开阔，我们的批评眼光才会客观公允，而不是求全责备，面面俱到，对于莫言的儿童视角叙事研究来说，才能免去种种误解与责难。由于小说是用儿童的眼睛来叙述人事，所以叙事所呈现出的个性化“优点”自然也会成为传统批评眼中的“缺陷”，成为“优点突出、缺陷明显”的小说，但也正是这一矛盾混杂体创造了特殊的阅读效果。因此，如果责备作家对细节的刻画太过感性，太过粗糙、简单，试问来自儿童的观察怎么能精细、理性？如果责备作家的叙述太混乱，无逻辑，无理性，无序的跳跃太明显，如果考虑到叙述者本身就是儿童，他怎么能脱离自己的实际存在状态而超拔叙述呢？如果批评小说较多形而下的物质、身体描写而缺少形而上的哲理引导和提升，考虑到他本就是以人类“童年”的原始诉求来探索社会和历史的精神维度，以混沌、原始之“形”书写神话原型之“神”，怎能不感性、不物质？由此，颠覆传统的阅读习惯和接受审美传统，进入文本叙事呈现的

“儿童化”“弱智化”建构，应该是阅读前的心理准备，也是批评研究首先应当考虑的语境。

当然，这样开放、变革的研究态度和审美价值并非将文学研究视为一种泛文化，从而导向价值立场的空前宽容和价值判断标准的失范，也不能成为儿童视角叙事流于失控或无序的托词和借口。而事实上，莫言的儿童视角叙事在某种情况下也存在感性无节制蔓延的现象，儿童的胡言乱语和沉默也有与主题游离、情感宣泄和写作“惯性”使然的因素。例如《丰乳肥臀》中的“雪集”的冗长无序，还有《四十一炮》中的罗小通在五神通庙中所见以及所想的奇幻人事都因缺少扎实的现实基础而使文本显得涣散、无序。这些都是我们在批评中应该正视的问题。

随着创作的延续和发展，莫言的儿童视角叙事也面临着新的危机与挑战。随着感官叙事的日益成熟，新奇陌生化的意义会越来越稀薄，感觉的画面性、直观性在精确有余之中也会日益暴露出含蓄不足的弊端；同时审丑艺术也将接受模式化和审美疲劳的考验。以其晚近的长篇小说《四十一炮》为例，炮孩与肉的对话，与老鼠的对话，与垃圾的对话，与肉神的对话开始显现出牵强、无聊刻意为之的局促感，同时也丧失了奇异审美带来的冲击力。莫言越来越倚重的轻松调侃、酣畅喷涌的叙事风格，固然是他借以表达愤怒情感和亵渎所谓神圣意识的一种方式，成为他嘲弄与质疑现代文明的另一种建构，但是也不能排除其迎合大众文化消费的心理动机。

因此，在大众传媒日益发达的今天，来自各个学科、领域、渠道、视角的信息和判断不断满足着“人”的需要、引导着“人”的判断与价值取向，似乎“以人为本”的理念在当代有了较为坚实的着陆；但事实上，我们更多地迷失在这铺天盖地的信息中，来不及思量、容不得考证，最终淹没在信息中，越来越沉默，主体性和判断性越来越钝化，甚至逐渐丧失。

莫言的儿童视角叙述也是这海量信息中的一种，它是终将成为泡沫，还是成为一席警世恒言，关键要看儿童视角下的叙述，莫言的价值判断是什么？他想要表达的是什么？当读者在不由自主的聆听状态下产生激情互撞的情感共鸣之后，又会留下什么值得回味的东西？形成什么样的判断？这些问题直接关系到莫言儿童视角叙事最终成为耳朵喧闹后的一次娱乐休闲，还是成为永留心底的一种诗意。从文学作品的阅读效果来看，这个冷却的过程有时更为重要，也更直接地决定了一部作品的优劣和有无影响力。

因此，对于莫言这样有个性化风格且创作力旺盛的作家来说，儿童视角叙事尽管是一个创作形式方面的问题，但其突破与革新的症结却远非写作技巧的革新、感觉形式上的努力那么简单。因为新的感觉体验和艺术表现形式要靠新的经验来激活和调动，而这恐怕更加仰仗作家对于世界、社会以及历史和人生的不断深入思考与认识，这也是莫言创作得以延续和更新的生长点和关键点。

参考文献

【作品集】

［1］莫言：《莫言散文》，杭州：浙江文艺出版社，2000 年版。

［2］莫言：《莫言文集》（20 卷本），北京：作家出版社，2012 年版。

【创作谈】

［1］莫言：《小说的气味》，沈阳：春风文艺出版社，2003 年版。

［2］莫言：《恐惧与希望——演讲创作集》，深圳：海天出版社，2007 年版。

［3］莫言：《莫言对话新录》，北京：文化艺术出版社，2010 年版。

［4］莫言：《莫言散文新编》，北京：文化艺术出版社，2010 年版。

［5］莫言：《学习蒲松龄》，北京：中国青年出版社，2011 年版。

【研究专著】

［1］张志忠：《莫言论》，北京：中国社会科学出版社，1990年版。

［2］贺立华、杨守森主编：《莫言研究资料》，济南：山东大学出版社，1992年版。

［3］贺立华、杨守森等：《怪才莫言》，石家庄：花山文艺出版社，1992年版。

［4］钟怡雯：《莫言小说——历史的重构》，台北：文史哲出版社，1997年版。

［5］王尧、林建法主编：《莫言王尧对话录》，苏州：苏州大学出版社，2003年版。

［6］张清华：《境外谈文》，石家庄：花山文艺出版社，2004年版。

［7］孔范今、施战军主编：《莫言研究资料》（乙种），济南：山东文艺出版社，2006年版。

［8］杨扬编：《莫言研究资料》，天津：天津人民出版社，2006年版。

［9］莫言研究会编：《莫言与高密》北京：2011年版。

［10］付艳霞：《莫言的小说世界》，北京：中国文史出版社，2011年版。

［11］杨扬主编：《莫言作品解读》，上海：华东师范大学出版社，2012年版。

［12］陈晓明主编：《莫言研究》，北京：华夏出版社，2013年版。

［13］张清华、曹霞主编：《看莫言》，武汉：华中科技大学出版社，2013年版。

［14］李斌、程桂婷编：《莫言批判》，北京：北京理工大学出版社，2013 年版。

［15］叶开：《莫言的文学共和国》，北京：北京大学出版社，2013 年版。

［16］杨守森、贺立华编：《莫言研究三十年（上中下）》，济南：山东大学出版社，2013 年版。

［17］李斌、程桂婷编：《莫言批判》，北京：北京理工大学出版社，2013 年版。

［18］宁明、张华主编：《海外莫言研究》，济南：山东大学出版社，2013 年版。

［19］刘再复：《莫言了不起》，北京：东方出版社，2013 年版。

［20］邵纯生、张毅编：《莫言与他的民间乡土》青岛：青岛出版社，2013 年版。

【研究论文】

［1］徐怀中、莫言、金辉、李本深、施放：《有追求才有特色——关于〈透明的红萝卜〉的对话》，载《中国作家》，1985 年第 2 期。

［2］雷达：《游魂的复活——评〈红高粱〉》，载《文艺学习》，1986 年第 1 期。

［3］程德培：《被记忆缠绕的世界——莫言创作中的童年视角》，载《上海文学》，1986 年第 4 期。

［4］莫言、罗强烈：《感觉和创造性想象——关于中篇小说〈红高粱〉的通信》，载《中国青年报》，1986 年 7 月 18 日。

［5］季红真：《忧郁的土地，不屈的精魂——莫言散论之一》，载《文学评论》，1987 年第 6 期。

[6] 王炳根：《审视：农民英雄主义》，载《文艺争鸣》，1987年第4期。

[7] 陈思和：《历史和现时的二元对话——兼谈莫言新作〈玫瑰玫瑰香气扑鼻〉》，载《钟山》，1988年第1期。

[8] 吴炫：《高粱地里的美学——重读莫言的〈红高粱〉系列》，载《文科月刊》，1988年第11期。

[9] 李德明：《天然的歧途——莫言作品侧识》，载《文学评论》，1989年第2期。

[10] 王德威：《千言万语 何若莫言》，载《读书》，1999年第3期。

[11] 王宜青：《儿童视角的叙事策略及心理文化内涵》，载《浙江师范大学学报》，2000年第4期。

[12] 陈思和：《莫言近年小说创作的民间叙述——莫言论之一》，载《钟山》，2001年第5期。

[13] 莫言、王尧：《从〈红高粱〉到〈檀香刑〉》，载《当代作家评论》，2002年第1期。

[14] 李敬泽：《莫言与中国精神》，载《小说评论》，2003年第1期。

[15] 张清华：《叙述的极限——论莫言》，载《当代作家评论》，2003年第2期。

[16] 吴义勤：《有一种叙述叫“莫言叙述”——评长篇小说〈四十一炮〉》，载《文艺报》，2003年7月22日。

[17] 何卫青：《关于儿童的几个当代小说命题》，载《求索》，2003年第6期。

[18] 何卫青：《说“我”是孩子——儿童叙述者的叙述可靠性及其它》，载《西南民族大学学报》，2003年第12期。

[19] 刘颋、莫言：《我写农村是一种命定——莫言访谈录》，载《钟山》，2004 年 6 期。

[20] 王黎君：《儿童视角的叙事学意义》，载《绍兴文理学院学报》，2004 年第 2 期。

[21] 何卫青：《“儿童意象”在当代中国小说中的表现形态》，载《江淮论坛》，2005 年第 4 期。

[22] 旷新年：《莫言的〈红高粱〉与“新历史小说”》，载《杭州师范学院学报》（社会科学版），2005 年第 4 期。

[23] 刘书勤：《天真的看 深邃的思——莫言小说的儿童叙事视角分析》，载《探索与争鸣》，2005 年第 11 期。

[24] 沈杏培：《“巨型文本”与“微型叙事”——新时期历史小说中儿童视角叙事策略的文化剖析》，载《南京师范大学文学院学报》，2005 年第 3 期。

[25] 季红真：《神话结构的自由置换——试论莫言长篇小说的问题创新》，载《当代作家评论》，2006 年第 6 期。

[26] 张清华：《天马的缰绳——论新世纪以来的莫言》，载《当代作家评论》，2006 年第 6 期。

[27] 姜瑜、沈杏培：《儿童视角的诗学阐释及其对当代文学研究的意义与价值》，载《伊犁教育学院学报》，2006 年第 1 期。

[28] 王黎君：《中国现代文学中的儿童视角小说的特点和艺术效果》，载《甘肃社会科学》，2007 年第 3 期。

[29] 沈杏培：《论儿童视角小说的文体意义与文化意味》，载《当代作家评论》，2009 年第 4 期。

[30] 沈杏培：《童眸里的世界：别有洞天的文学空间——论新时期儿童视角小说的独特价值》，载《江苏社会科学》，2009 年第 1 期。

［31］张琦：《论中国现当代儿童视角小说发展》，载《语文学刊》，2009 年第 2 期。

［32］杨小滨：《盛大的衰退——重论莫言的〈酒国〉》，载《上海文化》，2009 年第 3 期。

［33］王黎君：《论儿童视角小说的文本特征》，载《浙江社会科学》2010 年第 8 期

［34］王黎君：《20 世纪中国儿童视角小说的演变》，载《学术月刊》，2010 年第 42 卷。

［35］夏兆林：《论莫言小说中的儿童视角》，载《语文学刊》，2012 年第 6 期。

【理论专著】

［1］钱锺书：《谈艺录》，北京：中华书局，1984 年版。

［2］胡明扬主编：《西方语言学名著选读》，北京：中国人民大学出版社，1990 年版。

［3］季红真：《忧郁的灵魂》，长春：时代文艺出版社，1992 年版。

［4］徐岱：《小说叙事学》，北京：中国社会科学出版社，1992 年版。

［5］陈晓明：《无边的挑战——中国先锋文学的后现代性》，长春：时代文艺出版社，1993 年版。

［6］童庆炳：《文体与文体的创造》，昆明：云南人民出版社，1994 年版。

［7］赵毅衡：《苦恼的叙述者——中国小说的叙述形式与中国文化》，北京：北京十月文艺出版社，1994 年版。

［8］班马：《游戏精神与文化基因》，兰州：甘肃少年儿童出版

社，1994 年版。

［9］高辛勇：《修辞学与文学阅读》，北京：北京大学出版社，1997 年版。

［10］钱锺书：《通感·钱锺书散文》，杭州：浙江文艺出版社，1997 年版。

［11］潘知常：《反美学》，上海：学林出版社，1997 年版。

［12］杨义：《中国叙事学》，北京：人民出版社，1997 年版。

［13］吴义勤：《中国当代新潮小说论》，南京：江苏文艺出版社，1997 年版。

［14］王一川：《 修辞论美学》，长春：东北师范大学出版社，1997 年版。

［15］鲁迅：《中国小说史略》，上海：上海古籍出版社，1998 年版。

［16］彭聃龄主编：《普通心理学》，北京：北京师范大学出版社，1998 年版。

［17］孟悦：《历史与叙述》，西安：陕西人民教育出版社，1998 年版。

［18］邓晓芒：《灵魂之旅》，武汉：湖北人民教育出版社，1998 年版。

［19］李泽厚：《学术文化随笔》，北京：中国青年出版社，1998 年版。

［20］胡壮麟编著：《理论文体学》，北京：外语教学与研究出版社，2000 年版。

［21］申丹：《叙述学与小说文体学研究》，北京：北京大学出版社，2001 年版。

［22］赵毅衡：《当说者被说的时候——比较叙述学导论》，北

京：人民大学出版社，2001 年版。

［23］黄子平：《“灰阑”中的叙述》，上海：上海文艺出版社，2001 年版。

［24］余虹：《革命·审美·解构》，桂林：广西师范大学出版社，2001 年版。

［25］刘禾：《跨语际实践——文学、民族文化与被译介的现代性》，北京：生活·读书·新知三联书店，2002 年版。

［26］王富仁：《中国文化的守夜人——鲁迅》，北京：人民文学出版社，2002 年版。

［27］耿占春：《叙事美学——探索一种百科全书式的小说》，郑州：郑州大学出版社，2002 年版。

［28］李建军：《小说修辞学研究》，北京：中国人民大学出版社，2003 年版。

［29］阎真：《百年文学与后现代主义》，长沙：湖南教育出版社，2003 年版。

［30］陈平原：《中国小说叙事模式的转变》，北京：北京大学出版社，2003 年版。

［31］叶舒宪：《文学与人类学——知识全球化时代的文学研究》，北京：社会科学文献出版社，2003 年版。

［32］张进：《新历史主义与历史诗学》，北京：中国社会科学出版社，2004 年版。

［33］范玉吉：《审美趣味的变迁》，北京：北京大学出版社，2006 年版。

［34］张旭东：《全球时代的文化认同》，北京：北京大学出版社，2006 年版。

［35］赵顺宏：《社会转型时期乡土小说论》，上海：学林出版

社，2007 年版。

［36］陈晓明：《不死的纯文学》，北京：北京大学出版社，2007 年版。

［37］南帆：《文学的维度》，北京：中国人民大学出版社，2009 年版。

［38］吴义勤：《中国新时期文学的文化反思》，南京：江苏文艺出版社，2009 年版。

［39］孙先科：《说话人及其话语》，上海：上海文艺出版社，2009 年版。

［40］［美］苏珊·朗格：《艺术问题》，滕守尧等译，北京：中国社会科学出版社，1983 年版。

［41］［美］雷·韦勒克、奥·沃伦：《文学理论》，刘象愚等译，北京：生活·读书·新知三联书店，1984 年版。

［42］［法］列维·布留尔：《原始思维》，丁由译，北京：商务印书馆，1985 年版。

［43］［德］卡西尔：《人论》，甘阳译，上海：上海译文出版社，1985 年版。

［44］［美］W．C．布斯：《小说修辞学》，华明等译，北京：北京大学出版社，1987 年版。

［45］［美］华莱士·马丁：《当代叙事学》，北京：北京大学出版社，1990 年版。

［46］［法］热拉尔·热奈特：《叙事话语·新叙事话语》，王文融译，北京：中国社会科学出版社，1990 年版。

［47］［美］约瑟夫·弗兰克：《现代小说中的空间形式》，秦林芳编译，北京：北京大学出版社，1991 年版。

［48］［俄］巴赫金：《巴赫金全集》，钱中文译，石家庄：河北

教育出版社，1998 年版。

［49］［俄］巴赫金：《拉伯雷研究》，钱中文译，石家庄：河北教育出版社，1998 年版。

［50］［法］莫里斯·哈布瓦赫：《论集体记忆》，毕然、郭金华译，上海人民出版社，2002 年版。

［51］［意］卡尔维诺：《美国讲稿——卡尔维诺文集》，吕六同、张洁主编，南京：译林出版社，2003 年版。

［52］［德］尼采：《历史的用途与滥用》，陈涛、周辉荣译，上海：上海世纪出版集团，2005 年版。

［53］［美］赫伯特·马尔库塞：《爱欲与文明》，黄勇、薛民译，上海：上海世纪出版集团，2008 年版。

［54］［美］安德鲁·琼斯（徐兰君）：《儿童的发现》，北京：北京大学出版社，2011 年版。

后 记

本书稿是以我的博士学位论文为基础完成的。写作之初并不敢奢望出版，只求货真价实地达到博士的水平。

又是一年春花烂漫时！经历了几载春秋，方见论文最后一个字符的完成。

2012 年，我进入中央民族大学攻读现当代文学博士，在大量的阅读中，莫言以他独特的天马行空、粗粝朴实率先引起我的关注，而大江健三郎也曾预言——“他（莫言）是问鼎诺贝尔文学奖的人选”。一语成真！2012 年 10 月，莫言获得诺贝尔文学奖，成为中国第一位获此殊荣的作家。那一年，正值我确定论文选题、开题之际，我将研究对象锁定在莫言身上，并进一步确定以“儿童视角”作为探索莫言创作底蕴和内涵的一副杠杆，来撬动莫言研究。研究莫言是复杂且艰难的，不仅因为他本人旺盛的创作精力、巨大的创作体量、多变的创作风格、魔幻的思想建构，还因为当代多元多面的写作与批评环境，其中不乏随波逐流、亦步亦趋之论，不乏趋时媚俗、哗众取宠之议。而我只想以一个文学爱好者的姿态，以自己浅薄的学识、拙陋的见解，返回到作家的真实“文学面目”。因此，所有的击节称快都因饱含深情，所有的批评质疑也都源于诚心正意。

理想丰满，现实骨感。虽早有学长以“活剥一层皮”预言毕业的艰辛，早有恩师以“严阵以待”警示真经求得的不易，但眼见鬓角秋霜熠熠、眼角皱纹深深、午夜失眠下的星空璀璨，方知博士求学之路的酸甜苦辣。对学术理想的追求与仰慕更多地为辗转于图书馆、埋没于故纸堆、禁锢于思维混乱中的“一地鸡毛”所代替，口中神经质地念叨着“写作是一场暗无天日的自杀”（玛格丽特·杜拉斯语）。

对任何人来说，博士论文的完成过程都是一场自我的痛苦磨砺，我无意声称自己克服了多么大的困难，意志又如何地顽强，更不必在自怜、自恋中感动自己，既是当初深思熟虑后选择了，自当义无反顾、扎扎实实地做下去并且做好！不曾有“天生我材必有用”的自信，只坚信“勤能补拙”，脚踏实地地做事。如今，一个“女博士”的头衔和荣誉已不足以拿来炫耀，甚至常被讥笑为“第三类人”，而年过三旬已是孩子妈妈的我，也不再为那外在的鲜花与掌声所迷惑，生活的积淀、岁月的涤荡、世事的沧桑需要一次生命慢慢积累、沉淀的过程，也渴望一次静待花开的绽放。洗尽铅华，尤为珍视的是这三年中的真实积累：读书、思考、写作的日子。

本书的写作以及出版，特别要感谢我的博士生导师徐文海教授。博士学习三年中，亲炙老师的人格、修养、学识、才华和风度，从选题到构思、从写作到排版，老师都给予精心的指导与中肯的意见，从不鄙薄我的浅陋无知，宽容我的狂妄、偏执，理解我的困惑与彷徨，步步引我踏上学术正途。也感谢在论文的选题以及构思中给予宝贵意见的中央民族大学文传学院的白薇教授、刘淑玲教授、敬文东教授。此外，本书稿最后的修改完善，得到了我的博士后导师首都师范大学张桃洲教授、张志忠教授的指导与支持，书稿的出版得到了中央民族大学云峰教授的大力举荐与支持，在此谨表谢忱。

也特别感谢我的家人。感谢我的爱人，在成就我的梦想之路上的陪伴、付出与分担；感谢女儿，总在恋恋不舍中松开那理解与体谅的手；感谢生我育我教我的父母双亲！

谨以此书，献给所有关心、帮助过我的人，满怀感恩！

2018 年仲秋于北京